CLAUDE DELAGE

LE MOINE PARTISAN

roman

GALLIMARD

En 1941, la Grèce, vaincue, est occupée par les troupes allemandes. Clandestinement se crée le Front national de libération, dont l'élément militaire est l'E.L.A.S., rapidement noyauté par les communistes. Les partis de droite, dont les chefs sont à Londres, auprès du roi George II, forment leur propre réseau de résistance.

Les Allemands évacuent la Grèce en octobre 1944. L'E.L.A.S. défile dans les rues d'Athènes. Les Anglais débarquent au Pirée et exigent le désarmement des révolutionnaires. Lors d'une manifestation, la police tire. La guerre civile commence. Elle va durer cinq ans.

Fin 1949, les ultimes combats se déroulent dans les montagnes du Nord et en Chalcidique.

La Chalcidique est une presqu'île, située à l'est de Salonique, qui se termine curieusement par trois péninsules en forme de doigts.

La plus septentrionale s'appelle le Mont Athos, la Montagne Sainte.

I

19 juillet 1949. Bourg de Langadikia, Chalcidique.

– Le village est occupé. Dix gouvernementaux sont retranchés dans la ferme de Mikeïon. J'attends tes instructions.

Képhaléos se tait, immobile, les jambes raides, guettant un signe de Pythagoras qu'il puisse interpréter comme une félicitation. Sur la place, des hommes s'affairent, le fusil en bandoulière. Certains érigent à la hâte une barricade de planches, de chaises et de tables, sorties de la cafétéria voisine. D'autres parquent des suspects dans une remise, et de la porte cochère disjointe s'échappe une rumeur sourde et confuse, entrecoupée de supplications. A l'abri d'un mur écroulé, des soldats, accroupis en cercle, comptent leur butin. Une carriole grinçante, poussée par un vieillard en lambeaux, emporte trois cadavres dénudés.

Partout une forte odeur de brûlé et de poudre. Avec la poussière qui tourbillonne au moindre souffle. Le soleil, la sueur. La peur des villageois qui se terrent.

L'affaire a été longtemps indécise. Les révolutionnaires ne sont qu'une cinquantaine d'exaltés, peu aguerris et mal armés.

« Langadikia est trop près de Salonique, pense Pythagoras inquiet; le Bulgare est fou d'avoir ordonné cette opération. La réaction va être terrible. »

Pythagoras est petit, maigre. La fouine, comme on l'appelle. Ses yeux, étroits dans son visage émacié, sont d'un bleu froid qui intimide. Il est connu pour sa rigueur et son attachement à l'Armée démocratique.

Impassible, au milieu de la place, il observe chacun, le moindre mouvement semblant procéder de son immobilité.

– Conduis-moi à la ferme de Mikeïon, finit-il par répondre. Je veux parler à ces enragés.

Ils traversent la place et prennent une ruelle sordide suintant l'huile. Deux soudards déguenillés s'arrêtent pour les laisser passer. Les maisons sont vides, les murs déplâtrés, écorchés de trous de balles. Le pavé est encombré de meubles, de gravats et de poutres à moitié calcinées. Dans les décombres d'une villa, une femme hurle.

Pythagoras, silencieux, suit Képhaléos.

La ferme de Mikeïon est à l'écart du village, entourée de champs plantés d'oliviers. C'est une vieille bâtisse où court le lierre et dont les balcons sont encore fleuris. Képhaléos interroge un grand escogriffe à la gueule de forçat assis derrière une voiture incendiée.

– L'assaut va être lancé, dit-il à l'intention de Pythagoras. Ce sont des idiots, ils n'ont aucune chance.

– As-tu proposé la vie sauve s'ils se rendent?

– Ces corniauds ne veulent rien savoir. Le sergent qui les commande est un forcené. Il m'a répondu par une rafale de mitraillette.

Pythagoras se relève, puis saute brusquement derrière un olivier.

– Rendez-vous, hurle-t-il, en direction de la ferme silencieuse. Vous serez désarmés, vous pourrez regagner vos villages. Sergent! réponds-moi! pour éviter des morts inutiles!

Mutisme complet de la part des assiégés. Lentement, un volet s'entrouvre. Pythagoras a juste le temps de s'aplatir dans le fossé. La grenade explose entre deux arbres qu'elle déchiquette.

– Rendez-vous, répète Pythagoras en se redressant. Vous

allez vous faire tuer bêtement! Vous obéissez aux ordres, vous n'êtes pas responsables.

Alors on entend distinctement une voix qui vocifère :
– Vous n'êtes que des pillards, jamais nous ne nous rendrons à de vulgaires hors-la-loi. Venez nous chercher, si vous osez!

Pythagoras hausse les épaules, vient se réfugier à côté de Képhaléos :
– Vas-y, dit-il, pas de prisonniers.

Il s'éloigne par le chemin creux qui mène au village. Seul, un peu voûté, il paraît encore plus chétif. En marchant, il entend la fusillade, les explosions des grenades, les coups sourds du mortier de Képhaléos. A peine a-t-il atteint la place au bout de laquelle se dresse la barricade enfin terminée, qu'un soldat, essoufflé, les yeux brillants, lui annonce que l'affaire est liquidée.

Sans perdre de temps, il rassemble quelques partisans, désigne des sentinelles pour la barricade, place des guetteurs sur les toits et envoie une patrouille en éclaireur sur la route. Le Bulgare est fou, se répète-t-il en grattant furieusement les quelques cheveux qui lui restent, on est trop près de Salonique... Après un dernier regard sur la place, maintenant déserte, il pénètre dans le café et claque la porte derrière lui.

La salle, toute en longueur, est sombre, fraîche, reposante. Derrière le comptoir, l'homme qui se fait appeler le Bulgare boit un grand verre d'eau.

– Désires-tu un peu d'ouzo? demande-t-il, après un long moment de silence. Il reste un fond de bouteille.

Pythagoras a un geste las de dénégation, et va s'asseoir sur une chaise, près d'une fenêtre aux volets clos.

– Les gouvernementaux vont revenir en force, soupire-t-il. D'ici ce soir, demain matin au plus tard. On n'aura plus qu'à décamper. Comme des rats. Pourquoi as-tu ordonné cette opération? Nous avons au moins dix morts, autant de blessés, difficilement transportables. Inutiles.

Il répète, comme pour lui-même : inutiles.

Le silence encore. Le Bulgare sirote son verre d'eau. Il est plus grand que Pythagoras, mais tout aussi maigre. Ses yeux, énormes, luisent de fièvre, au milieu d'un mince visage parcheminé. Il est habillé d'une vieille veste d'officier allemand dont tous les boutons ont disparu.

– Je croyais que tu avais compris.

Sa voix est sèche, mordante, presque méprisante. Il tousse.

– Je ne me ferai jamais à cette poussière.

Il tend la bouteille d'ouzo à Pythagoras.

– Tu devrais boire un peu. Ça retape, la journée n'est pas finie.

Puis il reprend sur un ton monocorde :

– Je croyais que tu avais compris, Pythagoras. Il s'agit de faire diversion. Zéphiriadis [1] a fort à faire au nord avec les troupes de Papagos [2]. Notre action a pour but d'éparpiller les forces ennemies, de les affaiblir, permettant ainsi une contre-offensive générale.

– Tu y crois vraiment?

Pythagoras s'est levé. Sans attendre la réponse, il va vers la fenêtre, entrouvre les volets.

– Tu parais inquiet. Tu attends quelqu'un?

– Oui, Athanassos, je lui ai dit de me rejoindre ici...

– Et me voilà! mes beaux messieurs!

Un être hilare s'encadre dans la porte grande ouverte qui donne sur l'arrière-cour.

On m'attend! J'accours! Entrez mes agneaux... Comme vous voyez, je ne suis pas seul, j'amène de la compagnie. Et quelle compagnie! Du beau monde, mes bons messieurs, du beau monde!

L'homme qui parle ainsi d'une voix gouailleuse s'efface cérémonieusement pour laisser entrer deux personnages dépenaillés, les mains ligotées derrière le dos.

– Athanassos, s'exclame Pythagoras...

1. Zéphiriadis : l'un des chefs militaires de l'E.L.A.S., avec Marcos.
2. Papagos : commandant en chef des troupes gouvernementales grecques pro-royalistes.

12

– Eh oui! Athanassos lui-même, en chair et en os. Bien vivant, plaisantant comme à l'accoutumée et... assoiffé, crevant de soif si monsieur le Bulgare veut bien me permettre cette expression, comment dirais-je... expressive! Athanassos aperçoit la bouteille d'ouzo, la vide d'un trait sous le regard agacé du Bulgare.

– Ce n'était vraiment qu'une lichette. Il ne reste rien d'autre? Quelle pitié! Toute cette pagaille pour quelques gouttes d'ouzo! les bonnes manières se perdent!

Avec un grand ouf de soulagement, Athanassos s'assied lourdement sur une chaise, rote bruyamment, et part d'un grand rire sonore qui ne fait qu'éberluer un peu plus Pythagoras. Le Bulgare, instinctivement, s'est retiré derrière le comptoir.

– Sais-tu qui je t'amène? Deux abominables suspects, deux horribles traîtres à la cause révolutionnaire! Allons, messieurs, avancez au milieu de la piste, que l'on vous voie. Voici Krasnopoulos, commissaire politique de notre roi bien-aimé, et Merphès l'épicier. Tu les connais, ils ont combattu les Allemands à tes côtés. Ils faisaient partie du groupe « Thrace ». Rappelle-toi, il y a cinq ans. Et aujourd'hui ils ont trahi la révolution. N'est-ce pas amusant!

Les deux hommes, immobiles, se tiennent côte à côte au milieu de la salle. Pythagoras n'a pas bronché. Athanassos, comme s'il avait oublié subitement pourquoi il était là, se met à farfouiller dans les bouteilles du comptoir.

– Il n'y a vraiment rien à boire dans cette p... de maison!

Le Bulgare profite de cet intermède pour s'esquiver par la porte qui donne sur la place. En guise d'excuse, il marmonne : « Je vais inspecter nos défenses, je n'en ai pas pour longtemps. » Montrant les deux prisonniers, il ajoute : « Tu sais ce que tu dois faire. »

Alors le plus vieux, celui qu'Athanassos a appelé le commissaire politique, prend la parole :

– Oui, Pythagoras, on se connaît. Tu vois, je ne me défile

pas. Tu es vainqueur pour le moment et tu vas me fusiller. Mais explique-moi à quoi cela t'avancera. Un ancien partisan prisonnier d'un autre partisan. C'est risible et triste; voilà le drame de notre pays, qui n'a même pas terminé une guerre, qu'aussitôt il tombe, avec frénésie, dans une autre encore plus cruelle, fratricide. Une guerre de maquisards qui enfante une guerre civile. Il faut le faire! Le plus terrible... Pythagoras, pourquoi ne me regardes-tu pas bien en face? Le plus terrible, c'est que ce sont les meilleurs qui meurent; les soldats qui défendaient le village étaient courageux. Aucun ne s'est enfui. Ils sont morts. Seuls survivent, dans ces drôles de batailles, les pleutres et les politiciens de bas étage, qui tirent nos ficelles de pantins. Quelle mascarade! Votre Grèce future aura le triste visage de la corruption. Toi aussi, Pythagoras, tu mourras, tu n'es pas de ceux qui se vendent. J'ai su t'apprécier quand nous étions au coude à coude contre les Allemands, et quand je dis les Allemands, c'est un terme générique. Il y a les Italiens, les Bulgares, la milice grecque...

Le vieil homme se tait, ferme les yeux et croise les bras. Il tremble un peu sur ses jambes écartées.

Athanassos ne sourit plus. Il interroge du regard Pythagoras qui, feignant de l'ignorer, demande imperturbable à l'autre prisonnier :

– Et toi, tu es Merphès, n'est-ce pas?

– Merphès, l'épicier, renchérit Athanassos. Il servait d'indicateur.

– Pourquoi faisais-tu cela? Tu savais pourtant que tu livrais tes compatriotes aux milices et aux camps de concentration.

Merphès est gros, son visage gras et imberbe ruisselle de sueur.

– Parle, insiste Pythagoras. A cause de toi, des innocents ont été emprisonnés, torturés. Essaie de te justifier. Tu as été résistant jadis.

L'homme péniblement se redresse et fait face à Pythagoras.

14

– Je suis un pauvre commerçant, l'épicier du village, comme a dit ton ami. La guerre finie, je suis revenu au village, mon village. J'étais un héros, un ancien maquisard. Tant bien que mal la vie a repris. On entendait parler de la révolution, mais on ne se sentait pas tellement concerné. On pensait naïvement qu'on avait suffisamment payé. La guerre civile, c'était pour les autres, Athènes, les grandes villes. Un beau matin, des policiers sont venus frapper à la porte de l'appartement que j'occupais au-dessus de la boutique. Ils m'ont dit : « Vois ce que l'on sait faire lorsqu'on est contre nous. » Ils ont jeté les meubles par les fenêtres, volé mes économies, pillé le magasin. Ils sont revenus un dimanche, avant la messe. « Veux-tu que nous recommencions? » m'ont-ils demandé. Je n'ai rien répondu. Alors ils ont emmené mon fils. Cela a duré six mois. Chaque semaine, ils venaient et me ruinaient. Les gens du village ne me parlaient plus. On ne parle pas à quelqu'un qui a des démêlés avec la police. Puis, mon fils est revenu. Il criait : « A mort les communards! » Le lendemain, avec quelques excités, il a incendié la grange d'un fermier connu pour ses sympathies avec l'E.L.A.S. Le soir même, sur la place, l'instituteur a eu le malheur de condamner ce genre d'exaction. Deux jours après, il était arrêté par la milice. Ainsi débuta ma mission d'indicateur. Il fallait bien que je vive. Un père peut-il renier son fils? C'était le sergent qui commandait les soldats retranchés dans la ferme de Mikeïon.

Merphès se tasse sur lui-même et continue à voix basse :

– Mon fils est mort. Tu vas me tuer aussi. Ce sont les événements qui décident. Je ne suis qu'un commerçant. La guerre m'a toujours fait peur.

Pythagoras ouvre la porte et appelle une sentinelle. Les deux hommes sortent silencieusement. Athanassos esquisse un geste pour les retenir, puis, découragé, va s'asseoir sur un banc.

– Je ne te comprends pas. Ces types ont combattu notre

ennemi commun, les Allemands. Ils ont des excuses. Surtout Merphès. Avoue qu'il n'a pas été gâté. Qu'aurais-tu fait à sa place?

— J'aurais tué les policiers et rejoint l'Armée démocratique.

La réponse de Pythagoras a claqué, sèche, rapide, sans l'ombre d'une hésitation.

— Ils ne sont pas tous comme toi.

Athanassos hausse les épaules. Il connaît bien son ami pour avoir vécu de longues années obscures à ses côtés. Il sait qu'il ne bluffe pas. Qu'il aurait certainement tué les policiers, tué peut-être même son fils. Pythagoras est aussi dur qu'il est maigre. Sans ombre, clair comme un acier bien trempé.

— Alors, dis-moi ce que nous allons faire maintenant. Le village est entre nos mains, les suspects arrêtés. Les quelques paysans qui restent encore sont barricadés dans leurs maisons. Quels sont tes ordres, ou plutôt quelles sont les intentions du Bulgare que tu tiens en si grande estime?

Ces dernières paroles sont prononcées avec un tel accent de persiflage que Pythagoras, piqué au vif, saisit brutalement le bras d'Athanassos et se met à l'injurier:

— Tu n'es qu'un petit amateur sans envergure. Un minable anarchiste qui sait uniquement faire sauter quelques ponts. Sans tes paquets de dynamite, qu'est-ce que tu deviendrais? Tu n'as jamais rien compris à la révolution. Si on t'écoutait, on en serait encore aux petites embuscades au coin des défilés.

— Ce n'est pas moi qui le dis. C'est Marcos...

— Marcos a démissionné, il s'est rendu compte de son erreur.

Pythagoras hurle:

— La révolution, c'est l'instauration d'un ordre nouveau, un gouvernement provisoire, une armée démocratique...

— Commandée par Zéphiriadis qui a ainsi éliminé son ancien camarade de combat.

— Oui, et après! L'impact international de notre action est considérable...

16

– Tu te moques, coupe Athanassos à nouveau goguenard. Notre gouvernement n'a encore été reconnu par personne!

Pythagoras veut répondre vertement, mais se tait en voyant le Bulgare entrer brusquement dans le café et lâcher d'une voix glaciale :

– Au lieu de discutailler, vous feriez mieux de rameuter vos hommes. On évacue dans une heure. Une colonne de blindés a été détectée par une de nos patrouilles. Elle est planquée sur la route de Salonique, à quelques kilomètres d'ici.

– Et voilà la belle, la mirifique opération! explose Athanassos. On occupe, on évacue. Un vrai pas de deux.

– Alors cela ne vous suffit pas! poursuit-il, rouge d'indignation. Edessa, attaqué sans succès pendant plusieurs jours. Les pertes, on les cache pudiquement. Naoussa pris un jour de décembre, abandonné le lendemain; repris en janvier, évacué deux jours après. Résultat, parmi d'autres, deux villages en ruine, des centaines de morts. Pendant ce temps-là, calmement, presque impunément, Papagos met sur pied une formidable armée qui va tous nous anéantir, si vous persistez dans votre folie de guéguerre à la papa!

Le Bulgare s'est reculé derrière le comptoir :

– Tu devrais calmer ton ami par trop impétueux, Pythagoras. J'ai la fâcheuse impression qu'il n'est là que pour discuter les ordres.

Mais Athanassos ne l'écoute pas, emporté par une colère trop longtemps contenue :

– C'est un Bulgare qui ose me dire cela! A moi, un Grec, un partisan des premières heures! N'oublie pas, mon joli freluquet, qu'après les Italiens sont venus les Allemands; et sur leurs talons sont arrivés les Bulgares, comme des hyènes, pour arracher quelques morceaux de viande à notre pauvre pays. Et c'est toi qui me donnes maintenant des ordres! Un bon conseil, mon petit, tu ferais mieux de fermer ta sale gueule avant que je ne la démolisse définitivement. Avant que tu ne reviennes, Pythagoras essayait de m'initier

17

aux mystères de la haute politique révolutionnaire. Mais moi, je ne suis qu'un minable, comme il dit si bien. Je ne suis pas politicien. Ce que je veux, c'est bâtir une Grèce nouvelle, où nous n'aurons plus d'ordres à recevoir, ni de conseils à écouter de qui que ce soit, Turc ou Anglais, Serbe ou Russe. Je sais ce qui se passe en ce moment en Serbie. La lutte implacable que se livrent Tito et Staline. Nous ne sommes qu'un pion sur l'échiquier, et les véritables acteurs sont les Américains et les Russes. Mais, dis-moi, Bulgare, que font-ils tes amis pour notre cause à nous, les Grecs? Je trouve leurs conseils bien hypocrites. Créez une armée, disent-ils, battez-vous comme on se bat entre nations, car vous êtes une vraie nation, une nation révolutionnaire. Et qui l'arme, cette armée de fanatiques? Personne, si ce n'est nous-mêmes, par nos prises sur l'ennemi. On dirait que vous nous suggérez tout cela pour mieux nous faire battre.

Athanassos, de plus en plus menaçant, s'est approché du comptoir. Vivement, il dégaine son revolver.

– Je vais te tuer, sale petit...

Il n'a pas le temps de terminer. Deux formidables explosions ébranlent le café. Une étagère s'écroule en un grand fracas de verre cassé, et au même instant la porte s'ouvre brutalement sur Képhaléos qui braille :

– Un avion nous bombarde! Les salauds, ils ont même un avion!

Tous se précipitent dehors pour aussitôt se jeter à plat ventre. L'avion passe au-dessus de la place dans un bruit assourdissant, lâchant une longue rafale de mitrailleuse qui fait à moitié s'effondrer la barricade et une maison d'où sortent affolés quelques soldats.

– Nom de D... de nom de D...! jure Pythagoras en se relevant. Ils n'ont pas perdu de temps.

L'avion au loin vire en une large courbe puis s'aligne à nouveau dans l'axe de la place.

Le Bulgare vocifère des ordres aux hommes qui sont encore en position à l'entrée du village. Pythagoras crie à Athanassos de courir jusqu'à l'église, transformée en infirmerie :

– Préviens Héléna, Képhaléos viendra avec le camion embarquer les blessés dès que l'avion se sera éloigné. Ils vont nous tomber dessus d'un moment à l'autre.

L'avion repasse dans le tonnerre des mitrailleuses. Sous l'impact des balles, un balcon vole en éclats dans un nuage de poussière blanchâtre. Un homme, les mains sur la tête, traverse la place en hurlant.

Athanassos se retrouve seul dans l'encoignure d'une porte, la main crispée sur son revolver. Il aperçoit au loin un groupe de partisans qui s'égaillent dans toutes les directions. Pythagoras et le Bulgare ont disparu. L'avion est reparti. La fumée lentement se dissipe. La place est à nouveau déserte, immobile. D'un coup, les explosions, les mitrailleuses, les cris, tout s'est tu. Quelques minutes d'un énorme tourbillon, la poussière, les giclées de balles sur les murs qui se craquellent, les hommes qui courent dans tous les sens. Et puis, plus rien. Un paysage à nouveau stratifié. A se demander s'il y a encore quelqu'un de vivant.

Machinalement, Athanassos rengaine son arme, époussette d'un geste rageur son treillis de l'armée anglaise. Le camion fait le tour de la place et vient se ranger contre un mur. Képhaléos et Pythagoras en descendent d'un bond.

L'église est minuscule, les murs peints à la chaux. Les bancs ont été repoussés contre l'autel. Une statue en tombant s'est brisée en mille morceaux. Sur des matelas récupérés dans les maisons gisent une dizaine de blessés. Au milieu d'eux s'affaire une jeune femme habillée d'une blouse blanche presque immaculée.

– Héléna...

Elle s'est retournée et sourit à Athanassos qui un peu gauchement lui prend les mains.

Pythagoras et Képhaléos commencent l'évacuation des blessés qu'ils étendent à l'arrière du camion.

– Tu n'as rien...?

Athanassos désemparé ne sait que faire. Il reste un moment les bras ballants à regarder Héléna qui soutient un tout jeune homme.

19

– Ne reste pas ainsi, chuchote-t-elle. Celui-là, il n'y arrivera jamais tout seul.

Il fait une chaleur accablante, humide, avec une mauvaise odeur de sang séché, d'éther et d'urine. Chaque fois qu'ils ouvrent la porte, une nuée de mouches s'élève dans la lumière du soleil. Et le bourdonnement de ces mouches, étonnamment perceptible, rend soudain Athanassos conscient du profond silence qui règne dans cet hôpital de fortune. Pas un cri, pas un gémissement, leur souffrance ne s'exprime ni en plaintes ni en pleurs. Ils ont les lèvres trop pincées, les mâchoires trop serrées. Non seulement ils souffrent, mais ils sont paniqués, affolés de ce qui les attend s'ils tombent aux mains des gouvernementaux.

Athanassos sent contre lui la sueur du torse dénudé d'un jeune paysan blessé aux jambes. Le gosse claque des dents.

– Pressons, pressons. – Pythagoras jette un regard inquiet sur la barricade qui achève de brûler.

– Il faut partir avec nous, dit-il à Athanassos.

Héléna à l'arrière du camion arrange une paillasse, recouvre d'une toile un blessé qui grelotte. Képhaléos emporte un dernier matelas qu'il cale tant bien que mal contre la ridelle arrière.

– Il me reste quelques mines et trois pains de T.N.T., murmure Athanassos; dans un sac, derrière le café; cela les retardera.

Héléna s'est assise contre le matelas. Elle paraît exténuée, vidée de toute la farouche énergie dont elle a fait preuve depuis le début de la journée. Elle se penche vers Athanassos et finit par lui dire d'une voix sourde :

– Je vais retourner chez mon père, à Iérissos. Je n'en peux plus.

Le camion, poussif, s'ébranle dans un grand bruit de ferraille qui se répercute le long des murs hermétiquement clos.

– J'ai peur, Athanassos. – Elle s'est redressée, mince silhouette dans sa blouse d'infirmière, ses longs cheveux

20

blonds recouvrant son visage. – Rejoins-moi chez mon père, je t'en prie. Là, ils ne viendront pas nous chercher. Derrière notre maison, il y a le Mont Athos, la Montagne Sainte est un refuge inviolable, le Mont Athos... Rappelle-toi, Athanassos, le Mont Athos...

Le camion s'éloigne en soulevant un lourd nuage de poussière.

La voix d'Héléna se perd dans les crachotements du moteur. Athanassos, étonné de l'attitude bizarre de la jeune femme, distingue encore les mots : refuge, Athos... Puis tout devient confus. Il vacille sur lui-même, trébuche sur une pierre et s'écroule contre la porte qui s'ouvre en grinçant sur l'église dévastée. Il se met à frissonner de tous ses membres. Un étourdissement, marmonne-t-il. Ce n'est pas le moment. Il faudrait que je mange quelque chose – l'ouzo, ce Bulgare de malheur, le soleil et les blessés, ça fait un drôle de mélange.

Appuyé contre une colonne, Athanassos reprend peu à peu ses esprits. Il pense à Héléna. Qu'est-ce qu'il lui a pris de hurler comme cela? C'est la première fois qu'il la sent à ce point bouleversée. Depuis des mois qu'elle les suit dans tous leurs mouvements, il ne l'a jamais vue ainsi. C'est trop dur pour elle. Elle n'a pas eu le temps de s'habituer.

Athanassos hoche la tête, songeur. Lors de leur première rencontre chez son père, à Iérissos, il avait aussitôt aimé son sourire, ses mines effarouchées au milieu des rudes plaisanteries. La pauvre fille n'était pas faite pour la guerre, malgré sa détermination, sa fougue, son entêtement. Elle ne voyait que le côté horrible de leur aventure, les mutilés, les pleurs, les morts. Elle n'avait peut-être pas l'étoffe d'une infirmière. Elle était trop maternelle, les blessés devenaient ses enfants. Cela faisait beaucoup de fils morts pour une seule mère.

Athanassos se demande ce qu'elle a voulu dire par : le Mont Athos. C'est comme s'il l'entendait à nouveau crier, éperdue, ce mot qui résonne étrangement à son oreille. Un refuge? plutôt une menace, une menace d'ensevelissement. Il ne connaît pas grand-chose de la Montagne Sainte. Un pays de moines, un pays d'il y a mille ans. Athos, quel drôle de nom. Elle criait cela comme on invoque un dieu. Il se remet à trembler. Tout bascule à nouveau. Il tombe durement sur les genoux. Les murs de l'église tournent autour de lui en une folle sarabande.

Combien de temps est-il resté ainsi, étourdi, incapable du moindre mouvement? Il ne sait pas très bien. Lorsqu'il sort enfin de l'église, titubant comme un homme ivre, le soleil est encore haut dans le ciel, mais la chaleur semble moins suffocante. Une légère brise soulève quelques volutes de poussière. Avec circonspection, il s'engage sur la place, pestant pour tout ce temps perdu. Mais rien ne bouge. Le village est toujours aussi désert, aussi silencieux. Athanassos rejoint le café, récupère dans la cour un grand sac recouvert d'inscriptions sibyllines et se dirige vers ce qui reste de la barricade.

A l'aide d'une petite pioche il se met à creuser consciencieusement, inondé de sueur. Il ne pense plus à Héléna, ni à Pythagoras, ni au Bulgare. Il tire un peu la langue, comme un écolier studieux, lorsqu'il dépose délicatement la première mine dans son trou. Deux corbeaux, lentement, volent au-dessus du village, décrivant de larges cercles concentriques. Dans la masse confuse des bois enchevêtrés de la barricade, il remarque un prie-Dieu, à moitié calciné, dessinant une croix sur le ciel blanc de chaleur. Un moment il s'arrête, contemplant ce signe qu'il ne comprend pas encore. Puis, il reprend son travail, avec une application renouvelée. Le Mont Athos n'est pour lui qu'un mot vide de sens. La croix annonce les pelotons d'exécution et les fosses communes. Le mot comme le signe l'indiffèrent. Leur puissance ne l'effleure pas.

Lorsque tout est fini, il ausculte une dernière fois son œuvre, en apprécie, d'un sourire, la « discrétion ». Puis, le baluchon sur le dos, mi-vagabond, mi-poète, peut-être déjà pèlerin, il se dirige vers les collines.

II

Iérissos, sur la côte nord de l'isthme reliant le Mont Athos à la Grèce, est une petite bourgade qui s'étire entre les dunes et les collines recouvertes de genêts, annonçant les premiers contreforts de la Sainte Montagne. Le long de l'unique rue qui mène à l'église s'alignent en un plaisant désordre les maisons blanchies à la chaux, aux balcons fleuris d'une multitude de plantes, qui donnent à chaque façade un aspect bigarré, chatoyant sous le soleil.

Là, une centaine de familles essaient de subsister, vivant tant bien que mal de la pêche et de maigres cultures éparses, rongées par le sable. Depuis toujours, les hommes sans travail s'embauchent dans les monastères de l'Athos, comme manœuvres, maçons ou simples cultivateurs. Cela leur assure les repas de la semaine. Mais les monastères, dépeuplés, ne peuvent subvenir à toutes les demandes. La révolution russe et la guerre n'ont fait qu'accélérer ce lent processus de dégradation. La Sainte Montagne, jadis riche de milliers de moines, pôle d'attraction spirituel du monde byzantin, n'est plus maintenant qu'une pâle image, presque incongrue, de sa splendeur passée. Les ducs et les princes n'y font plus retraite, les offrandes tarissent, les novices deviennent rares. Et Iérissos, amarrée depuis des siècles à la presqu'île sacrée, si elle en a pris une certaine teinture perceptible dans la profusion des fleurs, la blancheur immaculée des murs, et la propreté méticuleuse des ruelles, Iérissos malheureusement subit la désaffection et la ruine des monastères. Repliée sur elle-même, ni profane ni sacrée, à la frange d'un monde interdit aux femmes, elle végète, un peu lasse, un peu oisive, dans l'ennui des jours trop vides qui s'enchaînent lentement, sous l'immuable soleil à peine voilé parfois de quelque orage passager. Elle a traversé, sans grands dommages, la guerre, l'occupation allemande, la Résistance. Elle a connu par ouï-dire les grandes famines et les batailles héroïques. Le paysan est trop occupé par sa terre stérile, le pêcheur par sa barque vermoulue pour se soucier des problèmes qui agitent les villes si lointaines. Ceux qui travaillent chez les moines ont acquis un autre goût de la vie, qui les fait se désintéresser des luttes politiques. Et lorsque la guerre civile a remplacé la Résistance, là encore Iérissos s'est tenue à l'écart des combats fratricides qui déchirent jusqu'aux bourgades voisines du nord de la Chalcidique.

Misérable, Iérissos vivote, alanguie, dans la chaleur moite de ce jour à tous les jours pareil. En ce terrible mois d'août 1949, rien ici ne transpire. Dans le Nord, le dernier acte se joue. Le schisme Tito-Staline est accompli, la frontière yougoslave fermée. Tout un peuple de fuyards passe clandestinement en Albanie où il est interné. La révolution se meurt. Comment s'intéresser à cette agonie, lorsqu'on est près des monastères, déjà en quelque sorte hors du temps, hors de l'histoire. Oui, comment comprendre une telle folie, alors que la nature respire ici une sérénité particulière : la mer est si bleue, les collines si douces, les fleurs si belles...

Par réaction, par révolte, Héléna a voulu connaître la guerre, la souffrance, la saleté des petites infirmeries de campagne. Par amour pour Athanassos, elle s'est échappée de ce monde clos, insipide. « Je veux vivre, disait-elle, je veux vivre les grands événements qui font l'histoire d'un peuple, participer, lutter, pas forcément vaincre. Mais me battre. »

Elle qui a horreur du sang, des blessures, de ce qui est sale, elle a été servie. En trois mois, non seulement la boue et la poussière l'ont submergée – s'il n'y avait que cela! –, mais il y eut les trahisons, les combines, les compromissions. L'amour-propre qui fait aller au massacre des dizaines de pauvres types. L'obstination qui invente les pires défaites. Trois mois pour connaître la guerre, pire que la guerre. Un combat sans formes définies, sans adversaires déclarés. Une lutte sanglante, impitoyable, et en même temps évasive, déconcertante, terriblement inutile.

Elle a souvent interrogé Pythagoras, qu'elle admire pour sa culture, un peu livresque trouve-t-elle parfois. Ses réponses ne l'ont pas convaincue. Il y a trop d'étrangers dans leur combat de Grecs. Il y en a même de plus en plus depuis quelque temps. Elle est de l'avis d'Athanassos : leur guerre est une affaire intérieure. Si elle dégénère, c'est bien à cause de l'immixtion, de part et d'autre, d'étrangers qui importent leurs propres intérêts et relèguent l'avenir du pays dans les placards aux vœux pieux.

Elle a voulu persister, pour être à côté de son amant. Elle s'est alors aperçue qu'Athanassos n'était pas vraiment un révolutionnaire. Que cette insurrection, à laquelle il participait pourtant de tout son être, de toute son âme, il ne la vivait pas d'une manière... orthodoxe, se moquant, à plaisir provocateur, des fameuses normes politiques prônées par Pythagoras.

Athanassos combat pour lui, cette guerre est sa guerre, une sorte d'affaire personnelle, purement privée. Il ne permet à personne, pas même à Pythagoras, de s'immiscer dans le petit univers fermé qu'il s'est forgé au long des batailles, des sabotages et des actions terroristes. Il aime trop être seul, agir en solitaire, maître de lui-même, obstinément muet quand on lui demande de participer à quelque action collective. Buté et frondeur, Athanassos n'est nullement le vaillant révolutionnaire qu'elle imaginait ingénument dans ses rêves de gloire. Plusieurs fois elle lui a reproché son amateurisme, son indiscipline. Il s'en tirait alors par une boutade, un éclat de rire. Elle essayait sérieusement d'entamer une discussion, à ses yeux fonda-

25

mentale. Cela se terminait invariablement par une embrassade, un baiser dans le cou; il avait alors une manière de la prendre qui la laissait sans forces, sans volonté. A la fois heureuse parce qu'elle était femme, jeune et désirable; et malheureuse de n'être pas un simple camarade, le camarade de tous les instants sombres et lumineux, que l'on écoute avec attention et respect.

Pendant ces trois longs mois, Athanassos n'a pas cessé de la déconcerter, par désinvolture, par amusement. Elle sent en lui, et c'est une intuition toute féminine, une disponibilité qui souvent l'effraye, car alors il lui échappe – encore plus définitivement que s'il la répudiait. Héléna, tout simplement, aime ou croit aimer. Mais inconsciemment elle aspire à un autre amour. Un amour de femme courtisée, de mère tout entourée de prévenances. Athanassos avec sa brusquerie et ses sautes d'humeur n'a rien du courtisan, ni de l'amoureux transi.

Inquiète, Héléna attend Athanassos. Trois semaines se sont écoulées depuis le funeste épisode de Langadikia. Après avoir déposé les blessés dans un village, Pythagoras l'a accompagnée avec le vieux camion jusqu'à Iérissos. Il a refusé qu'elle garde le jeune paysan blessé aux jambes. Il est reparti aussitôt dans la montagne, la laissant seule et découragée.

Elle comprend maintenant le refus de Pythagoras. En quelques jours les événements se sont tristement précipités. Par Képhaléos, elle sait ce qui se passe dans le Nord. Elle est bien la seule personne du village à s'intéresser ainsi à la guerre. Avec probablement son père qui se souvient toujours du conflit gréco-turc, et ne manque pas de faire les rapprochements les plus inattendus. Les gens du village, pour cette raison peut-être, les tiennent tous les deux à l'écart des réunions dominicales et des veillées au coin du feu. Comme s'ils craignaient d'attirer par leur curiosité l'attention de ceux de l'extérieur, qu'ils soient révolutionnaires ou gouvernementaux, peu leur importe.

Jour après jour, Héléna attend Athanassos, angoissée par

les nouvelles les plus folles qui circulent désormais au gré de la fantaisie de quelques marchands ou bergers. Au début, elle ne s'est pas trop alarmée de son absence; orgueilleux comme il est, il ne va certes pas accourir à son premier appel! Il faut d'abord qu'il comprenne. Il doit faire son petit tour avant de se décider, discuter avec les copains, aller jusqu'à Salonique. Cela prend une semaine. Elle n'arrive pas à s'expliquer un tel retard, sinon par quelque chose que tout son être refuse instinctivement. Il est trop habile, un vieux de la vieille, qui connaît toutes les ruses. Il est passé au travers des Allemands, ce n'est pas maintenant qu'il va se faire prendre. Elle ne peut plus supporter son père qui la regarde silencieusement en mâchouillant un éternel mégot.

Dans la fraîcheur du soir, Héléna est sortie se promener sur la grève. Un violent orage a éclaté dans l'après-midi, aussi court que brutal. Le sable est encore mouillé, mince pellicule qui colle aux chaussures. Une brise légère fait friser par endroits la mer plate comme un lac de montagne. Derrière les collines de Chalcidique, le soleil se couche dans un grandiose déploiement de munificence, sous un ciel irisé, que frangent à l'horizon les lourds nuages de l'orage qui s'éloigne. Le spectacle est d'une telle majesté qu'elle en oublie son angoisse. Assise sur une pierre, elle contemple fascinée les fastes que déploie pour elle une nature à nouveau virginale.

Un gamin essoufflé s'arrête derrière elle. Elle ne l'a pas entendu arriver.

– Athanassos est là, crie-t-il, tout excité. Je l'ai vu, il a une barque, au débarcadère.

Le temps qu'elle se lève d'un bond, le gamin a déjà disparu derrière la dune. Elle court vers le village, les cheveux au vent, légère, tout d'un coup si légère. Relevant sa jupe qui la gêne, c'est telle une bacchante, échevelée, les joues en feu, qu'elle se jette dans les bras d'Athanassos qui vient d'amarrer sa barque au ponton.

27

– Athanassos! enfin.

Elle le regarde, riant et pleurant à la fois.

– Tu en as mis du temps!

Seuls sur la grève, longuement, comme au ralenti, ils s'embrassent, s'unissent dans une fougueuse étreinte, unique silhouette se découpant sur le ciel empourpré des derniers rayons du soleil. Puis ils se détachent l'un de l'autre, dans un rythme de danse silencieuse, et semblent tournoyer, les bras étendus, au gré de leur fantaisie. Pour mieux à nouveau se rejoindre, le corps langoureux d'Héléna ployé contre la poitrine de son amant. Souples, haletants, tout à leur joie amoureuse.

– Cela fait un mois que j'attends. Tu n'avais donc pas compris, à Langadikia, qu'il fallait que tu me rejoignes ici au plus vite?

Athanassos se met à rire devant la mine soudain renfrognée de la jeune femme.

– Que tu es belle, mon Héléna, avec ces yeux noirs pleins de reproches! Allez, on va à la maison, j'ai hâte d'être seul avec toi. Et j'ai une de ces soifs!...

Bras dessus, bras dessous, ils se dirigent vers le village. Sous les platanes de la place, le café a sorti ses tables et ses chaises de bois où déjà quelques vieillards sont attablés. A leur passage, les conversations se sont tues et les hommes regardent avec une moue désapprobatrice cette femme qui s'affiche ainsi avec un aventurier notoire. Héléna devine leurs interrogations et presse le pas.

– Ici, rien ne change, comme tu peux le constater, souffle-t-elle à Athanassos qui ne s'aperçoit de rien. Les femmes sont juste bonnes à faire la cuisine, torcher les gosses et nettoyer la maison. Alors, quand ils me voient, avec ma jupe de couleur et mon corsage trop décolleté, te donner ostensiblement le bras, affichant, comble de dérision, tous les signes du bonheur le plus parfait, ils ne peuvent s'empêcher de marmonner les pires injures, imaginent les luxures les plus abominables et, en tout état de cause, me vouent au diable.

Héléna éclate de rire : vive le diable, s'il est amoureux!
puis elle continue :

– Ce soir, j'aurais dû aller à vêpres, comme toutes les
femmes du village. Mais il faisait trop beau après cette pluie
d'orage. Il aurait fallu me changer. Je ne pouvais pas entrer
dans l'église habillée ainsi! Et pour quoi faire? Mon esprit
était ailleurs, je ne faisais que t'attendre. Dis-moi, ta révolution, ne va-t-elle pas changer ces habitudes ancestrales, la
femme recluse et bigote, invisible?

– C'est aussi la tienne, de révolution, répond Athanassos
sur le même ton. Elle se porte bien mal depuis quelques
jours. On a voulu jouer à la guéguerre, et on est en train de
se faire moucher comme de sales mômes.

– Tu as des nouvelles? – Héléna est à nouveau sérieuse.

– Des nouvelles! Eh bien, justement, il n'y en a pas. On
dirait qu'il ne se passe plus rien. Aucune information! Tu lis
un journal, pour un peu il n'y a jamais eu de guerre civile.
Mais je crois que des choses terribles ont lieu à la frontière
yougoslave. Les Serbes sont de vrais salauds. Nos troupes
sont acculées par l'aviation, les chars, l'artillerie, le dos aux
barbelés. On doit se battre partout dans les montagnes du
Nord. Enfin, je le suppose! Les maigres renseignements qui
arrivent à filtrer ne sont plus contrôlables. J'ai été à
Salonique, la ville est bourrée de soldats. Toutes les plan-
ques sont vides. Je n'ai pu rencontrer qu'un seul des nôtres,
et encore, il n'est pas sûr. Ce que je rapporte vient de lui. A
accueillir avec réserve. Ce qui m'inquiète surtout, ce sont les
copains qui ont disparu. Volatilisés. Impossible d'en savoir
davantage. Dès qu'on aborde certaines questions, les gens
commencent à vous regarder d'un drôle d'air.

Ils sont arrivés devant la maison d'Héléna. Sur le pas de la
porte, recroquevillé sur un petit fauteuil délabré, le père
d'Héléna, Démétrios, somnole doucement, les mains crispées sur son ventre.

– On va entrer par le jardin. Il se réveillera bien assez tôt,
chuchote Héléna. Quant aux événements, je m'aperçois que
j'en sais plus que toi, perdue dans mon village de demeurés.

29

Dimanche dernier, Pythagoras est passé. C'est pire encore que tu ne le crains. C'est foutu, mon vieux. La révolution est foutue.

Dans la salle à manger, Athanassos mange, dévore plutôt le maigre repas qu'Héléna lui a préparé rapidement. Une lampe à pétrole éclaire avec parcimonie la petite pièce encombrée de meubles, où flotte une faible odeur d'anis.

La nuit est tout à fait noire maintenant. Athanassos, repu, se cale sur sa chaise avec un grand soupir de satisfaction :
— Tu vas me dire, commence-t-il, ce qu'il t'a pris à Langadikia. Pourquoi as-tu crié ainsi? J'y ai pensé tous les jours.
— Tu es un mufle, je sais que tu ne penses pas un mot de ce que tu dis. Mais je répondrai plus tard à ta question... à ma manière. — Héléna sourit. — Auparavant j'ai un message important à te communiquer de la part de Pythagoras.
— De la part de Pythagoras? Il ne sait pas que je suis chez toi.
— Bien sûr que si! Il était persuadé que tu viendrais me retrouver tôt ou tard. A force, il finit par prévoir tes réactions! Il m'a chargée de te dire deux choses. Premièrement, de te méfier de tout le monde, et en particulier du Bulgare et de ses amis. Deuxièmement, si tu le désires et uniquement dans ce cas-là, car il ne veut forcer personne, de le rejoindre le plus rapidement possible.

Héléna explique en détail ce que lui a raconté Pythagoras. L'Armée démocratique a cessé d'exister, la révolution est étouffée dans un bain de sang et l'indifférence des autres pays. Commence une autre révolution. Il faut reprendre la guérilla préconisée par Marcos. Elle doit se préparer dans la clandestinité. Pythagoras avait prévu cette éventualité, il a gardé certaines attaches du temps de la résistance contre les Allemands. Puis elle lui parle du Bulgare qui n'a pas du tout apprécié son esclandre dans le café de Langadikia. Il a prévenu gentiment Pythagoras qu'il allait prendre des mesures radicales contre ce genre d'olibrius, comme il dit avec dédain, dont la révolution n'a que faire.

Athanassos, songeur, comprend pourquoi, dans ses recherches à Salonique, il s'est heurté plusieurs fois à un mur, toutes les portes semblant se fermer devant lui.

– Non seulement notre armée est battue, notre révolution écrasée, mais en plus on se querelle entre nous. Devant l'envahisseur, c'est l'union sacrée qu'il faut réaliser. Au lieu de cela on règle nos comptes. Comment veux-tu gagner? Peut-on espérer un instant réussir ce qui nous tient aux tripes depuis si longtemps, quand de pareils tocards ne pensent qu'à éliminer ceux dont le seul tort est de dire tout haut la vérité?

Tristement, Athanassos se passe la main sur le visage, comme s'il voulait chasser ainsi toute la rage muette et impuissante qu'il sent sourdre en lui. Le Bulgare est le genre de type qui n'oublie pas et qui fait passer ses rancunes personnelles devant toute autre considération. Il l'a jugé depuis longtemps.

– J'aurais dû l'écraser comme une vulgaire punaise.

Héléna s'est levée et commence à débarrasser la table. De temps en temps, elle regarde à la dérobée Athanassos qui sirote sans mot dire un dernier verre d'ouzo.

– Ne pense plus à tout cela, murmure-t-elle enfin. Pendant quelques heures ne pensons plus qu'à nous. Des jours, des mois difficiles se préparent. Profitons-en. Viens.

Héléna s'approche d'Athanassos, provocante, soudain sensuelle. La nuit se referme sur eux. Le vent s'est levé qui fait frémir le cyprès du jardin.

Très tôt le lendemain matin, alors qu'Héléna prépare le café, Athanassos rasé de frais va se dégourdir les jambes dans le jardin où déjà Démétrios a installé sa chaise le long du mur, face au cyprès. Il se sent toujours un peu gauche devant le père d'Héléna, ne sachant jamais très bien

quoi dire à ce vieillard avare de ses paroles, dont le regard sans cesse se perd en un lointain et inaccessible horizon. Démétrios semble pourtant moins renfrogné que d'habitude. C'est lui qui entame la conversation de sa voix zézayante :
— Tu ne devrais pas rester ici, Athanassos. On est déjà assez mal vus par les gens, pour ne pas en rajouter.

Athanassos, interloqué, ne trouve à répondre qu'un : Je sais, évasif.

— Si tu aimes Héléna, et je pense que tu l'aimes, poursuit le vieux du même ton monocorde, tu ne dois pas rester ici. Tout le monde sait que tu es un partisan. On saisira la première occasion pour te dénoncer, et poser toutes sortes de questions indiscrètes à Héléna. Moi, cela m'est égal, j'ai accompli mon temps. Il faut bien mourir d'une manière ou d'une autre. Mais ma petite fille, te rends-tu compte de ce qu'ils pourraient lui faire ?

— Je sais bien, répète Athanassos machinalement.

— Tu partiras ce matin même. Je ne peux te garder plus longtemps sous mon toit. Plus tard tu reviendras, lorsque les rancunes se seront calmées. Et tu pourras épouser Héléna.

Démétrios calmement regarde Athanassos qui finit par marmonner entre ses dents : Je partirai, ne t'inquiète pas, je partirai dès ce matin. Le temps de boire mon café. Le vieillard à nouveau contemple le cyprès, il ne l'écoute plus.

— Tu ne m'aimes pas beaucoup, grand-père, poursuit Athanassos à voix basse. Je suis celui qui a pris ta fille, qui l'a entraînée loin de chez toi. Je l'ai déshonorée, quoi de plus honteux pour une Grecque. Je vais partir, tu as raison. Je risquerais de lui porter malheur. Mais réponds-moi, si tu peux, où veux-tu que j'aille ? Mes amis sont dispersés, pourchassés, emprisonnés peut-être. Moi qui n'aime pas les ordres, je souffre de n'avoir plus de directives, je recherche vainement quelque chose qui puisse encore m'être secourable. Et rien, il n'y a plus rien. Je suis un vulgaire terroriste, un repris de justice qui mérite la corde. Bien pire, je dois me défier de mes anciens compagnons.

32

» Où veux-tu que j'aille, Démétrios ? Héléna, lorsqu'elle a craqué, avait ta maison, savait te retrouver, toi, solide, immuable, éternel comme ce cyprès que tu contemples les yeux mi-clos. Mais moi, je n'ai plus d'attaches, aucun refuge. Mon père a été tué par les Italiens, les premiers jours de la guerre. Ma mère est morte pendant cet hiver terrible de 1941, morte de tristesse, de privations, d'usure et de larmes. Rappelle-toi cet hiver affreux, la famine, la neige, même la neige ! Les enfants qui crevaient de faim. Quelle misère ! Je suis un peu responsable de la mort de ma mère. Elle ne m'avait pas revu depuis plusieurs mois. Elle me croyait fusillé, déporté, alors que je courais la campagne tel un jeune loup, ne vivant que d'embuscades, coups de main, attentats. Ma mère est morte de faim, solitaire, abandonnée, dans une chambre sordide de la banlieue de Salonique. Dis-moi, Démétrios, vers qui puis-je me tourner ?

Athanassos est entré dans la cuisine, s'est arrêté devant Héléna qui lui prend la tête dans ses mains. Et il se met à pleurer, désemparé, vidé, les jambes molles et flageolantes, comme un petit enfant qui se rend compte soudain qu'il est perdu. Doucement Héléna l'entraîne dans la salle à manger, le fait asseoir, lui sert son café, heureuse d'être la mère retrouvée qui calme les angoisses d'un mauvais rêve.

– Je n'ai même plus d'explosifs. On me demanderait de faire sauter un pont que je ne le pourrais pas.

Athanassos rit nerveusement en haussant les épaules.

– Pourquoi dis-tu que tu ne sais pas où aller ? Pythagoras t'attend, c'est la première chose que je t'ai annoncée hier soir.

– Oui, c'est vrai. Mais après ce que tu m'as dit du Bulgare, je me demande si c'est bien prudent.

– Pythagoras n'a jamais aimé cet homme. S'il veut te voir, c'est qu'il a songé aux conséquences.

Athanassos, réticent, secoue la tête. Il pense à son camarade, à tout ce qu'ils ont souffert ensemble dans les maquis. Lui si frêle, si fragile, presque maladif.

– Tu as raison, acquiesce-t-il enfin. J'irai retrouver Pythagoras, je vais partir tout de suite. Pas la peine de s'éterniser, c'est le vœu le plus cher de ton père. Auparavant, tu as une réponse à me donner. Hier soir nous avons parlé de beaucoup de choses, mais tu n'as pas répondu à la seule question que je t'ai vraiment posée. Pourquoi, à Langadikia, lorsque tu es partie dans le camion de Képhaléos, tu as crié : Viens chez moi, il y a le Mont Athos, c'est un refuge. Tu as hurlé plusieurs fois ce mot : Athos! Athos! Que voulais-tu dire par là? Tu étais subitement si différente...

Athanassos arrête d'un geste Héléna qui veut lui répondre.

— Attends, je n'ai pas fini, il ne faut pas m'interrompre, car j'ai le pressentiment de quelque chose qui m'effraie au plus profond de moi-même. Ce mot a résonné dans ma tête avec un bruit de trompette. Il y a eu une brisure, je suis tombé et j'ai perdu connaissance...

Athanassos réfléchit un instant, étonné de ce qu'il découvre, puis reprend :

— C'était le Mont Athos qui avait déclenché en moi ce brusque étourdissement, il en était responsable. Une résonance... bizarre; ce mot pour moi ne signifie rien, ne rappelle rien. Je n'ai jamais été dans ce pays perdu de monastères en ruine. Et je n'y mettrai probablement jamais les pieds.

— C'est là où tu te trompes, Athanassos. Tu acceptes d'aller retrouver Pythagoras. Mais tu ne sais pas encore où il est. Maintenant, je peux te le dire. C'est étrange, n'est-ce pas, tout s'enchaîne, Pythagoras est au Mont Athos.

Comme tout s'enchaîne en effet. Athanassos a l'impression diffuse d'un nouveau nœud qui se ferme. Une main inconnue semble vouloir l'asservir dans les mailles d'un filet que patiemment elle tisse autour de lui, camisole qu'on le force à porter, bon gré, mal gré, au fil des événements qu'il ne comprend plus. Il sent au creux de la poitrine une boule qui soudain palpite d'une vie autonome, en dehors de toute volonté précise...

— Pourquoi ne pas me l'avoir dit plus tôt? arrive-t-il à dire.

– Il fallait d'abord que je sois sûre de ton accord. Pythagoras avait été très explicite sur ce point. Tu ne diras le lieu de ma retraite que lorsque Athanassos t'aura promis de venir me rejoindre. Si tu avais décidé de retourner à tes vagabondages solitaires, tu n'aurais jamais connu où se cachait Pythagoras.

Athanassos ricane. Il reconnaît bien là l'esprit biscornu de Pythagoras et son goût du secret. Le cloisonnement, comme il aime à répéter, est la clef de la sécurité. Il le soupçonnait d'avoir une cache inconnue de tous qu'il taisait jalousement et où il devait se rendre de temps en temps, une semaine, un mois, pendant lequel on n'entendait plus parler de lui. Il réapparaissait ensuite, presque guilleret, en tout cas ragaillardi, plein d'idées nouvelles, confiant dans ses projets les plus insolites. Ainsi, c'est du Mont Athos qu'il revenait. Pendant ces années de luttes, les confidences des longues veillées, les attentes avant les embuscades, les fuites dans les bois ou les ruelles de Salonique, jamais Pythagoras n'avait parlé de ces moments vides où il disparaissait aux yeux de tous. Il allait dans ce pays de moines, lui le marxiste, athée comme il n'est pas permis, sans cesse prêt à critiquer l'Église, ses popes souvent incapables et toujours sales, raillant invariablement en d'acerbes anecdotes les ambiguïtés de leurs prises de positions officielles.

– Il t'attend à la skite [1] du Père Andréas. C'est là qu'il vit lorsqu'il se retire au Mont Athos. Le père est un vieil ami. Je le vois chaque année lorsqu'il visite sa tante à Kafilia. C'est un saint homme, et Pythagoras a beaucoup d'affection pour lui. Sa maison se trouve dans la forêt au-dessus du monastère de la Grande Lavra, tout au bout de la Montagne Sainte. La Grande Lavra a un petit port fortifié très reconnaissable par son allure de château fort, qui se continue par des remparts crénelés jusqu'au monastère, perché sur une

---

1. Skite : maison isolée dans la montagne, abritant un ou plusieurs moines, dont la vie quotidienne est calquée sur celle du monastère dont ils dépendent administrativement.

hauteur. Tu peux amarrer là ton bateau. Tu demanderas ensuite le chemin de la skite du Père Andréas. Tout le monde le connaît. Naturellement toutes ces indications m'ont été fournies par Pythagoras, moi je n'y suis jamais allée, tu penses bien, une femme!

Héléna sourit devant la mine déconfite d'Athanassos.

– De toute façon, tu ne peux pas te tromper. Si tu pars maintenant, tu seras à la skite d'Andréas en fin d'après-midi.

Incrédule, Athanassos regarde Héléna desservir la table, ranger le pain, essuyer la toile cirée. Elle a débité toute son explication comme une leçon bien apprise, mal à l'aise, évitant de croiser son regard. Le Mont Athos, la skite du père Machin! Le petit port fortifié de ce monastère perdu, quelle salade! Que fabrique Pythagoras dans ce monde interdit? Que deviennent leurs luttes, le sacrifice des camarades? Il est maintenant persuadé qu'Héléna lui a menti. Elle connaissait depuis toujours la retraite de la « fouine », son appel à Langadikia n'était pas fortuit.

Comme un automate, il ramasse ses quelques affaires, enfourne le tout pêle-mêle dans son baluchon, hésite avant d'ajouter enfin un revolver qu'il retire de la poche de sa vareuse, deux chargeurs et un antique plan de Salonique tout percé. Puis il se retourne vers Héléna qui attend sans mot dire.

– Ne m'accompagne pas au débarcadère, c'est inutile. Je vais retrouver Pythagoras et voir ce qu'il manigance. Je suis prêt à aller jusqu'en enfer, pour le rejoindre, puisqu'il y a au moins quelqu'un qui m'attend. Une dernière question, Héléna, et puis après, je te promets, je me sauve sans tambour ni trompette. A Langadikia, tu savais déjà que Pythagoras irait se réfugier au Mont Athos. Et c'est pour cela que tu as tellement insisté pour que je vienne chez ton père. Tu étais, en quelque sorte, le passage obligé, l'étape nécessaire avant que j'aille le rejoindre. Il fallait d'abord que j'erre dans la campagne et les rues de Salonique, que je frappe désespérément à des portes obstinément closes. Que j'arrive ici désemparé, perdu, complètement paumé, le petit terroriste sans envergure que je suis toujours resté. Il fallait qu'autour de moi, les camarades se volatilisent, que la révolution se meure au fin fond de la Thessalie...

Athanassos n'en finit pas de se justifier. Il désespère de trouver les raisons qui satisfassent son orgueil. Un univers s'écroule, qui finalement lui convenait. Il y avait ses habitudes, ses petites manies d'amateur éclairé. Maintenant que tout se désagrège, il se retrouve sans volonté, inerte. Il ne rechigne plus à l'idée de rejoindre Pythagoras. Il est même étonné de découvrir une vague impression de soulagement...

Héléna n'a pas bougé. Elle ne peut s'empêcher de sourire, lorsque Athanassos, ayant repris son souffle, repart de plus belle :

– Il y a un mois, je pestais contre des ordres que je ne comprenais pas, je m'insurgeais, je menaçais. Les ennemis embusqués, les attentats manqués, les déroutes camouflées en replis stratégiques, la haine, le désespoir... C'était la guerre! Un mois. Et tout se volatilise. Plus de combattants, plus de groupes organisés. Trente malheureux jours et... il n'y a plus de guerre... plus rien. Seulement Pythagoras, qui accepte de me recueillir dans sa montagne de paumés. Je me demande si cela peut servir à quelque chose. Je pense encore que je serais plus utile à Salonique ou avec les camarades à la frontière. En fait, je ne sais plus. Je ne sais même plus si ce que nous avons tenté, avec notre foutue révolution, avait une quelconque valeur.

» Je pars, Héléna, mais je reviendrai, c'est sûr, je reviendrai vivre avec toi. Pour l'instant c'est impossible, mais je reviendrai te chercher. Je n'ai même plus la force de crier, ni l'envie de râler comme à l'accoutumée, lorsque je dois faire quelque chose qui me déplaît. Je vais m'enterrer chez les moines, alors que d'autres se battent, la poitrine nue devant les mitrailleuses américaines. Tu me diras, Pythagoras a certainement une idée derrière la tête. Il n'est pas homme à abandonner ainsi. C'est possible, c'est même certain. Je m'en fous.

Héléna est restée sur le seuil de la porte donnant sur le jardin. Elle regarde s'éloigner Athanassos dans la rue déserte éblouissante de soleil. Elle n'a pas voulu le contredire, il était si péremptoire comme à son habitude. Toujours il pose des questions auxquelles il s'empresse de répondre, sans écouter un possible démenti. Il tranche, il a raison, il est content. Qu'entendait-il par cette dernière question qu'il oublia aussitôt, emporté par son délire verbal? Un passage obligé? Que voulait-il dire par là? Lorsque, à Langadikia, elle lui criait de venir la rejoindre, elle ne savait pas encore que Pythagoras venait se cacher au Mont Athos. Il s'était toujours bien gardé de lui dire quoi que ce soit, et Andréas n'avait jamais rien dévoilé. Elle ne l'avait appris que dimanche dernier. Elle criait simplement parce qu'elle avait peur de le perdre, qu'elle voulait oublier la guerre avec lui. Est-ce si difficile à comprendre?

Athanassos a le don de tout compliquer. Il s'excite pour un rien, s'énerve inutilement sur de fausses déductions. Il oublie une chose toute bête : elle l'aime. Son amour est sans complication, sans raisonnements interminables. Un amour tout simple.

Héléna pleure, calmement. Son père les yeux mi-clos contemple toujours le cyprès, et des collines avoisinantes monte le chant monotone et cristallin des cigales. De son cœur, à l'unisson avec la nature qui vibre sous le ciel encore bleu du matin, naît un autre chant de renouveau, prière éternelle de l'âme criant après son Dieu : « Le sacrifice qui plaît au Seigneur, c'est un esprit brisé. Tu ne repousses pas, ô mon Dieu, un cœur brisé et broyé. »

Athanassos ne sait pas que vient de se briser en lui la première écorce, et que ce nœud dans lequel il se dit enchaîné est un lacs d'amour où il meurt et renaît aussitôt.

III

Après avoir doublé le cap Arapis, Athanassos se met à longer la côte afin de voir ces fameux monastères dont il a entendu parler dès sa plus tendre enfance. La mer ressemble à un marais factice, une mince couche d'eau stagnante sur tout un monde d'algues, de rochers et de ruines, coupée seulement par de longs bras irréguliers de courants d'eau profonde. Les collines boisées forment de petites criques de galets. Le sillage du bateau trouble à peine d'une légère ondulation la surface bleutée des eaux immobiles. Le halètement du moteur se perd dans l'immensité vide du paysage, amorti par l'épais silence qui recouvre toute chose. Et ce silence est d'une telle qualité qu'Athanassos se sent petit à petit rasséréné. Il a quitté Héléna désespéré, le cœur brisé par une tristesse desséchante. Maintenant, il regarde la montagne avec moins d'acrimonie. Une certaine curiosité même le fait se rapprocher des grèves.

Un premier monastère apparaît au détour d'une corniche. Il a vu des dessins et quelques rares photos, mais il est étonné de l'impression de solitude austère se dégageant de ces murs d'un autre âge, qui s'élèvent très haut, nus et grisâtres, et reçoivent ensuite des balcons de bois d'une légèreté incroyable, suspendus au-dessus du vide, sur lesquels s'alignent les fenêtres des cellules.

Plus loin, un autre monastère se découpe sur la forêt, dont les murailles tombent à pic dans la mer, avec les lucarnes fichées juste en dessous des toits, comme si toute vie s'était réfugiée dans les parties les plus hautes de la bâtisse, couronnée ainsi d'un fin réseau de poutres se soutenant les unes les autres. Au-dessus des tuiles d'un brun foncé, émerge le dôme de l'église surmonté d'une croix dorée.

Athanassos observe ces forteresses étranges, pétrifiées, comme abandonnées. Il passe ainsi le monastère de Vatopédiou, celui d'Iviron avec ses hauts remparts crénelés au milieu des oliviers, puis une sorte de citadelle à moitié en ruine, orgueilleusement dressée sur un éperon rocheux. Il se demande chaque fois si le prochain sera la Grande Lavra, mais aucun n'est précédé du port fortifié décrit par Héléna. Le Mont Athos pointe maintenant au-dessus des collines, tout vert et brillant sous les rayons du soleil de midi.

De temps en temps, Athanassos coupe le moteur et reste immobile à contempler les assises formidables de la montagne. Il double un autre cap et enfin reconnaît la Grande Lavra. En effet, il ne pouvait pas se tromper. D'une puissante architecture, le monastère paraît très grand, et, contrairement à ceux qu'il vient de voir, fort bien conservé. Il entre dans le petit port, vide de toute embarcation, amarre soigneusement son bateau et saute lestement sur le quai. Un vieux pêcheur est assis à l'angle de la jetée. Athanassos s'approche de lui, oppressé par le silence d'une profondeur qu'il avait déjà pressentie de son bateau, mais qui maintenant le surprend par son opacité. Un silence qui n'est pas absence de vie; bien au contraire, il inclut en lui-même toutes les possibilités d'être. Athanassos ne le reconnaît pas pour ne l'avoir encore jamais perçu. L'homme s'ébroue, puis, lentement, d'un geste solennel, lui montre les pavés bosselés par les pèlerinages, le hangar où vit à force de prières un moine couleur d'eau morte, un geste pour balayer dix siècles, rituel magique qui le prépare aux anciennes légendes, aux bibles amoncelées et illisibles, nécessaire introduction à la rencontre des anachorètes.

40

Athanassos longe le haut mur du monastère. Un chemin assez large le mène jusqu'à une esplanade dominant le port, sur laquelle donne la porte principale, fermée à cette heure de la sieste. Au milieu, se trouve une sorte de kiosque comme on en voit dans les jardins publics pour le concert dominical. Il n'y a personne, pas un bruit à part le crissement des cigales. Pas un souffle de vent. Athanassos ressent d'un coup à la fois la chaleur et la faim. Mais il a hâte de retrouver Pythagoras. Le vieillard lui a parlé d'une bonne heure de marche.

Au fur et à mesure qu'il monte vers la skite du Père Andréas, chaque chose prend une substance plus compacte. Sa désespérance n'est plus qu'un souvenir, sa colère une ancienne blessure qui se cautérise. Même sa curiosité disparaît et se transforme en quelque chose d'insolite, dont il n'arrive pas au début à cerner la nature exacte. Un oiseau effrayé s'envole subitement dans un grand battement d'ailes et le fait sursauter. La peur. Sa curiosité se transforme en peur, tout simplement. Une peur bien nouée en son ventre. Non pas angoissante ni effrayante comme il l'a déjà connue quelquefois, mais grave, sérieuse, analogue au silence qui l'entoure. Une peur qui lui fera écouter pendant de longs jours, et cela il ne s'en doute pas encore, les moindres tressaillements, les imperceptibles pulsations de cette montagne que semble animer une vie singulière.

Ainsi monte Athanassos, solitaire et inquiet de toutes ces sensations nouvelles qui l'agitent. Ce n'est pas Pythagoras qu'il vient chercher. Il rejoint un visage dont il ne sait rien encore sinon la hâtive description d'Héléna, un visage qu'ensuite il n'oubliera plus jamais malgré les passions accumulées.

Un peu plus haut, il aperçoit Pythagoras qui semble l'attendre, assis sur un banc de pierre. Au creux d'un rocher presque enseveli sous les arbres, un ruisseau d'eau claire coule avec un petit bruit de clapotis. Athanassos en est soulagé, l'enchantement s'évanouit. Sans un mot ils se serrent longuement la main, puis s'embrassent en se tapotant le dos. Pythagoras paraît encore plus maigre que d'habitude, les cheveux raides et crasseux. Il porte son éternel pantalon de toile délavée. Une chemise noire à col ouvert laisse voir son torse malingre. Il tire de sa musette un morceau de pain noir et un fromage de chèvre.

– J'ai pensé que tu aurais faim.

Athanassos ne se le fait pas dire deux fois et en quelques bouchées avale le tout. Puis, s'installant le dos contre le talus, rote avec une satisfaction évidente et soupire :

– Ouf, ça va mieux. Je t'avoue que cette solitude commençait à me peser.

Pythagoras lui offre une cigarette. Voluptueusement il aspire la première bouffée en fermant les yeux.

– La première depuis quinze jours. Mais, dis-moi, ta présence sur ce sentier m'intrigue. Qui t'a prévenu de mon arrivée?

– Personne. Tous les matins, je me poste ici, dans l'espoir de te rencontrer. Tu as mis du temps à te décider.

Ils fument en silence, heureux d'être à nouveau ensemble; ils n'ont pas besoin de parler.

Les mots sont superflus, inutiles. Ils dénaturent. Le silence, seul, est pure communication.

Combien de temps restent-ils ainsi? Athanassos ne sait pas très bien. Il a dû s'assoupir, bercé par le léger murmure de la source. La main de Pythagoras sur son bras lui fait reprendre conscience du chemin, de la Grande Lavra que l'on aperçoit en contrebas entre les arbres. La petite brise venant de la mer s'est levée, faisant bruire les feuilles. Il s'ébroue, étire ses jambes ankylosées.

– J'ai dormi, ma parole, maugrée-t-il en se relevant péniblement.

Une cloche au loin égrène son appel mélancolique.

– La fin de la sieste, dit Pythagoras. Tu es fait pour ce pays. A peine arrivé, tu prends d'emblée le rythme! Viens, il reste un bon bout de chemin.

Les deux hommes se mettent en marche, du pas lent et cadencé des montagnards. Le sentier se fait plus étroit et court le long de la montagne au milieu d'une forêt touffue de chênes qui descend sans discontinuer jusqu'au rivage. Au bout d'une demi-heure, pendant laquelle ils n'échangent pas une parole, ils débouchent sur une sorte de plateau surplombant la mer d'une bonne centaine de mètres. Les arbres se font plus rares. Le chemin longe un enclos où paît un âne, puis un maigre champ de maïs. La clairière s'évase au creux de la forêt qui escalade les pentes de la montagne maintenant omniprésente. Un chien aboie. Une minuscule maison blanche se blottit contre un grand arbre feuillu : la skite du Père Andréas, entourée de son jardin potager, les fenêtres garnies d'une foule de pots de fleurs. Elle se compose d'une unique pièce qui fait office de salle d'hôte, de chambre et de salle à manger. Au sol, des feuilles séchées et des branches de noisetier crissent sous les pas. Une cheminée de briques noircies occupe tout un pan de mur.

Athanassos s'assied lourdement sur la large banquette adossée à trois côtés de la salle, recouverte de nombreux coussins multicolores.

– Où est ton fameux père? demande-t-il, en passant machinalement la main dans ses cheveux.

– Il est au premier, dans sa chapelle. Il prie.

– Je prendrais bien un verre. De l'eau, naturellement, il doit n'y avoir que cela.

– Tu te trompes, le père a un petit vin noir du Pantokrator, dont tu me diras des nouvelles.

D'un placard, Pythagoras sort une bouteille et deux verres.

– Dis-moi, poursuit Athanassos mal à l'aise, il va rester longtemps là-haut?

– Toute la soirée et une grande partie de la nuit. Tu ne le verras pas aujourd'hui.

Pythagoras sert le vin. Puis, se calant confortablement au milieu des coussins, il explique les raisons qui l'ont poussé à se cacher ici. Athanassos l'écoute à peine, engourdi dans une rêverie confuse.

– Depuis plusieurs années, régulièrement, je viens ici

réfléchir et reprendre des forces. Pendant l'occupation allemande, j'y recueillais des espions anglais. J'y ai entreposé des armes que je recevais par mer, les criques discrètes ne manquent pas. Cette skite offre de multiples avantages. Sa situation très isolée, près de la côte et de la Grande Lavra, permet d'accueillir des bateaux, d'où qu'ils viennent. D'autre part, le Mont Athos est un pays indépendant et la Sainte Communauté qui le dirige est un gouvernement autonome qui jusqu'à maintenant a toujours su être à l'écart de toutes les armées qui ont envahi la Grèce. Depuis les Turcs jusqu'aux Américains. On y est donc admirablement bien pour s'y cacher et préparer de grandes choses.

Athanassos hausse les épaules. Tout cela est bien gentil, mais préparer quoi, réfléchir à quoi? Alors que la révolution est en train de mourir, ils sont terrés ici, comme de vulgaires rongeurs. Que peuvent-ils faire, dans ce pays du bout du monde, coupés de toute communication, sinon crever à petit feu en attendant que la milice vienne les dénicher? Ce n'est pas une autonomie d'opérette, même si elle date de plusieurs siècles, qui arrêtera la traque des policiers.

— Héléna me disait que tu es très au courant de ce qui se passe en Macédoine, remarque Athanassos. Les dernières nouvelles qu'elle m'a rapportées sont alarmantes. Que veux-tu préparer dans ton repaire de moines?

— Je t'ai demandé de me rejoindre pour deux raisons. Héléna a déjà dû te prévenir. Tu es en danger, et je ne parle pas de la milice, c'est évident. A Langadikia, tu as eu la sottise de te mettre à dos le Bulgare, qui, je crois que tu l'as oublié, est commissaire politique; il a juré de t'éliminer. Comme ça va mal partout, on s'empresse de radicaliser, de chercher des boucs émissaires. Tu es, pour lui, l'un d'eux. Je peux même te dire que tu en réunis toutes les qualités : solitaire, amateur, terroriste occasionnel aimant les grosses rigolades... Tes faits d'armes pendant la Résistance, en admettant qu'on s'en souvienne, ne te seront d'aucun secours.

– Je ne comprends pas, coupe Athanassos agacé. La doctrine du Bulgare est démentie par les faits. C'est une catastrophe. C'est moi qui ai raison maintenant. Moi qui ai toujours soutenu la politique de guérilla que préconisait Marcos. C'est plutôt lui qui va avoir des ennuis.

– Tu te trompes. Le Bulgare représente les Soviétiques. Tito ayant fermé ses frontières, la Russie reste le seul pays frère qui peut nous sortir de la panade où nous nous sommes fourrés.

– Où ils nous ont fourrés.

– Laisse-moi continuer, poursuit Pythagoras d'une voix sèche. Le Bulgare fait partie de ces gens habiles à tourner casaque. Un peu d'autocritique, beaucoup de critiques pour les autres. Et le tour est joué. On prône la guérilla, comme on l'a toujours prônée. On avait déjà attiré l'attention de ces fous de Grecs sur les dangers d'une guerre classique, comme on dit... etc., etc. Tu n'es pas de force à lutter. Ils ont l'habitude, ils ne sont pas pressés, ils sont obstinés, persévérants. Et toi, tel que je te connais, au bout de quelques jours tu en auras assez. Tu te lasses, comme un enfant, des plus beaux enthousiasmes.

– A croire que je vais finir par m'entendre avec cette petite ordure, puisque maintenant on est d'accord.

– Ne plaisante pas ainsi. C'est un homme dangereux dont il faut te méfier. Ça, c'est le premier point, d'une importance somme toute relative.

Et devant le sursaut scandalisé d'Athanassos, Pythagoras continue, persifleur :

– Parce que d'une importance individuelle. Maintenant, il s'agit de la Grèce, et c'est mon deuxième point : la révolution, telle qu'on l'a voulue, espérée et... vécue, est terminée. On tourne la page. Il faut reprendre les théories de Marcos en les adaptant à la situation actuelle. Créer de petits maquis indépendants qui agiront d'une manière plus ou moins autonome. On retourne à la guérilla. C'est cela dont je veux t'entretenir longuement, car il ne faut pas retomber dans les erreurs de la libération. Plus d'improvisation, mais une préparation minutieuse ne laissant rien au hasard.

Patiemment Pythagoras explique alors les grandes lignes de leurs actions futures. Tour à tour il s'enflamme, se calme puis martèle ses mots comme pour mieux convaincre Athanassos, au début fort distrait, le regard perdu sur les collines qui petit à petit se recouvrent d'ombre. Mais la chaleur du petit homme, sa fougue, son ardeur à développer les moindres arguments, sont finalement communicatives. Sous le regard fiévreux de son ami – ils ouvrent une autre bouteille de vin noir –, Athanassos commence à s'intéresser au projet d'installer un maquis dont le Mont Athos serait la base de départ.

Dans le jour qui décline, ils élaborent les scénarios les plus extravagants, imaginent des attentats spectaculaires, inventent une guerre nouvelle, prémices d'un monde de justice et de paix. Ils sont les chevaliers redresseurs de torts, pourchassant les infidèles et les corrompus ; ils épurent par le feu ce pays qu'ils aiment tant, qu'ils voudraient dur et fier, maître de son destin – et il n'y aura plus ni Serbes, ni Bulgares, ni Anglais, ni Américains... Athanassos un peu essoufflé arrête là son énumération qu'il sait autrement plus longue. La tête lui tourne. Il a envie d'aller marcher sur le sentier qu'il aperçoit se perdre dans l'obscurité des arbres. Soudain, tout ce qu'ils viennent de dire prend une consistance irréelle, comme si rien n'avait vraiment d'importance. Les idées qu'ils ont échangées dans la ferveur d'un enthousiasme retrouvé lui semblent subitement incongrues dans ce monde paisible et silencieux. La salle d'hôte respire une haleine étrange due peut-être aux siècles accumulés, aux moines qui ne cessent de prier comme leur hôte dans la chapelle.

– Et le père Machin, comment accepte-t-il tes idées révolutionnaires, ta violence, tes projets terroristes? Cela ne doit pas tellement lui convenir, si j'en crois ce que l'on dit habituellement des moines?

Athanassos a prononcé ces dernières paroles par défi, élevant la voix pour être entendu de celui qui prie là-haut et n'a même pas condescendu à interrompre son oraison pour venir l'accueillir.

– Le père Machin, comme tu dis, est un violent à sa manière. Je n'ai pas sa foi. Je suis marxiste. Mais si ma foi est différente de la sienne, elle me permet de la reconnaître même si je ne la comprends pas. Nous sommes tous les deux un peu semblables, et c'est pour cela que nous nous sommes supportés depuis tant d'années. Lui le moine, moi le communiste. Tout le monde, dans le pays, s'accorde pour dire de lui que c'est un saint homme. Et je veux bien l'admettre, c'est un homme d'une grande qualité, qui respecte les opinions d'autrui, même si elles le heurtent et le font souffrir. Je ne lui ai jamais parlé du marxisme. Il n'a jamais essayé de me convertir à son christianisme. Il y a entre nous une discrétion absolue.

– C'est un compromis comme un autre, pour vivre en paix.

– Je ne le crois pas homme de compromis. C'est plutôt parce qu'il n'y a pas de système en « isme » entre lui et moi. Deux hommes, c'est tout, semblables non seulement par leur forme corporelle, mais, ce qui est beaucoup plus important, par leur ferveur.

» Il est naturellement au courant de la guerre civile, poursuit Pythagoras, sur un ton qu'il veut rendre confidentiel. Mais je lui ai dissimulé les dernières nouvelles. Il est encore persuadé que notre révolution triomphera. Je l'ai prévenu de ton arrivée. Pour lui tu es recherché par la milice et tu te caches.

– C'est l'exacte vérité, je me cache, comme un minable.

Ils sont sortis après avoir bu un dernier verre. Le chien en jappant vient se frotter contre les jambes de Pythagoras. La nuit est fraîche et limpide, le ciel constellé d'étoiles. Au loin dans la montagne scintille une petite lumière, présence mystérieuse de quelque ermite lisant son livre d'heures. De nouveau, avec une acuité renforcée, Athanassos éprouve une sensation bizarre d'irréalité. Tout devient diaphane, transparent. Même le souvenir de leur conversation prend une apparence illusoire. Étonné, il suit Pythagoras qui s'éloigne vers la forêt. Étonné et anxieux de sentir en lui quelque chose d'inconnu. Alors, pour se rassurer, il se dit qu'il a bu trop de vin, un vin sûrement plus fort qu'il ne paraît.

Un chacal hurle, son cri longuement se répercute dans la montagne. Athanassos sursaute et rejoint en courant Pythagoras qui s'est figé tel un chien de chasse à l'arrêt. Ses yeux brillent dans l'obscurité. La forêt toute proche est un mur hostile, oppressant.

– Drôle de pays, n'est-ce pas? souffle Pythagoras. Tu verras, on s'y attache. Au début c'est imperceptible, tu te rends difficilement compte de la puissance de cette montagne, avec ses forêts impénétrables, ses hauteurs désertiques, et, çà et là, au hasard de criques inaccessibles, des monastères qui ressemblent plus à des châteaux forts qu'à des lieux de prière. Et puis, perdus dans les terres, des endroits plus mystérieux encore où se nichent une skite ou une chapelle. Oui, au début tu ne fais pas attention, tu pars, tu retrouves la vie des hommes ordinaires. Tu crois avoir oublié. Alors le Mont Athos réveille tes souvenirs, les colore d'une teinte nostalgique. Il te fait revenir, pour rester quelques jours, quelques semaines qui t'enchaînent un peu plus à ce monde hors du monde. Cette montagne a des moyens bien particuliers pour se défendre contre toute intrusion passagère et profane. Mais ensuite, lorsque, à force de persévérance, tu as réussi à te faire accepter, elle ne te lâche plus, elle te marque au front d'un signe que tu ne pourras plus jamais effacer.

Athanassos ne connaissait de son ami que son acharnement révolutionnaire; il découvre un homme sensible, ô dérision pour un marxiste, sensible à une montagne sainte! Il a envie de lui faire remarquer combien ses dernières paroles sont en contradiction avec la doctrine qu'il professe partout avec tant d'ardeur. Mais il se tait, il craint de toucher à l'aveuglette quelque ressort caché qui pourrait le blesser, profondément. Que répondre à une confession? Une confession s'écoute, elle ne se discute pas.

– Tu apprendras à connaître ce pays, je crois que tu es fait pour l'aimer, mieux que moi d'ailleurs, car tu es plus disponible.

– Je ne vais pas rester ici des années, se défend Athanassos. Si tu m'as fait venir à la skite du père Machin, ce n'est pas pour m'y enterrer. Il va bien falloir mettre à exécution tous les projets que tu m'as si minutieusement décrits tout à l'heure.

– Certes, notre but est ailleurs. Mais ne t'emballe pas. Il va falloir attendre de longues semaines, des mois peut-être, avant que ne s'élabore une nouvelle stratégie. De cela, je vais m'occuper sans tarder; demain, je retourne à Salonique où j'espère renouer les contacts nécessaires.

– Je pars avec toi.

– Non, tu restes ici. Tu es brûlé. Tu n'as donc pas compris dans quel guêpier tu t'es fourré? Si le Bulgare et les autres te voient avec moi, je serai éliminé également. Tu sais, ils n'y vont pas par quatre chemins, et la réorganisation de la révolution va leur donner tous les prétextes. Tu vas rester ici, bien sagement chez le Père Andréas. Essaie au moins de te souvenir de son nom. Puis je reviendrai et te dirai ce qu'il faut faire. Pour l'instant, tu dois te cacher, c'est toi-même qui le dis.

– Je resterais ici, les bras croisés, à attendre je ne sais quoi! Est-ce que tu te rends compte dans quelle situation impossible je vais être? Inutile, désœuvré, alors que les camarades se battent!

– La Grèce a besoin d'hommes comme toi. Ce serait trop bête si tu te faisais descendre par un des nôtres. Le temps arrange bien des choses. Fais-moi confiance. Et puis... il y a Héléna. Je ne voulais pas te le dire, elle m'a demandé de te cacher. Elle a peur pour toi, elle t'aime; reste ici au moins pour elle, si tu te fous du reste.

Voilà la vraie raison! Athanassos aurait dû s'en douter. Les grands mots, les beaux sentiments, un prétexte! On le met au rancart pour contenter la belle Héléna. En conserve dans l'attente de jours meilleurs! Il se rappelle son regard

49

lorsqu'il l'a quittée ce matin. C'est déjà si loin. Il a l'impression qu'un siècle s'est écoulé, depuis son départ de Iérissos. Si une journée est tellement longue, que vont être les autres, les dizaines d'autres? De nouveau, avec une précision exacerbée par cette nuit trop sereine, il ressent douloureusement son isolement, son impuissance à décider quoi que ce soit. Il s'embourbe lentement dans une impasse. Une impression de sables mouvants. La nuit l'entoure, le pénètre, le transperce de part en part. Il devient une enveloppe creuse, une simple enveloppe au sein de la nuit, n'enfermant que la nuit, ballottée telle une baudruche à demi dégonflée, au gré du vent et de la fantaisie des dieux. Les branches des arbres, les rochers acérés petit à petit le déchirent, le laissant inerte et sans âme, planté comme un imbécile au milieu d'un sentier inconnu qui ne mène nulle part.

Pythagoras le regarde, inquiet de ce qui va enfin émerger de la confusion où il le sent empêtré. Il est habitué à ses sautes d'humeur imprévisibles et connaît son caractère buté qui rend ses décisions sans appel. Mais Athanassos n'a plus la force de discuter. Doucement, parce qu'il en a assez de cette promenade nocturne qui s'éternise, parce qu'il a trop bu de vin, qu'il a froid, qu'il a peur du hurlement sinistre du chacal, Athanassos murmure : Je resterai ici le temps qu'il faudra. Tu peux rassurer Héléna. Retournons à la skite. Je tombe de sommeil et je mangerais bien quelque chose.

Presque à tâtons ils rentrent dans la maison silencieuse. Pythagoras allume une chandelle; il n'a pas le temps de mettre sur la table le pain et le fromage que déjà Athanassos s'est endormi recroquevillé sur le divan. Alors, précautionneusement, évitant de faire craquer les branches de noisetier, il sort dans la nuit, attiré par cette montagne à laquelle il se sait étranger.

IV

Le monastère de la Grande Lavra dort paisiblement, ses murailles trapues accroupies au pied du Mont Athos. L'heure de la sieste a vidé les longs corridors. Les portes sont closes. Seul, dans la fraîcheur d'une cellule, le Père Andréas prie. Il prie pour un moine qui agonise à côté de lui sur son lit de fer. Par la fenêtre ouverte sur la cour, il aperçoit les arbres verts et les haies d'arbustes d'où monte le stridulement des cigales. Sur le mur peint à la chaux, à côté d'une carte postale jaunie, une croix est faite de deux branches d'olivier.

Les arbres reposent figés dans l'air immobile. Au-delà du chant des cigales, le bruissement de la mer est perceptible. Le Père Andréas, inlassablement, prie pour le moine. Ce matin encore, il l'a aidé à se lever pour aller jusqu'au bout du couloir se jeter à la figure l'eau d'une petite fontaine de pierre.

Il songe à l'homme empli d'orgueil qui va mourir. « Ayez pitié, Seigneur. Bien qu'il ait péché, il a cependant toujours eu la foi, il a cependant toujours porté en son cœur le zèle de Votre Gloire. »

Soudain, dans l'ombre du lit, un faible mouvement agite la longue tunique noire où disparaît le corps décharné.

La mort s'installe. L'agonisant s'est redressé vers le ciel et les arbres, et le ciel et les arbres, les coupoles de la chapelle paraissent très loin, perdus dans une eau trouble. Il s'agit de quelques heures solennelles où il est rendu compte de la

51

compréhension des choses, des hommes et de la lumière, quelques dernières heures sans avenir.

L'après-midi s'écoule, lent et serein. Puis l'appel de la simandra [1] retentit, qui sinue le long des étages. La vie refait surface, des portes claquent; les moines se rendent à l'office. L'homme meurt dans la grande indifférence du monastère.

Après une dernière et longue oraison, le père sort de la cellule, traverse la cour et va s'asseoir en dehors des murs sur un banc du kiosque où les moines aiment venir le soir parler des choses du jour. Quelques novices entourent, respectueux, le Despote [2] qui, apercevant le Père Andréas, se dirige vers lui, somptueux, s'appuyant sur une longue canne à pommeau d'argent. Le père, plein de déférence, s'age-nouille. Le Despote le relève aussitôt et lui demande de s'asseoir à côté de lui.

– Le frère Chrysostome est mort.

D'un geste, le Despote éloigne les novices :

– Mes moines t'ont en grande estime, Andréas. Tu as une influence bénéfique sur leurs âmes.

Le père s'incline :

– Je vous remercie de vos encouragements.

Le Despote hoche doucement la tête en souriant. Puis, se rapprochant d'Andréas, il continue d'une voix plus basse :

– Pythagoras est-il toujours chez toi?

– Non, il est parti. Il n'a pas eu le temps de prendre congé et me charge de l'excuser.

– Il est tout excusé. Je n'aime pas beaucoup ces révolu-tionnaires athées et tout ce trafic d'armes, mais cela ne change guère de ce qui se passait il y a quelques années. Il faut savoir fermer les yeux.

– Je fais plus que fermer les yeux, je les aide, dit doucement le Père Andréas.

1. Simandra : planche de bois sur laquelle on frappe avec un maillet pour annoncer l'heure des offices ou des repas.
2. Despote : titre distinctif de l'Higoumène de la Grande Lavra. L'Higou-mène est le supérieur du monastère orthodoxe.

– Je ne me place pas au même niveau que toi. Je fais partie de la Sainte Communauté, je représente l'ordre du monastère de la Grande Lavra et de la Montagne Sainte tout entière. Ces gens ne me sont pas antipathiques. Leur cause semble avoir la faveur d'une grande partie de notre peuple. Je dis bien : semble avoir. Car les dernières nouvelles que j'ai pu obtenir par l'intermédiaire du lieutenant commandant le détachement de Karyès ne sont guère favorables à tes amis. Elles font état d'un sensible revirement dans l'équilibre des forces qui s'était instauré entre l'E.L.A.S. et le roi. Mais je ne crois qu'à moitié cet officier. Il est trop passionné d'archéologie byzantine pour s'intéresser à la politique. Nous devons rester en dehors des troubles qui ensanglantent la Grèce. J'ai été parfois touché par les arguments passionnés de Pythagoras. Mais ils me font peur. Les plus pures idéologies ont enfanté des monstres de corruption et de tyrannie. Il se passe sûrement en Macédoine de graves événements que nous ne connaissons pas encore. Je ne voudrais pas être classé avec l'une quelconque des parties en cause. Le Christ que nous représentons sur terre est inclassable.

» Allons, Andréas, ne me regarde pas ainsi, ajoute le Despote en se levant. Va en paix et que Dieu te bénisse. Si quelqu'un d'autre remplace Pythagoras, présente-le-moi à l'occasion. Et médite mes paroles. Notre seul engagement ne peut être que Dieu.

Le Despote s'éloigne. Un long moment, le Père Andréas reste à contempler la mer. Puis il reprend le chemin de la montagne.

Il marche d'un bon pas ; une seule fois, il se repose auprès d'une antique fontaine que surmonte une sculpture romaine. Certains soirs, lorsqu'il revient ainsi du monastère, les vieilles légendes le font s'arrêter au bord du chemin, et ces fabuleux récits qui, de siècle en siècle, se transmettent de bouche à oreille lui paraissent moins des contes farfelus que le reflet amoindri d'une vérité essentielle. Mais, cette fois-ci, les sept Hésichastes [1] ne viennent point l'effleurer. Il a hâte de retrouver Athanassos qui doit l'attendre là-haut en buvant du vin noir du Pantokrator. Et les paroles du Despote, aussi réconfortantes qu'elles puissent paraître, laissent cependant un arrière-goût bizarre qui déplaît au père.

La forêt s'ouvre sur la profonde clairière. Le chien aboie. Les parcelles de terrain cultivé se découpent parmi les buissons.

Athanassos bêche le jardin. Le père le hèle joyeusement. Athanassos se retourne, lui fait un grand signe de la main.

— Tu as fait un bon travail, dit Andréas en s'approchant.

— Je ne peux pas rester inactif. Ton absence a été longue, je suis content de te revoir.

— Eh bien, on va boire un verre, la route m'a donné soif.

Ils entrent en se tapant sur l'épaule.

— Je suis content de te revoir, répète Athanassos en s'asseyant. Je ne suis pas encore habitué à rester seul dans ce pays.

Le père sort les verres et la bouteille de vin noir. Il a déjà oublié les paroles opportunistes du Despote.

Une semaine s'est écoulée depuis l'arrivée d'Athanassos. Comme prévu, Pythagoras était parti dès le lendemain matin, et les présentations avaient été réduites au strict minimum. Athanassos, avec sa tête des mauvais jours, n'avait pas répondu trois mots aux interrogations affectueuses du père.

1. Les sept Hésichastes : personnages de légende, parvenus à un très haut degré de spiritualité, qui dirigent, invisiblement, le Mont Athos. L'hésichaste est un sage ayant obtenu l'état d'hésychia : paix et sérénité.

Il passa la première journée à ruminer sa rancœur. Allongé sur le divan, le regard fixé sur la montagne, il regrettait Héléna et la chaleur de son corps, échafaudant mille prétextes pour retourner à Iérissos.

Mais les moines, bien que solitaires, savent multiplier les attentions qui désarment finalement les plus rebelles. Non pas en insistant ou en s'imposant, mais par une discrétion sans cesse renouvelée, une bonne humeur de tous les instants, une joie simple, un rire enfantin, un regard silencieux qui rayonne d'amour : le regard clair des yeux bleus d'Andréas, deux lumières au milieu de son pâle visage mangé par une immense barbe grisonnante. Ce sont les yeux d'Andréas qui firent sortir Athanassos de son mutisme boudeur qui dura deux jours, deux jours vides où il eut vraiment l'impression d'être un mort vivant. Le matin du troisième jour, il faisait tellement beau, Andréas rit si fort devant la mine déconfite du chien qui venait de casser une tasse à café, il y avait partout une telle sérénité, un tel bonheur qui émanait des arbres, des plantes, des murs de la skite, tout cela condensé, concentré en Andréas qui s'essuyait les yeux d'avoir tant ri, qu'Athanassos éclata de rire à son tour. Nerveusement, au début. Puis tout se relâcha. Il se mit à parler, un torrent, une cascade de paroles. Il se vida comme une cruche qui se brise. Il raconta sa jeunesse à Salonique, son père mobilisé aux premières heures de la guerre, sa mère toujours maladive. Le soldat qui vient, un soir, annoncer la mort du père avec une petite boîte contenant une dérisoire médaille... Le départ dans le maquis sur un coup de tête, sans véritable conviction, parce qu'il s'ennuyait, que sa mère l'ennuyait. Il comprit, par la suite, l'abnégation de cette vieille femme usée avant l'âge. Comme beaucoup d'autres choses, il le découvrit trop tard, après la mort de sa mère. Il évoqua ses aventures de résistant, sa rencontre avec Pythagoras, la naissance de leur amitié, son appartenance à un groupe organisé. Les attentats, les embuscades. Andréas l'écoutait, ponctuant d'un geste ou d'un sourire les mots parfois un peu forts qu'Athanassos laissait échapper. Il préparait le dîner, ouvrait une bouteille de vin, faisait chauffer l'eau dans l'âtre pour le café. Il écoutait toujours. Athanassos parla une journée entière sans s'arrêter. Lorsque le soir venu, enfin, ce flot ininterrompu se tarit, il s'endormit comme une masse, tel un enfant qui a trop couru. Il n'entendit même pas le père monter dans sa chapelle.

Le lendemain de cette journée mémorable, fête de l'Assomption, le père s'était levé à l'aube pour aller à Iviron écouter l'office solennel, lorsqu'un novice de la Grande Lavra vint le chercher pour assister un vieux moine moribond dans ses derniers instants. Il partit aussitôt, ne prenant même pas le temps de fermer son livre d'heures. « Le Seigneur n'attend pas, tu apprendras ce qu'est la véritable obéissance : être disponible et veiller », expliqua-t-il à Athanassos interloqué de cette hâte subite. Le Seigneur n'attend pas. Athanassos en effet ne comprenait pas très bien. Il resta quelques instants désemparé, effrayé de se retrouver seul.

Il ressentait soudain tout le poids de cette présence discrète, à la fois subtile et puissante, qui imprégnait les moindres objets de la skite. Il craignit que ses vieilles angoisses, un moment disparues, ne le reprennent, plus fortes que jamais. C'est le contraire qui arriva. Il oublia tout, la solitude, Andréas, même Héléna, avec une aisance qui l'étonna.

Pendant les deux jours que dura l'absence du père, il piocha, désherba, bêcha le jardin. Ayant repéré un grand arbre mort au bout de la clairière, il l'abattit, le coupa et aligna minutieusement les rondins le long d'un muret. Andréas ne manquera pas de bûches pour son feu, pensait-il en contemplant joyeusement son œuvre achevée. Les deux soirs, il les passa à lire le livre d'heures laissé par le père. Et lorsqu'il avait mangé quelques légumes du jardin, un bout de pain dur comme de la pierre, qu'il faisait ramollir dans l'eau, bu sa tasse de café et un grand verre d'eau fraîche, il était si fourbu qu'il s'assoupissait sur son livre bien avant que le feu de l'âtre ne soit éteint.

Athanassos, fier de lui, est content du retour d'Andréas, heureux de lui montrer le travail qu'il a pu abattre, heureux surtout de paraître calme, reposé, débarrassé de ses frayeurs et des faux problèmes qu'il avait si complaisamment étalés devant lui.

Le père s'est attablé et déguste avec plaisir un fromage qu'il a rapporté du monastère.

— Tu devrais goûter, il est fameux, dit-il en riant. Raconte-moi un peu ce que tu as fait. A en juger par le tas de bois et le jardin, tu n'as pas chômé! As-tu eu quelque visite qui a pu couper la monotonie de la journée? Il passe souvent sur le sentier un paysan perdu se rendant à Karyès, ou un pèlerin en quête d'un gîte.

— Justement, mon père, un moine est venu cet après-midi. Il t'a demandé.

— Qui était-ce?

— Je ne sais pas. Il ressemblait plus à un mendiant qu'à un moine; sale comme un peigne; sa robe grise de crasse; ses cheveux, de la même couleur pisseuse, tombaient en désordre sur les épaules et se mélangeaient avec la broussaille blanchâtre de sa barbe. Il traînait une mule squelettique.

— C'est un girovague, un moine mendiant. Il y en a quelques-uns dans le pays, ils sont en général respectés et même craints par les paysans. Les moines les considèrent avec un peu de condescendance ou bien les prennent pour des fous.

— Tu le connais, celui-là?

— Oui, je l'ai vu plusieurs fois. Que t'a-t-il dit?

— Presque rien, il m'a demandé de lui expliquer la révolution. Tu penses si le sujet est facile, en plus avec un étranger! Je n'ai rien répondu, naturellement. Alors il a dit qu'il reviendrait. Tu parais contrarié.

— Non, non, je le reverrai, de toute façon.

Dehors, le crépuscule, petit à petit, endort la nature. De

chaque chose, autour des deux hommes, émane une joie sereine. Athanassos, avec beaucoup de prévenances, questionne le père qui répond avec enjouement, lui racontant dans le moindre détail chaque événement.

– Sais-tu que notre skite a une position tout à fait spéciale? Cette clairière forme un plateau minuscule qui domine d'un côté la mer, tel un balcon, et de l'autre la Grande Lavra où je peux reconnaître à l'aide de fortes jumelles les moines allant à l'office. Pendant la guerre gréco-turque, c'était un repère de partisans grecs, et c'est pourquoi tu vois sur ces murs toute cette imagerie populaire de batailles. C'est devenu ensuite un nid de contrebandiers qui avaient creusé un trou dans le mur pour surveiller la porte d'entrée.

Le père soulève un coussin et montre la meurtrière ronde, juste bonne pour y enfiler le canon d'un fusil.

– L'habitude ne s'est d'ailleurs pas perdue. Pythagoras a atterri ici dès 1941 pour passer les Anglais. Maintenant ce sont les armes pour la révolution.

– Tu es là depuis combien de temps, mon père?

– Dix ans. Oh! ce n'est pas beaucoup! Et je ne suis plus très jeune. Avant de venir ici, j'ai passé trente ans au monastère de la Grande Lavra.

– Trente ans, dix ans! c'est inimaginable!

– Pourquoi, Athanassos?

– Je ne sais pas. Instinctivement, je me refuse à une telle réclusion. On doit mourir d'ennui et, pourtant, je te vois gai, souriant, calme. Même le regard du moine mendiant m'a étonné.

– Nous n'avons pas le temps de nous ennuyer, nous sommes pris chaque minute, car chaque minute est consacrée à Dieu.

– Ce sont de belles paroles, mon père. Tu ne me feras pas croire que consacrer son temps à Dieu, c'est de l'action. Je considère plutôt cela comme le type même de l'inaction.

– Tu te trompes. La véritable action est de contempler Dieu, et pour nous, pauvres moines, d'essayer d'y arriver.

58

– Tu joues sur les mots. Ton action n'a rien à voir avec celle que je pratique actuellement : la révolution d'un peuple opprimé, la lutte contre les envahisseurs, l'établissement de nouvelles institutions, la liberté.

– Certes, cela n'a rien à voir avec ce que tu dis. Mais pour ce qui est de la liberté, ne crois pas que tu es libre parce que tu peux t'agiter dans tous les sens. Ici, je ne bouge pour ainsi dire pas, et cependant je suis plus libre que toi.

– La solitude m'oppresse.

– T'oppresse-t-elle quand tu fais sauter un pont ?

– Non, pas du tout, au contraire.

– Eh bien, pour moi, c'est pareil, avec la différence qu'au lieu de faire sauter les ponts je fais sauter les obstacles qui m'empêchent de voir Dieu.

Surpris, Athanassos regarde le père en silence.

– Je t'admire, finit-il par dire.

– Alors buvons, buvons à notre amitié.

Ils parlent ainsi longtemps de choses et d'autres, rient de la sottise d'un novice, établissent sur les récoltes des pronostics fabuleux. La nuit, avec sa peur cachée dans les broussailles, ne les atteint pas.

– Sais-tu comment je t'appelais ? Le père Machin ! Cela m'a fait drôle, le premier soir, de te savoir dans ta chapelle et de ne pas te voir. Je pensais que tu serais descendu une minute pour accueillir le nouveau venu. Tu n'es pas curieux. Moi, par contre, je bouillais d'impatience. Tout le monde m'avait parlé de toi comme d'un véritable saint. Un peu plus, je m'attendais à une auréole !

Le Père Andréas, en son for intérieur, remercie le Seigneur pour le changement qu'il constate en Athanassos, gai, ouvert, nullement traumatisé, comme il le craignait, par ces deux jours passés seul dans la skite. Le Mont Athos est sévère et d'un accueil particulièrement froid. Il se laisse difficilement découvrir. Après de longs préliminaires, volontairement rebutants et presque hostiles, il permet quelquefois à celui qui persévère d'entrevoir sa nature profonde. Rares sont ceux qui sortent victorieux des épreuves initiales, autant d'obstacles apparemment infranchissables. Andréas les connaît bien, ces épreuves, pour les avoir vécues durement au temps de son noviciat. Les années accumulées n'ont pas enseveli dans sa mémoire les souvenirs de ses premières défaites. Observant Athanassos qu'il connaît à peine, il pressent une disponibilité qui le fait tressaillir au fond du cœur. Il le compare à Pythagoras : un vrai lion en cage lorsqu'il émergeait de ses livres de politique qu'il dévorait à longueur de journée. Il compare, et ne peut s'empêcher de noter des différences qui le remplissent de joie. Athanassos ne lit pas, il a bêché le jardin, coupé le bois. La solitude ne le gêne pas; bien au contraire, elle semble dilater ses possibilités latentes. Certes, une skite est d'abord pour lui une sorte de petite ferme et le travail de la terre ne paraît pas le rebuter. Mais la vie n'y est pas forcément celle de la Montagne Sainte. L'austère discipline des monastères cénobites demande des vertus d'humilité et d'abnégation qui ne sont pas évidentes pour quelqu'un de passage dans un refuge perdu au cœur de la forêt.

Il faudrait qu'il connaisse un peu ces monastères, pense Andréas; mais il n'ose le suggérer, par crainte d'essuyer un refus.

Après dîner, alors que le père va se retirer dans sa chapelle pour les prières de la nuit, Athanassos lui demande de rester encore : il a élaboré un projet dont il voudrait lui parler. Andréas aussitôt accepte avec empressement. C'est bien la première fois qu'il retarde l'heure sacrée de son oraison. Mais il sait qu'Athanassos a un immense besoin de se confier. L'écouter est déjà faire œuvre de prière.

Athanassos parle de sa mère. Superstitieuse, elle lui racontait quand il était petit toutes sortes de légendes, en particulier sur le Mont Athos. Des bribes lui reviennent maintenant en mémoire, il aimerait retrouver dans la réalité ce dont il se souvient confusément, respirer à nouveau les anciens parfums de son enfance. Sa mère lui parlait de saints anachorètes qui vivent des siècles dans des grottes inaccessibles sans boire ni manger, de trésors fabuleux enfouis dans les caves des plus anciens monastères, des galeries mystérieuses communiquant, par des labyrinthes inextricables où se perdent les imprudents, avec un royaume souterrain dépositaire d'une immense richesse, et qu'habitent des Géants. N'est-ce pas un Géant qui a créé le Mont Athos? interroge-t-il. Bien sûr, ce ne sont que des légendes, comment croire à de pareilles fantasmagories! Mais ces légendes, justement, attisent sa curiosité et puisqu'il est là, sans rien faire d'utile, à attendre le retour de Pythagoras, il a envie de regarder un peu ce qui se passe derrière les murailles des monastères qu'il a entrevus à son arrivée.

Tout à cette idée qui petit à petit prend forme et s'impose, il propose au père de l'accompagner et de le guider dans ce pèlerinage d'un nouveau genre, qui lui permettrait de faire plus ample connaissance avec la Sainte Montagne. Il ne sait pas que c'est exactement le secret désir d'Andréas, qui, furtivement, essuie ses yeux. Il ignore que le père ne peut se transformer à sa guise en un guide pour anarchiste désœuvré voulant visiter le pays où il se terre. Il ne voit que le plaisir d'une promenade à deux dans un pays magnifique, les forêts, les criques, les monastères, les sentiers sinuant au flanc de la montagne, une excursion au Mont Athos lui-même qui domine tout ce petit peuple de moines de son énorme masse rocheuse.

Andréas lui explique patiemment qu'il lui est impossible de quitter ainsi la skite, mais le conforte dans son intention d'aller visiter le Mont Athos. Il lui fera dès demain une lettre d'introduction qui lui permettra de coucher dans chaque monastère et d'y rester au maximum deux jours. Il va lui préparer une carte sommaire où seront indiquées les principales étapes de son périple. Le père ne peut s'empêcher à nouveau de comparer l'attitude d'Athanassos avec celle de son ami. Pythagoras, en cinq ans, n'a jamais manifesté le moindre désir de connaître un peu mieux le pays qui l'entourait. Que la forêt soit verte ou rouge, peu lui importait. Il ne voyait dans les monastères que des bâtiments susceptibles de servir d'entrepôts de munitions!

Andréas en oublie l'heure de sa prière. Il retrouve une vieille carte toute trouée au fond de l'armoire, et se met avec ardeur à décrire les meilleurs itinéraires possibles.

– Méfie-toi de la montagne, on s'y perd facilement et les sentiers deviennent vite impraticables. Comme tu le disais, cette presqu'île n'est autre qu'une pierre lancée par le Géant Athos contre Poséidon. Elle en a gardé une certaine rudesse digne des temps héroïques. Les orages sont imprévisibles et dans la forêt, la nuit, on ne voit même plus ses pieds. Attention aux rencontres que tu pourrais faire, n'oublie pas que dans ces solitudes tu restes un partisan. Pour cette raison, tu éviteras Karyès, la capitale profane de notre pays; on dit plutôt nos Pays, car chaque monastère en est un. Il y a là un détachement d'une dizaine de soldats commandés par un lieutenant parfaitement inoffensif, mais très infatué de sa personne. Il existe un autre poste faisant théoriquement fonction de douane, à Daphni, qui est, à un quart d'heure de marche, le port de Karyès. Les soldats ne font que jouer aux dames et boire de l'ouzo. Selon nos accords avec la Grèce, ils représentent la défense de nos communautés contre tout ennemi extérieur ou intérieur. Depuis la guerre civile, ils sont assez méfiants et se doutent bien qu'il y a ici des maquisards, mais ils sont assez intelligents pour ne rien voir et ne rien faire. La Sainte Communauté leur a demandé de rester extrêmement discrets, la contrepartie de leur quasi-neutralité étant qu'il n'y a jamais eu et qu'il n'y aura jamais d'attentat contre eux.

Athanassos avec application souligne les étapes, trace au crayon noir les sentiers à emprunter. Il est tout joyeux de ce petit voyage, quoique un peu déçu de le faire seul. Il écoute gentiment les recommandations du père, qui tout d'un coup s'exclame :

– Demain est dimanche, et c'est aussi la fête du saint patron du monastère russe de Profitilia Skitie. Nous irons ensemble, c'est sur le chemin de Karyès. Si tu veux bien, nous assisterons à l'office et au repas qui le suit. Ce sera une excellente entrée en matière à ton exploration.

Sur l'acceptation enflammée d'Athanassos qui de joie l'embrasse, le père monte dans sa chapelle, l'esprit tout chahuté par leur conversation. Il ne retrouve un semblant de paix qu'après un long moment de silence, où il se force à respirer calmement. Avec difficulté il se met enfin à prier, alors qu'il entend en bas Athanassos installer sa couche pour une nuit déjà bien entamée.

Seul, veille le Géant Athos, sévère et attentif.

V

L'église de Profitilia Skitie se dresse face à la vallée, étroite et haute, les murs nus blanchis à la chaux. L'office se termine. Quelques moines russes chantent encore, des vieillards avec leurs bottes de cuir noir. Près de la porte sont entassés une vingtaine de paysans et presque autant de religieux. C'est jour de fête pour cette communauté venue jadis de la Grande Russie. Elle se réduit maintenant à six membres, dont l'âge moyen doit avoisiner soixante-quinze ans. Dans quelques années ils auront disparu et la blanche église aux icônes désuètes peintes de couleurs trop criardes ira rejoindre les bâtisses abandonnées, éparpillées parmi les collines de ce pays qui n'arrête pas de mourir.

Les moines sont sortis, les yeux humides et la barbe tremblante. Ils guident les invités vers le réfectoire où commence aussitôt le repas. Athanassos est resté au fond et ne peut suivre tous les détails de ce nouvel office – Andréas a été invité à la table d'hôte. Isolé au milieu des paysans qui mangent en silence une infecte pâtée de courgettes bouillies, il écoute à peine le lecteur qui, sur une petite estrade, ânonne une histoire édifiante. La voix est monocorde, hachée de toussotements, et se perd dans le cliquetis des couverts et les bruits de déglutition. Athanassos touche à peine à la nourriture, le cœur serré par la tristesse de ce déjeuner de fête qui ressemble plus à un enterrement qu'à un anniversaire.

A la fin du repas, tout le monde se lève. L'Higoumène dit

une prière. Partant de la table d'hôte et s'étendant progressivement jusqu'aux convives les plus éloignés, s'élève un chœur, un chœur russe, que tout le monde semble ici connaître. Spontanément, les paysans, les moines, tous entonnent ce chant qui semble resurgir des steppes moscovites. Les vieillards décrépits se redressent de leur haute taille oubliée, pour mieux offrir, à ce Dieu jaloux, à qui ils ont déjà tant donné, un reste de foi, les miettes éparses de ce qui leur reste de ferveur. Un novice passe parmi les invités avec une corbeille remplie de bouts de pains. Il pleure. Le chant s'enfle, fait vibrer les vitres du réfectoire soudain trop petit. La psalmodie les dévore, les consume, meurt pour mieux rejaillir ensuite en une ampleur nouvelle. Ce n'est plus une prière marmonnée à voix basse, c'est maintenant une vague de fond, énorme et puissante. Une cinquantaine d'hommes, debout au garde-à-vous, chantent à pleins poumons, crient à tue-tête, rient, sanglotent. Les couleurs deviennent blanches. Il fait une chaleur étouffante, une légère vapeur monte de la mer. Athanassos écrasé contre le mur, suffoquant, écoute ce chant qui l'épouvante. Ce n'est plus la morne tristesse de l'office, mais une force qu'il ignore, une joie incompréhensible qui le dépasse et le rejette. Tous pleurent, pleurent de joie, chantent, dans leur misère transfigurée, la louange du Dieu de miséricorde... Subrepticement, incapable de supporter cet hymne qui le submerge, Athanassos sort dans la cour et va s'accouder à un petit mur qui domine la vallée. Lorsque enfin, après un temps qui lui paraît interminable, le chant s'arrête, il les regarde sortir un à un, ivres, titubant sous la chaleur de midi. Andréas, après avoir pris congé de l'Higoumène, le rejoint à pas lent. Lui aussi a pleuré. Il renifle bruyamment puis murmure : Comme elle est belle, la vie de l'homme...

La mer au loin palpite dans une vapeur bleutée qui adoucit toute chose. Andréas embrasse Athanassos et commence à descendre vers la vallée. Sans hâte, il rejoint, solitaire, le chemin qui mène à la Grande Lavra, et disparaît bientôt derrière une colline.

La petite place est déserte, tout le monde est parti faire la sieste. Athanassos, seul à nouveau, prend conscience du crissement des cigales. Il déplie la carte, s'oriente rapidement, puis d'un pas lourd se dirige vers la forêt qui domine l'église.

A l'ombre d'un grand chêne, il s'est installé pour laisser passer la grosse chaleur de la journée. Tout est calme et tranquille mais son cœur est encore agité par ce qu'il vient d'entendre. Il pense à ces moines d'un autre âge, aux robes sales, décolorées par le soleil. Quelle force les habite pour vivre ainsi dans le dénuement le plus total? Ils ont un pied dans la tombe, et leurs yeux pétillent de joie.

Athanassos s'endort sur cette question à laquelle il ne trouve pas de réponse. Existe-t-il même une réponse satisfaisante? Cloués ici depuis la révolution russe, ces moines sont des reliques sur le point de disparaître. Il se console en se disant que leur mort n'aura aucune influence sur le destin de la Grèce, et se met à douter de l'utilité de ce voyage que lui a tant conseillé Andréas. A quoi cela pourra-t-il servir, sinon faire plaisir au père?

En fin d'après-midi, après plusieurs heures de marche dans la forêt, le long des collines qui servent de contrefort au Mont Athos, il se présente enfin, éreinté et suant, au portail fortifié du monastère de Koutloumouse, avec le sentiment confus qu'il perpétue ainsi le geste millénaire des pèlerins venant quémander un toit et un repas. L'archondaris [1], après avoir lu soigneusement la lettre d'Andréas, le conduit silencieusement à une cellule immaculée où il lui offre l'ouzo avec un verre d'eau fraîche. La cellule est au premier étage et donne sur un grand couloir pavé de dalles inégales, qui se termine par une loggia dominant la mer et la montagne. Athanassos y fait la connaissance de deux religieux qui l'interrogent sur les motifs de sa visite. Gêné, il avoue être baptisé, mais ne comprend pas pourquoi il

1. Archondaris : père hôtelier du monastère.

devrait en remercier le Seigneur, comme le lui demande un des moines.

Au réfectoire, ils se retrouvent à dix. Après un rapide bénédicité, ils avalent une assiettée de blé noir, surmontée de trois seiches, de tomates et de concombres. C'est bon et fort.

Après le repas, il retourne sur le balcon avec ses deux mentors. La montagne grouille de cigales, des cris d'oiseaux ponctuent un silence à peine troublé par le vol métallique des chauves-souris. Un moine soliloque et des mots mangés par sa barbe Athanassos ne saisit pas grand-chose. Le Seigneur est dans notre cœur, répète-t-il à tout moment. Lorsqu'il lui demande quand il a communié pour la dernière fois, Athanassos ne sait quoi répondre. Le moine interprète son mutisme pour une profonde tristesse et ajoute : Il ne faut pas pleurer, le Seigneur met la joie en notre cœur. Athanassos agacé va se coucher. Ces moines l'énervent. Il n'est pas venu ici pour se convertir. Seulement passer quelques jours à mieux connaître le pays. Toutes ces paroles sont inutiles. La nuit est si belle. Longtemps il se tourne et retourne sur sa couche, sursautant aux milles petits bruits qui tressaillent au cœur de l'énorme bâtisse de pierre. Il s'endort en rêvant au sourire d'Héléna.

Plusieurs fois il est réveillé par le bruit sec de la simandra sinuant dans les couloirs et l'épaisseur des murs.

Au petit matin, déjeuner d'olives, de pain de seigle et de café. Athanassos s'enfuit comme un voleur pendant que les moines psalmodient d'une voix monocorde dans le catholicon [1]. Sans y prendre garde il se retrouve à Karyès. Mais les recommandations d'Andréas sont loin. Karyès se réduit à quelques maisons groupées autour d'une grande place déjà brûlante de soleil. Au milieu, l'église. Dans l'unique café du village, il lie connaissance avec un ancien partisan grec qui a fait la guerre de 1914 en Serbie. L'homme travaille à la réfection des fresques de l'église. Il a près de lui une icône

---

1. Catholicon : église qui occupe le centre du monastère.

de la Vierge qu'il doit réparer, explique-t-il, mais c'est très difficile. Chaque fois qu'il regarde le tableau, il se signe plusieurs fois. Ce paysan fruste est déjà une sorte de religieux. Devant Athanassos éberlué, il vante avec force gestes la beauté du monastère russe de Saint-André. Il le prend pour un de ces pèlerins qui de temps en temps hantent les pays, de monastère en monastère, à la recherche d'on ne sait quoi. Devant la froideur d'Athanassos qui ne lui offre même pas un verre d'ouzo, il sort, l'icône de la Vierge sous le bras, en lâchant une dernière exclamation : Russia prima! Comme si un monastère russe pouvait représenter la révolution socialiste sur la Sainte Montagne.

Athanassos est parti visiter Saint-André, guidé par un moine tirant un mulet efflanqué. Par un chemin serpentant en pleine forêt, sombre et fraîche, le sarabaïte [1] le conduit jusqu'à un petit ermitage surmonté d'une minuscule chapelle. Il lui offre l'ouzo et des tomates sur le balcon enfoui dans les feuillages et d'où l'on aperçoit très loin la mer. Il lui raconte qu'il est malade et lui montre fièrement ses médicaments. Puis il sort des lettres qu'il a reçues de gens qu'il a rencontrés au hasard des chemins, quelques photos jaunies. Il insiste pour qu'à son tour il lui écrive. Toutes ses paroles sont appuyées par une mimique un peu folle. Il montre, de plus en plus excité, la chapelle aux murs recouverts d'icônes polychromes. Athanassos, excédé, prend congé, brutalement, en demandant la route de Saint-André. Sur un tapis, dans le jardin, un vieux moine accroupi se prosterne devant un livre de prières.

Il est désemparé devant ces moines qu'il pensait érudits, sereins, austères. Il voit des âmes simples, sachant probablement à peine lire, et qui vivent durement des seuls produits de leur jardin ; personnages baroques ressemblant dans une certaine mesure à l'horloge byzantine d'Andréas, qui trône au milieu du mur d'entrée et qui marque de son unique aiguille une heure fantaisiste.

1. Sarabaïtes : moines vivant à deux ou trois dans une skite.

Après avoir regardé de loin les coupoles dorées de Saint-André, Athanassos fait la sieste à l'ombre d'un arbre. Il n'a pas voulu pénétrer dans l'enceinte de ce monastère imposant, il n'a pas osé, comme retenu par une crainte indéfinissable. Ces bâtiments trop neufs lui font regretter les vieux murs de Koutloumouse. Malgré toute sa bonne volonté, il n'arrive pas à s'habituer. Il reste étranger à ce pays contre nature où toute femme est exclue, où les moines et les paysans ne se distinguent que par la robe sale des uns et le pantalon déchiré des autres.

Évitant Karyès, il descend vers le petit port de Daphni blotti au fond d'une crique. Là se niche le poste de douane du fameux lieutenant. Puis il monte vers le monastère de Xéropotamou par un chemin de montagne, pavé de larges pierres creusées par les sabots des mulets. En fin de journée, fatigué et l'estomac vide, il y demande l'hospitalité. Une sorte de Belzébuth à l'immense barbe en pointe le dirige en grognant vers la salle d'hôte où l'attendent un verre d'eau et trois olives. Le soir, il mange seul dans un réfectoire désert qui sent la noisette. Lentement s'installe dans son cœur une solide mélancolie, compacte comme la pierre.

Du balcon de sa cellule, il contemple, désabusé, la nuit scintillante d'étoiles. Sa curiosité s'est transformée en amertume. L'isolement fait naître en son cœur un profond sentiment de frustration. Ces monastères le rejettent après l'avoir emprisonné. Ils le coupent de sa révolution, et ne lui offrent, en contrepartie, que l'indifférence de leurs murs aveugles. Athanassos a une folle envie de rejoindre Héléna. Sa chambre serait une cachette bien autrement agréable...

Le lendemain, un vieux paysan hilare lui fait visiter l'église où il travaille à la réfection des fresques. Près du mur de l'iconostase, une grande icône de la Vierge est posée sur un présentoir recouvert de damas pourpre. Avant de sortir, l'ouvrier embrasse Son visage et Ses mains et invite Athanassos à faire de même. Pour le voyage, bégaye-t-il, Notre-Dame est la protectrice du voyageur. Athanassos hausse les épaules et plante là le vieil homme ahuri.

Sur le chemin qui descend vers Daphni il rencontre un girovague qui le regarde passer sans mot dire, le fixant de ses yeux clairs. Athanassos ne peut s'empêcher de frissonner devant sa maigreur et sa saleté. Au débarcadère, un vieil homme accroupi égrène un chapelet à gros grains qui glissent entre ses doigts avec un léger bruit de cascade sèche. Athanassos va s'asseoir tout au bout de la jetée, dans l'attente d'un hypothétique bateau.

La mer est d'un bleu irréel, à peine ridée par moment d'un léger souffle de vent venu de la montagne. Aucune trace de douaniers ou de militaires. Il s'embarque vers midi avec des pêcheurs allant au monastère de Grégoriou. Un moine est monté avec lui, il se rend à Simonospétra. Une heure plus tard, après un acrobatique amarrage, le religieux saute lestement sur un ponton délabré. Athanassos le suit, subjugué par le paysage austère.

La montagne escarpée enserre de toute part l'étroite crique de galets. Un sentier vertigineux s'élance dans la rocaille et les buissons jusqu'au monastère, fortifié de tours avec mâchicoulis, perché solitaire sur un roc surplombant la mer. Après une montée harassante dans l'air surchauffé, Athanassos se retrouve seul dans la salle d'hôte, buvant avec délices le café noir servi avec les éternelles olives et le grand verre d'eau fraîche. Le moine qui l'a guidé jusque-là ne lui a pas dit un seul mot.

Désœuvré, Athanassos passe l'après-midi à visiter la bâtisse. Il se perd dans la multitude de couloirs, d'escaliers voûtés, de pentes, de recoins creusés à l'intérieur de murs épais de plusieurs mètres. Çà et là sont éparpillées des cellules aux portes soigneusement fermées. Contre un mur, un moine prosterné semble dormir. Sa chambre est au dernier étage et donne sur un balcon de bois aux planches disjointes à travers lesquelles il aperçoit les vagues battant contre le rocher; elles fléchissent dangereusement en grinçant sous les pas. A l'angle d'une tour, une porte branlante ferme une cabine suspendue dans les airs.

Par touches successives s'impressionnent en lui ces images d'un temps révolu, l'atelier des chandelles, les longs corridors noircis de fumée et de poussière séculaire. Les heures s'écoulent interminables. La vie s'est arrêtée. Pour ce vieillard recroquevillé en bas d'un escalier, la mort ne peut être qu'une délivrance.

Au réfectoire, l'Higoumène et quelques moines hirsutes sont tassés au bout d'une longue table de bois noir. Le pain et les assiettes sont recouverts d'une bande de toile blanche. Après la prière, l'Higoumène agite une clochette, tout le monde s'assied. Un novice apporte une gamelle en étain contenant de la purée à l'ail, des frites et des courgettes grillées. Un gobelet pour l'eau, un autre pour le vin résiné. Pendant qu'ils mangent en silence, un lecteur derrière un immense lutrin s'efforce de lire, d'un ton chantant, un passage de la Bible. A la fin du repas, l'Higoumène agite à nouveau sa clochette, se lève et récite une supplique. Tout le monde est debout, la tête baissée, et se signe. L'Higoumène donne au lecteur un morceau de pain et un verre de vin qu'il bénit, et va se placer à la porte du réfectoire. Devant lui passent les moines qui s'inclinent profondément. Athanassos, en bâillant, fait de même. Tous ces rites, ces tabous l'ennuient profondément. Il n'en saisit pas l'utilité, mais il ne lui vient plus à l'esprit de les violer, par crainte peut-être d'occultes et terrifiantes représailles, au fond de ces voûtes ténébreuses et de ces labyrinthes de couloirs.

Dehors, sur la terrasse, dans la nuit transparente, une ombre s'est approchée, sans bruit, et lui demande s'il n'a pas une cigarette. Les visiteurs sont rares, dit l'homme en toussotant; puis il ajoute en regardant la lune qui se lève derrière une colline : et les heures parfois bien longues. Athanassos ne répond rien et s'enferme dans sa chambre. A croire, bougonne-t-il, qu'ils ne savent même pas que la Grèce est en guerre! Il déchiffre patiemment une série d'imageries naïves représentant Vénizélos le libérateur, et s'endort, enfin, se demandant ce qu'il fabrique dans ce trou à rats.

Mercredi. Athanassos décide d'aller au monastère de Grégoriou par la montagne, sans attendre le passage improbable d'une barque. L'attente lui est devenue insupportable. Il a besoin de marcher, de s'aérer, de se dépenser physiquement. Du ciel plombé émane une chaleur lourde pétrifiant les arbres; la mer à l'horizon se confond avec d'épais nuages grisâtres. Soudain, alors qu'il est à mi-pente de la falaise, l'orage éclate avec une violence inouïe. Coups de tonnerre qui roulent dans la montagne et en ébranlent les moindres recoins, rafales de vent, trombes furieuses de pluie. Complètement trempé, il aperçoit une bicoque délabrée adossée à la muraille. Là végète un reclus, en loques, qui le fait entrer sans mot dire dans l'unique pièce noire de crasse. Sur les murs suintant d'humidité s'empilent toutes sortes d'instruments bizarres qui vont du gobelet au moulin à café. L'ermite allume le feu avec le bout de longues branches qui traînent jusqu'au milieu de la pièce. Il lui offre du café, du cognac et une pêche, puis s'éclipse dans la soupente attenante. Pendant qu'il pleut, Athanassos l'entend psalmodier, cracher, tousser, puis psalmodier encore et toujours. L'orage finalement cesse, un jour pauvre éclaire la pièce par deux fenêtres grillagées. Athanassos observe le lit de planches sur la réserve de paille, les toiles d'araignées, la poussière sur un gros livre fermé, les gravats dans un coin avec un râteau édenté, une pioche rouillée. Tout ce dénuement l'épouvante. Il s'échappe sans un remerciement et retrouve, soulagé, les arbres dégoulinant de pluie.

Le monastère de Grégoriou surplombe fièrement la mer, tel un château fort médiéval guettant le retour des croisés. La salle d'hôte aligne une série de petites fenêtres en haut d'un mur fortifié descendant d'un seul jet jusqu'aux vagues qui se brisent dans un roulement continu sur de grands récifs rouges. Autour de la pièce, le long des murs recouverts de cartes jaunies, s'adosse le traditionnel banc recouvert de tapis et de coussins multicolores.

Après avoir mangé une horrible platée de concombres bouillis nageant dans un bain d'huile, Athanassos rencontre un moine dépenaillé qui dit être le cuisinier et l'invite dans sa cellule pour y déguster un verre d'ouzo. Hélas, la conversation dégénère vite. Athanassos pour la première fois se trouve confronté à certaines habitudes vicieuses dont on parle tout bas et qui rongent comme la lèpre ces vieilles communautés déchues.

Désarmé, il ne sait que répondre à ce petit être replet qui multiplie les gestes obscènes. Il s'enfuit, claquant à peine la porte. Il court dans les longs corridors déserts, dégringole les escaliers et se faufile dehors par une petite porte dérobée.

C'est l'heure de la sieste. Les derniers nuages s'évaporent sur un ciel blanchâtre. La montagne à nouveau grésille de chaleur. La forêt a cédé la place à de vertigineux éboulis où s'accroche une sente à peine tracée, auprès de laquelle le chemin montant à Simonospétra n'était qu'une aimable promenade. Plus Athanassos s'approche du Mont Athos, plus le paysage devient sauvage et terrible. Descentes, montées, dégringolades dans les calanques se succèdent sans fin. Rocailles, arbustes piquants, pierres branlantes, fourrés inextricables qu'il faut contourner; les serpents, les scorpions, les araignées... Athanassos a peur, l'angoisse des premiers jours, viscérale; il a peur de ce calme immense, de l'abîme où miroite la mer au milieu des récifs à peine frangés d'écume. Il sursaute au moindre glissement, s'arrête inquiet au bruit d'une pierre qui roule jusqu'au précipice.

Dionissiou est une véritable forteresse, dominée par son donjon. Une large rampe aboutit au portail voûté; un terre-plein dallé sépare les écuries du monastère qui semble à l'étroit derrière ses hautes murailles. En bas, un petit embarcadère abrite une barque à voile latine, remplie à ras bord de sacs qu'une dizaine de moines déchargent.

Athanassos reste deux jours à Dionissiou, voulant se reposer de cette folle course dans la montagne, qui l'a entièrement épuisé. Il voulait se dépenser physiquement, il a été comblé. Il n'imaginait pas que les sentiers du Mont Athos pouvaient être si durs.

Est-ce le paysage qui le fascine? Cette atmosphère d'un

autre âge commence curieusement à lui convenir. Il subit le charme des futaies de chênes serrées au creux de vallons humides. Les perspectives de la montagne l'envoûtent, et la mer exalte son intense désir de liberté. Les monastères s'intègrent avec une telle aisance dans cette nature harmonieuse qu'il se met à les considérer avec moins d'acrimonie. Sa méfiance disparaît. Athanassos redevient disponible. Les moines jusqu'ici l'excédaient, avec leurs manières feutrées, leurs mines effrayées lorsqu'il les questionnait, comme s'ils avaient tué père et mère.

A Dionissiou, il leur découvre une surprenante discrétion. Il peut circuler à sa guise dans les méandres de cette construction formidable sans se sentir ausculté, épié, puis, à la faveur d'une rencontre fortuite, interrogé hypocritement sur les raisons qui le poussent à visiter la Sainte Montagne. En fait, il a toujours bénéficié d'une entière liberté. Ce ne sont plus les moines qui l'ennuient. C'est lui, tout bonnement, qui s'habitue.

Le samedi matin, un muletier habillé d'un treillis de l'armée allemande et coiffé du calot de corvée lui propose de l'emmener jusqu'à Saint-Paul. Athanassos refuse, il ira seul. Le chemin est dangereux, il risque de se perdre? Bah! il en a vu d'autres. Ce pèlerinage, il le veut solitaire. Il ne saurait pas très bien expliquer pourquoi.

Il quitte le monastère sous le regard désapprobateur du muletier, et s'aperçoit vite que ses avertissements n'étaient pas surfaits. Ce qui l'impressionne le plus, c'est la découverte du Mont Athos. Gigantesque, il surplombe, par une cascade de falaises verticales, un immense cône de pierrailles s'éboulant dans la mer. Jamais, jusqu'à présent, il ne l'avait vu si proche. Au détour d'un chemin, derrière les collines ou au-dessus des forêts, il apparaissait toujours lointain, à demi caché. Maintenant, il se dresse, écrasant, telle une énorme pyramide. Athanassos est broyé, annihilé, par cette formidable masse de roc qui semble le dédaigner de toute sa grandeur hautaine. Blotti dans le creux d'un rocher, alternativement, il contemple la mer, puis le Mont

Athos. Il n'est qu'un insecte trottinant sur ces marches de titan. Quelle stature faut-il avoir pour subsister en ce pays hors nature, pour supporter le poids de ce dieu en forme de montagne? Athanassos pense à Andréas. On peut être un géant et avoir la taille moyenne d'un moine anonyme. Lui, il n'est qu'un puceron se terrant sous les pierres...

Ainsi, de monastère en monastère, s'imprégnant de la poussière des sentiers et des couloirs obscurs, abruti de soleil, amaigri, fatigué à la fois par ses courses solitaires, le silence des cellules et la mauvaise nourriture, Athanassos fait l'apprentissage du Mont Athos. Il tourne autour de la montagne comme un moustique autour de la lampe. Il n'ose s'approcher trop près, ni monter trop haut, ce qui revient au même. Il a une peur presque irraisonnée de ces terres arides et dénudées que l'on dit peuplées d'êtres invisibles et immortels, qui en défendent l'accès aux voyageurs égarés dans ces solitudes. Alors il tourne autour, au hasard des sentiers et des rares rencontres. Chaque étape, chaque monastère est une anecdote, une expérience particulière, amusante souvent, triste parfois, lui laissant découvrir, comme par une porte à demi entrouverte, le monde étonnamment riche et divers de ces moines recroquevillés au fond de leurs monastères aux constructions imposantes, ou de leurs ermitages perdus dans les arbres. Il n'est plus agacé, ni oppressé comme les premiers jours. Ni indifférent ni passionné, il regarde un autre monde naître devant lui. Spectateur, il ne critique plus. Pèlerin, il n'acquiesce pas encore. Curieux, il s'amuse.

A Saint-Paul, il assiste à un office mémorable dans l'église surchargée d'icônes. Assis sur des sièges accolés au mur, quelques vieillards semblent dormir. Devant le mur de l'iconostase, pendant plusieurs heures, se relaient des moines qui psalmodient à voix basse et discordante. Soudain un immense moine arrive furibond, passe et repasse à grandes enjambées devant la porte de l'iconostase, un livre à la main, ses gros sourcils froncés, la longue barbe grise tressautant au rythme des sons inarticulés qui sortent de sa bouche. Tout le monde s'est levé et chante à tue-tête. Indifférent à tout ce vacarme, un novice baise consciencieusement toutes les icônes. Il a les paupières rouges, les yeux baissés et sournois; le teint translucide. Dans un coin d'ombre, derrière un pilier, une sorte de monticule se traîne en marmonnant.

Sa mémoire enregistre ces images imprévues. Peu habitué à tout ce qui touche à la religion, aux rites compliqués régissant les offices interminables, il perçoit le côté burlesque de ces coïncidences passagères qui frappent l'imagination plus que le cœur. D'un esprit naturellement frondeur, il se plaît à souligner l'humour de situations apparemment fort sérieuses. Mais il évite tout sarcasme. Il se moque sans méchanceté. Un fond de pudeur, qu'il ne soupçonnait pas, lui interdit de mettre en doute par des railleries impertinentes les assises mêmes d'une vie monastique qu'il côtoie ainsi, de jour en jour, au hasard des sentiers, étonné seulement de ne plus s'y ennuyer.

Il fait connaissance, à Néa Skiti, d'un moine peintre qui l'héberge aussitôt chez lui et se met en tête de lui apprendre les rudiments de l'art de l'icône. Néa Skiti est un village enchanteur, blotti au pied du Mont Athos, ses maisons disséminées parmi les fleurs et les cyprès.

D'une terrasse ombragée par de majestueux marronniers, l'église et la salle d'hôte dominent tout un labyrinthe de ruelles et d'escaliers. Au loin, sur le miroir de la mer, deux barques semblent suspendues...

Athanassos oublie les villes, les révolutions et les guerres qui deviennent ici de monstrueuses excroissances, fruits pervertis de l'ignorance des hommes. Il en vient même à ne plus regretter Héléna.

Par un matin éclatant de fraîcheur, un pêcheur l'emmène

à la Grande Lavra. Il retourne à son point de départ. Pendant le voyage, le pêcheur lui parle des anachorètes. Ses yeux brillent d'une sorte de fièvre mystérieuse. Il montre à Athanassos, qui n'a plus envie de rire, l'immense falaise tombant dans la mer. Le ressac a creusé sa base d'une multitude de grottes. Plus loin, de longues dalles plongent obliquement dans les vagues. Des moines reclus sont installés dans les moindres interstices des rochers. Quelques paniers, au bout de longues cordes, attendent l'offrande des rares pêcheurs qui se hasardent en ces parages, car la houle y est souvent mauvaise. Des cabanes s'accrochent à la muraille au moyen de quelques allumettes pourries. A un minuscule débarcadère de galets, après bien des difficultés, le pêcheur est venu déposer un gros sac de provisions. Perché sur un piton, telle une chèvre, une noire silhouette fait de grands signes des bras. Le pêcheur montre à Athanassos la chaîne scellée dans le roc qui part du débarcadère et monte jusqu'à un mur de briques à peine visible. Il va descendre par là, indique-t-il; c'est le Père Étienne que tu vois gesticuler sur son rocher. Il doit avoir plus de soixante ans. Il est agile comme un gamin.

Athanassos scrute la falaise, maintenant truffée d'ermitages nichés dans les endroits les plus inaccessibles. Le pêcheur montre les plus extravagants, tellement confondus dans la pierre qu'ils sont difficilement discernables. De minces échelles les relient à des sentes invisibles. Du balcon d'une masure, un filin descend directement jusqu'aux vagues. Le pêcheur s'approche, il n'y a plus de panier. Dans de profondes anfractuosités, la mer pénètre, pacifiée, tel un début de fjord, allant lécher peut-être, cachés dans cette obscurité humide et froide, quelques murs d'une retraite inconnue. Athanassos frissonne.

Le Mont Athos, dieu vert auréolé de soleil, surveille impassible les travaux quotidiens de tout ce monde d'ermites, qui se prosternent, adorateurs anonymes, devant cette icône de pierre, arrogante et superbe.

Ils passent Kapsocalivia, doublent un dernier promontoire percé au niveau des vagues de crevasses à chauves-souris. Puis apparaît le port fortifié de la Grande Lavra, tout blanc de soleil.

Athanassos débarque rapidement. Le bateau repart aussitôt. Il monte, par le chemin qu'il connaît déjà, vers la Grande Lavra, qui s'étale sur un plateau entouré d'arbres. Il décide de s'y arrêter et de ne rejoindre la skite d'Andréas que le lendemain. Il a envie d'être seul au creux d'une cellule. La falaise des anachorètes provoque en lui une émotion qu'il ne s'explique pas.

A l'intérieur des hauts murs du monastère se déploie une véritable ville, composée d'une multitude de bâtiments à un étage, aux toits de pierre plate. Le Despote se promène gravement, muni de sa longue canne noire à crosse d'argent; dans sa robe bleu nuit, il a des poses d'empereur romain. Un petit être rondouillard le suit comme son ombre et ressemble à quelque mauvais génie de l'Inquisition. De temps en temps il lui parle à l'oreille en regardant de ses gros yeux si personne ne l'espionne.

Athanassos soudain a un haut-le-cœur lorsqu'il aperçoit, sortant de la bibliothèque, dix soldats endimanchés entourant un lieutenant d'opérette. Mais personne ne fait attention à lui. Il participe même au repas, nettement amélioré, servi en l'honneur de l'armée. Après la sieste, il s'amuse à les suivre dans leur visite de l'église puis du réfectoire aux murs recouverts de fresques, où un novice à moitié cinglé leur offre du pain et du vin en tenant des propos incohérents. Il trouve piquant de partager cette sainte nourriture avec des représentants de l'ordre, lui, un révolutionnaire probablement recherché par toutes les polices de Salonique!

De la fenêtre de sa cellule il entrevoit la mer entre deux cyprès. Les militaires sont partis; une vedette de l'armée est venue les chercher; en leur honneur, un moine a fait carillonner les cloches. Le vent s'est levé. Il pense à Pythagoras, aux copains. Il a soudain une impérieuse envie de tout plaquer et de retourner à Salonique. Il descend en courant au petit port. Personne. Une journée de marche le sépare de Iérissos. Il ne lui reste plus qu'à retourner demain à la skite d'Andréas, mission accomplie, et attendre Pythagoras.

L'office du soir sonne au loin. Athanassos remonte à la Grande Lavra.

Dans le couloir désert, un très vieux moine râle et pousse à intervalles réguliers des gémissements plaintifs. Il se traîne jusqu'au lavabo, au bout du corridor, se jette de l'eau à la figure comme on chasse une guêpe. Un autre moine le rejoint, presque aussi décrépit que lui, et l'aide à regagner une cellule où ils vivent ensemble.

Accoudé à une fenêtre de la salle d'hôte, Athanassos contemple la mer qui ressemble ce soir à un grand marais encombré d'herbes où de longs ruisseaux pâles se frayent péniblement un passage. Il pense à Héléna. Il l'avait presque oubliée ces derniers jours. Dans l'ennui de ces bâtisses silencieuses, elle redevient présente, terriblement présente...

Le lendemain matin, en sortant du réfectoire, un moine l'interpelle et lui demande s'il peut lui parler. Assis sur un banc de pierre, le long d'un mur à l'abri du vent, il lui décrit minutieusement la vie du religieux qui est à l'image de la vie éternelle. Depuis dix jours que dure son voyage, c'est la première fois qu'Athanassos entre sérieusement en contact avec un habitant de ces monastères impénétrables. La discrétion des moines est légendaire, leur gaieté aussi. Au hasard de brèves rencontres il ne connaissait d'eux que leur austérité, leur bonhomie, la simplicité de leur sourire, une présence plus fantomatique que réelle, derrière une façade parfois bien rebutante.

Et là, en cette matinée venteuse qui fait bruire les sommets des arbres, ce vieillard lui parle longuement de l'amour du Christ. Il ne comprend pas tout, et se demande même si le père ne se trompe pas d'interlocuteur. Mais il

79

écoute patiemment. La vie n'est qu'un passage, une préparation à la vie éternelle, telle une plante que l'on cultive en serre avant de la mettre au jardin. Celui qui n'a pas vu le Christ sur la terre ne le verra jamais plus ; celui qui s'adonne aux plaisirs perd son âme et vit comme une bête. Le Christ n'a jamais ri durant sa vie terrestre, il a pleuré quatre fois. Le rire est l'ennemi, la joie de Notre Seigneur est rayonnement. Athanassos écoute. Il n'a pas de questions à poser. Les paroles du moine glissent sur lui comme une eau fraîche et bienfaisante. Il est loin à nouveau de la guerre, des grandes idées révolutionnaires, de Pythagoras. Il a l'impression d'entendre un autre Père Andréas, en moins humain, en moins proche. Cela manque de chaleur et semble venir directement de ces hauteurs inaccessibles qui dominent la Grande Lavra de toute leur masse imposante.

Le moine le questionne sur son périple, les monastères visités. Il lui parle d'Iviron, raconte la légende de la Vierge, une icône miraculeuse venue jadis toute seule par la mer, de Constantinople. Elle flottait sur les eaux, une grande colonne de lumière la reliant aux cieux. Devant ce miracle, tous les moines du Mont Athos s'étaient réunis. Mais personne n'osait aller la chercher. Après plusieurs jours de palabres, une nuit, la Vierge apparut à un ascète du monastère d'Iviron, qui se nommait Gabriel. Le moine ainsi désigné négligea les barques mises à sa disposition, et marcha sur les eaux pour aller la prendre. En grande cérémonie, on installa l'icône dans l'église, mais, le lendemain, les moines stupéfaits la retrouvèrent à l'entrée du catholicon. On la replaça dans l'église. Le lendemain à nouveau, elle était à la porte. Ainsi pendant plusieurs jours. La Vierge apparut encore au moine Gabriel, et lui dit que c'était elle qui garderait les moines, et non eux qui la garderaient. Une petite chapelle fut alors construite à côté de la porte principale du catholicon, qui fut condamnée. Et on perça une autre entrée à l'église. Un jour, un pirate voulut l'enlever. L'icône saigna au cou. La trace en est encore visible.

Longtemps ainsi le moine décrit des monastères que n'a pas visités Athanassos : Stavronikita, que l'on dit bâti sur un ancien temple païen, le Pantokrator, dont les murailles puissantes s'enracinent dans des rochers déchiquetés par les vagues, Caracalla, Philotéou, Vatopédi...

Athanassos découvre un monde parallèle à celui qu'il n'a fait qu'entr'apercevoir. Un monde sans temps ni espace, sans raison ni histoire, étrange, incompréhensible.

Puis brusquement, à l'appel de la simandra, le moine le quitte en lui disant simplement : Andréas t'en dira beaucoup plus que moi, il descend souvent à la Grande Lavra, il m'a parlé d'un nouveau pensionnaire.

Le vieillard est déjà parti en sautillant après un dernier signe de la main, laissant Athanassos un peu fâché, qui hésite s'il doit s'inquiéter ou se réjouir d'être ainsi percé à jour. Sans demander son reste, sans même retourner dans sa cellule – il n'a aucun bagage –, il s'enfuit du monastère pendant que résonne encore l'appel de la simandra.

Sur le chemin, le vent de plus en plus violent secoue les arbres en de bruyantes rafales. En bas, la mer très agitée se couvre d'innombrables crêtes d'écume. Athanassos marche d'un bon pas. Heureux de retrouver Andréas et de lui raconter son voyage.

Cependant, à mesure qu'il approche de la skite, une sourde inquiétude lui remonte à la gorge. Que va lui annoncer Pythagoras? S'il revient... La poursuite de la lutte, ou l'abandon?

Le pèlerinage se termine, étrange parenthèse. Derrière les anachorètes resurgit le partisan.

VI

Confortablement calé parmi les multiples coussins du divan qui forme tout un angle de l'arkondariki [1], Athanassos déguste avec un plaisir évident son café. Il n'a fait qu'une bouchée des quelques olives placées sur une coupelle d'argent à côté du verre d'eau glacée, dédaignant les deux loukoums rosâtres qu'il trouve trop doucereux. Il est cinq heures du matin. Il attend l'Higoumène. Les toits du monastère de la Grande Lavra se dorent sous les rayons du soleil levant. Du catholicon s'élèvent les psalmodies de l'office qui touche à sa fin.

Cela fait un mois maintenant qu'il est au Mont Athos. Après son pèlerinage, il a retrouvé un Père Andréas encore plus accueillant et souriant. Ou alors c'est lui qui s'est mis à mieux percevoir la nature profonde, toute de joie et de paix, de son hôte. Ils ont été ensemble au monastère d'Iviron, mais l'icône de la Vierge l'a déçu, surchargée de plaques d'argent ciselées et de pierreries de toutes les couleurs. Un paysan leur a donné quelques provisions qu'ils ont chargées sur l'âne qu'Andréas avait eu la bonne idée d'emmener avec eux. A leur retour, Pythagoras les attendait en jouant avec le chien. Il apportait de mauvaises nouvelles : l'anéantissement des derniers groupes de l'armée démocratique; les perqui-

1. Arkondariki : salle d'hôte.

sitions chez les moindres suspects, la chasse aux partisans; la délation, les fausses informations, les parades militaires. Et, pour tout arranger, les règlements de compte, les épurations discrètes sous forme de trahisons, les assassinats politiques. La révolution écrasée se mettait à pourrir. Pythagoras n'était pas le genre d'homme à se laisser abattre pour autant. Il avait créé une cellule terroriste regroupant des marxistes durs de la première heure. Ils seraient soutenus par Moscou, le Bulgare s'en occupait. Premier signe tangible de cette aide : une livraison d'armes que Pythagoras lui-même prendrait en charge dans le Nord, et qu'il amènerait par bateau jusqu'ici. Les caisses seraient entreposées dans la skite du Père Andréas. Athanassos devait s'occuper des détails de l'opération.

En attendant le Despote, Athanassos se remémore tous ces événements qui donnent à son séjour au Mont Athos sa véritable dimension, du moins le croit-il. Il en a oublié la Vierge d'Iviron et l'ermite de Saint-Paul.

Les moines sont discrets, sourit-il intérieurement, c'est le moment d'en profiter. Il n'a pas averti Andréas de son intention de rencontrer le Despote. Le père aurait certainement désapprouvé sa démarche.

Un bruit assourdi de pas dans le couloir lui fait dresser l'oreille. Il repose sa tasse sur le plateau; le Despote, superbe, entre dans la salle d'hôte :

— Je suis très content de faire votre connaissance, dit-il en le bénissant. Andréas m'a parlé un peu de vous. Vous êtes un ami de Pythagoras?

Athanassos s'est levé un peu gauchement. Il se demande s'il faut s'agenouiller ou non. Finalement, il opte pour la station debout.

— Un brave garçon, ce Pythagoras, continue le Despote. Je l'apprécie beaucoup, bien qu'il soit obstinément athée.

— C'est un véritable communiste, appuie Athanassos.

— Je n'aime pas beaucoup l'adjectif véritable accolé au mot communiste. Mais cela n'a pas d'importance. Que me vaut le plaisir de votre visite? Je suis navré de vous recevoir aussi rapidement, c'est aujourd'hui la fête de notre saint patron, et j'ai de nombreux invités à accueillir. J'aurais grand plaisir, un autre jour, à vous faire visiter notre merveilleux monastère, son réfectoire, sa bibliothèque.

– Vous connaissez, mon père, notre activité, interrompt Athanassos, omettant volontairement de signaler son récent passage à la Grande Lavra.

– Oui, je la connais en gros. Pythagoras a essayé plusieurs fois de m'inculquer les subtilités marxistes, que je n'ai pas du tout comprises, d'ailleurs. Oui, je connais votre... activité, répète le Despote. Votre révolution me semble pourtant bien mal engagée et vous venez de subir de graves défaites. Si j'en crois les informations de la radio gouvernementale, la partie serait même perdue pour vous. Cependant, on parle d'un réseau occulte de résistance mieux adapté à la situation nouvelle et qui maintiendrait une atmosphère d'insécurité dans toute la région nord de la Macédoine et jusqu'à Salonique...

– Vous êtes bien renseigné.

– Il le faut. Surtout dans notre position si facilement attaquable en des périodes où les adversaires ne comprennent plus le juste milieu et la neutralité. Vous participez à cette insécurité?

– Oui, indirectement pour l'instant en fournissant les armes, mais bientôt directement, je l'espère, en organisant des actions ponctuelles.

– J'en profite alors pour vous demander de ne pas mêler nos religieux à vos querelles.

– Comment cela?

– Lors de ces actions ponctuelles, comme vous dites, tâchez de ne jamais porter atteinte aux intérêts de l'Église, respectez les religieux, les popes des villages. Ils peuvent vous être d'un grand secours, ils sont près du peuple.

– Je n'ai jamais entendu dire que l'on ait manqué de respect à un pope.

– Peut-être, Athanassos, en ce qui te concerne. Mais tous ces socialistes étrangers ont les mains moins propres que toi.

L'Église a été persécutée dans d'autres pays et dans des circonstances analogues. Enfin, nous reparlerons de tout cela, si tu veux bien. Puis-je t'accorder quelque chose?

Athanassos est sensible au tutoiement. Il l'interprète comme un signe de bienveillance et croit le moment opportun pour formuler sa demande.

– Oui, mon père, cela a un certain rapport avec ce dont vous venez de m'entretenir. J'attends un chargement d'armes et de munitions. Il doit arriver par une pinasse cet après-midi. Normalement le point de chute est une crique pas très loin d'ici. Mais un éboulis important qui est survenu hier en rend l'accès difficile. J'avais pensé à la possibilité d'utiliser le port de la Grande Lavra. Tout à fait exceptionnellement. Cela aurait évité beaucoup de peine et gagné du temps.

– Je connais cette partie de la côte où la montagne s'effrite en de grandes constructions rougeâtres. Tu me parles d'après-midi. Je te conseillerais le soir. La fête de notre saint patron va amener un certain mouvement dans notre pays. De toute façon il n'est pas question de faire le déchargement dans notre port. Tu n'y songes pas. Certains invités doivent venir par bateau.

– Raison de plus, une barque parmi d'autres ne se remarquera pas.

– Non, dit le Despote, en tirant nerveusement sur la corde de son crucifix. Je ferme les yeux s'il s'agit d'une crique voisine. Mais ici, je suis trop concerné. Je n'ai pas le droit d'engager mes moines dans votre vie profane. Qui sait même si votre cause n'est pas définitivement perdue. Je dis bien et je le répète : définitivement.

Athanassos s'est levé d'un bond, piqué au vif par ce dernier mot. Il a envie de dire crûment ce qu'il pense de ce ramassis de fainéants, errant dans d'immenses salles vides. Mais il reste silencieux, par une sorte de respect de tous ces corridors interminables.

– Non, insiste le Despote en le regardant avec attention. Ce que tu demandes est hors du sens commun. Maintenant

85

je dois te quitter, mes invités ne vont pas tarder à arriver.

Il esquisse un vague signe de croix et se retire.

Athanassos quitte à son tour la salle d'hôte. Il sifflote, les mains dans les poches, bien décidé à n'en faire qu'à sa tête.

Il va leur jouer un bon tour, à ces rustres. Il ne pense pas à Andréas en disant cela. Il a classé les moines en deux catégories : une première qu'il respecte, et qui ne comprend qu'Andréas, avec peut-être ce vieux moine rencontré ici même, un matin de grand vent ; une seconde qu'il méprise et où se regroupent pêle-mêle tous les autres. Il va quitter ce pays d'arriérés mentaux pour assumer enfin une participation active dans cette nouvelle révolution qui commence, organiser des groupes, recruter des hommes, imaginer des attentats spectaculaires. Vivre enfin, servir la cause. Pendant ces longs jours passés au Mont Athos, il a senti naître en lui une force inconnue. Il s'est recueilli, concentré, ramassé sur lui-même. Une page est tournée, paraît-il ? Eh bien, cette page il la tourne allégrement. L'aventure continue. Son aventure à lui, Athanassos. Pas forcément celle de Pythagoras, encore moins celle du Bulgare. Celui-là ne perd rien pour l'instant. Il saura le retrouver, et, le moment venu, lui régler son compte. En attendant il profite des aides extérieures. Mais, avant de partir, ces moines doivent se mouiller un peu.

On lui demande de respecter les popes. Eh bien, il faut l'aider en contrepartie. Il va faire en sorte que l'on croie ces religieux favorables à leurs idées, qu'ils les approuvent, eux, les réprouvés, les rebelles. Le Despote ne lui a rien appris avec sa fête. Un paysan lui a même précisé qu'il y aurait les quelques militaires cantonnés à Karyès. Il n'est pas mauvais que ces soldats d'opérette aillent raconter partout que la Grande Lavra abrite, en son port, des révolutionnaires.

Athanassos s'enfonce dans la forêt en direction d'une petite cabane habitée provisoirement par Képhaléos.

Les cloches du monastère se mettent à carillonner.

En fin de matinée, alors qu'un groupe de pèlerins descend lentement la colline, guidé par un long moine noir, une vedette militaire, conduite par un marin de l'armée régulière, accoste à l'unique ponton. Un officier en débarque et se dirige rapidement vers le monastère. C'est le lieutenant commandant le détachement cantonné à Karyès, grand ami du Despote et amateur d'histoire religieuse. Contournant la cour déjà encombrée des mulets d'une trentaine de moines et de paysans, il monte aux appartements du Despote. Il aime bien parler avec ce vénérable moine, vivante relique, selon lui, d'un temps révolu, et ne rate jamais une occasion de le rencontrer. Il n'attend pas longtemps. A peine le moine secrétaire l'a-t-il annoncé que le Despote arrive les bras tendus.

– Alors, lieutenant, quelles nouvelles?
– Pas brillantes, mon père. Je quitte Karyès demain avec mes hommes.
– Tu nous abandonnes?
– Oui, je retourne à Salonique. Ils craignent, en haut lieu, que cette région côtière, propice aux débarquements clandestins, ne devienne le refuge d'un ramassis de hors-la-loi, et que notre petit détachement soit incapable d'accomplir sa mission. Je vais être remplacé par un capitaine de parachutistes commandant une troupe de cinquante hommes, auxquels sera adjointe une petite canonnière pour surveiller les côtes. Le Mont Athos monte en grade! Quant à moi, on m'a promis un emploi de bureau au quartier général. La mise au rancart, on ne peut pas être plus clair.
– C'est dommage, j'aimais bien parler avec toi de l'histoire de nos Pays. Bah!... La guerre civile se terminera bien un jour... Et tu reviendras.
– Qu'est-ce qui vous fait dire cela, mon père?
– Il faut qu'elle se termine, lieutenant, il y a trop de morts, trop de haine. Et tu n'es pas fait pour la guerre.
Le Despote reste un moment silencieux, puis reprend:
– Tu me parais soucieux, inquiet. Est-ce ton prochain départ qui te préoccupe?

– Non, mon père, c'est ma situation ici, à la Grande Lavra. Je suis venu seul, avec le pilote, mes autres hommes sont en mission à Iérissos. Juste avant mon départ, quelqu'un m'a prévenu qu'il pourrait se passer... quelque chose au monastère. Il n'a pas su me dire quoi. Je n'ai pas voulu reculer ; maintenant, j'ai l'impression d'être dans une sorte de piège... Avec tout ce que l'on raconte, on ne fait pas venir ici cinquante hommes pour des prunes. S'il doit se préparer une action terroriste, je serai la cible rêvée.

– Tu le sais, rien ne t'arrivera, à toi et à tes hommes, tant que vous serez au Mont Athos. Douterais-tu de notre protection ?

– Non, naturellement, mais...

– Je ne connais pas encore ce nouveau capitaine. Je pense que tes supérieurs ont fait le nécessaire auprès de la Sainte Communauté. Un oubli serait regrettable. Le Mont Athos est un pays indépendant, qui ne doit pas devenir, par l'erreur de certains, un champ clos où se règlent les comptes de la guerre civile. Nous saurons empêcher une telle éventualité. Nous ne possédons ni police ni armée. Mais nous représentons l'âme de la Grèce. Il faudra s'en rappeler.

Le Despote se tait, songeur. Puis il ajoute d'un ton qui se veut enjoué :

– Allons, mon fils, viens avec moi, l'office va commencer, nous en reparlerons tout à l'heure.

La petite église en croix grecque est comble. Le long des murs, les moines sont assis dans leurs stalles. Les paysans et les invités, debout, regardent le mur de l'iconostase devant lequel officient deux récitants. Ils sont tous là, les moines, les vieux, les novices, le Père Andréas et quelques religieux qui vivent dans les skites environnantes et dont souvent c'est l'unique sortie de l'année, les paysans qui viennent lorsqu'il y a du travail et que les moines peuvent les payer. Il y a un professeur de théologie d'Athènes et ses deux jeunes élèves, des pèlerins venus de Salonique avec leur pope en remerciement d'un vœu exaucé, le lieutenant raide dans son uniforme, que certains observent à la dérobée. Tous écoutent, prient, communient ; s'assoupissent, espèrent.

Puis les psalmodies cessent, l'office se termine. Les fidèles, canalisés par les moines, se dirigent en procession vers le réfectoire dont la porte fait face à l'entrée principale de l'église. Ils s'alignent autour des tables de pierre sur lesquelles sont disposés les écuelles et les gobelets en étain, silencieux, attendant que le Despote, qui les a tous regardés entrer les uns après les autres, daigne s'asseoir. Un moine s'agenouille devant lui, reçoit de ses mains un verre d'eau et une miche de pain dur, puis va se placer derrière un grand lutrin de bois sculpté.

Il commence à lire :

« O porte-croix plein de bonté, créateur de la lumière et de toutes choses, ô toi engendré du Verbe, né du corps d'une Vierge mais déjà puissant dans le Père avant que n'aient surgi les astres, les terres et les mers,

« Je t'en supplie, abaisse sur nous le radieux regard d'un visage sauveur ; fais-nous contempler la splendeur de ton front serein, afin que nous partagions ce repas en honorant le nom du Christ [1]. »

Le Despote fait un signe. Tout le monde s'assied.

A sa droite se tient un pope de Salonique, à sa gauche le lieutenant de Karyès.

Le dîner cénobite commence, austère et solennel.

« Sans toi, Seigneur, rien n'a plus de douceur. Nulle nourriture ne nous peut donner de plaisir si ta grâce, ô Christ, n'est d'abord descendue sur les coupes et les plats à l'invocation de la foi qui sanctifie toutes choses. »

Le silence est si approfondi par cette voix de basse sur fond de cigales qu'Athanassos, sur le chemin longeant les hauts murs du monastère, entend cette hymne resurgissant, identique, des premiers temps du christianisme. Il traîne

1. Prudence : hymne avant le repas.

trois mulets que Képhaléos a réquisitionnés pour la bonne cause. Tout s'est passé comme prévu.

Il a retrouvé Pythagoras et sa pinasse à la crique indiquée, lui a expliqué son plan. Pythagoras a tout de suite accepté, un peu parce que ce serait moins pénible, un peu pour jouer une bonne farce au Despote, qu'il n'a jamais aimé.

Athanassos aperçoit la vedette militaire et le marin qui pêche sans grande conviction. Il continue de descendre comme si de rien n'était, en chantonnant. Arrivé sur le quai, à la hauteur du bateau, il arrête les mulets. Le marin se retourne, indifférent.

— Alors, mon brave, lance Athanassos en sortant son revolver. Ne bouge pas, ne crie pas.

Il saute sur le pont, désarme l'homme en un tour de main, le ligote à l'aide d'une écoute d'amarrage, le bâillonne avec son mouchoir et le pousse au fond de l'habitacle.

— Il ne t'arrivera rien si tu fais le mort. Crois-moi, cela vaut mieux pour toi. Tu es jeune.

Le marin, roulant des yeux affolés, hoche la tête énergiquement pour signifier qu'il est tout à fait de cet avis.

Au même moment, la pinasse, avec son moteur toussotant, s'encadre dans l'entrée du port. Pythagoras tient la barre. Képhaléos est devant avec une longue gaffe. Ils se rangent derrière la vedette.

Les deux hommes se mettent aussitôt à décharger les ballots d'armes et les caisses de munitions qu'Athanassos arrime sur le bât des mulets.

« Qu'ils aient le goût de Dieu, ces mets que nous mangeons. Que le Christ coule en nos verres. Que la Trinité sainte règne du Ciel sur nos travaux, nos délassements, nos paroles, nos personnes et nos actions. »

Le lieutenant a dressé l'oreille. Il regarde le Despote.

— Avez-vous entendu, mon père, on dirait qu'un bateau entre au port?

— Peut-être, répond évasivement le Despote. Un pêcheur, sans doute.

Le lieutenant réfléchit un moment.

– Me donnez-vous l'autorisation de quitter votre table? demande-t-il. Je voudrais m'assurer que notre vedette ne gêne pas.

– Vous faites comme vous l'entendez, lieutenant. Passez par la porte basse, au fond de la cour. Après un étroit corridor, vous sortirez directement sur un escalier qui descend jusqu'au port. C'est raide, mais rapide. Attendez un instant la fin de cette hymne magnifique, notre pêcheur n'est certainement pas pressé.

« Je crois en effet (et ce n'est pas vaine croyance) que les corps vivent comme vivent les âmes. Je me souviens que c'est revêtu de son corps que Dieu est revenu, tout-puissant vainqueur des Enfers, dans le monde des vivants.

« J'espère donc que la même destinée attend mon corps. Lorsqu'il aura reposé parmi les aromates dans le sarcophage funèbre, le Christ, mon guide, qui est ressuscité du sein de la même terre, l'appellera vers les astres de feu. »

Athanassos et Pythagoras remontent le chemin, guidant les mulets lourdement chargés. Képhaléos est reparti avec la pinasse après un salut amical au marin toujours ligoté. Ils dépassent l'entrée principale du monastère et s'engagent sur le sentier qui mène à la skite du Père Andréas, lorsque le lieutenant débouche sur le port par l'escalier que lui a indiqué le Despote. Il a attendu patiemment la permission de sortir du réfectoire, perdu un temps précieux à débloquer le loquet coincé par la rouille, alors qu'il percevait distinctement le bruit d'un moteur de bateau qui sortait du port.

En voyant le marin bâillonné, il a tout de suite compris.

– Pas de mal? demande l'officier au marin pendant qu'il le libère.

– Non. Rien. Qu'est-ce qu'on fait? Ils ont déchargé des armes et des caisses de munitions d'une pinasse à moteur.

Elle est repartie. Les types sont là-haut. On peut facilement les rattraper.

L'officier, indécis, regarde le Mont Athos.

— Je m'en doutais. On m'avait parlé de ces déchargements clandestins. Ils ont un sacré culot. A notre nez et à notre barbe!

— Alors, mon lieutenant, on y va?

— A quoi bon! On part demain à Salonique.

— C'est sûr, ce serait bête de se faire descendre maintenant.

— Alors, nous levons l'ancre. Ce n'est pas la peine de parler de cet incident. Sinon il faudrait le signaler demain, au passage des consignes, et on pourrait nous demander des explications. Je n'ai aucune confiance en ces parachutistes, ils seraient capables de nous reprocher de ne pas nous être fait tuer! Crois-moi, ils auront du pain sur la planche. Ces types-là sont peut-être des hors-la-loi, ils n'ont tout de même pas froid aux yeux!

Le marin met le moteur en route et s'apprête à lâcher l'amarre quand le lieutenant le retient.

— Attends une minute, je crois qu'il y en a un qui revient sur ses pas. Prépare ton fusil et cache-le derrière la banquette. Si, par malheur, un autre fait le tour par-derrière, on est pris comme des rats.

Athanassos redescend en courant vers le port. Il s'arrête à une vingtaine de mètres de la jetée et met ses mains en porte-voix.

— Allez-vous-en, crie-t-il. Vous n'avez plus rien à faire ici. Sachez que c'est avec la pleine autorisation de l'Higoumène de la Grande Lavra que nous avons déchargé ici notre bateau de munitions.

— Je le descends? murmure le marin.

— Non, détache l'ancre et décanille. Pour l'instant ce type-là est le plus fort. Comment t'appelles-tu? demande ensuite l'officier d'une voix forte, en se redressant à l'avant de la vedette.

— Athanassos.

– Tu habites ici?

– Dans une skite au pied de la montagne. Logé, nourri et protégé par les moines. Que veux-tu savoir de plus?

– Je t'ai déjà vu quelque part.

– Oui, à la Grande Lavra, il y a un mois environ. Tu dirigeais un groupe de six soldats. J'ai mangé le même repas que toi. J'ai mes entrées partout ici!

– On se retrouvera, Athanassos.

– En enfer sûrement, ou peut-être à Salonique.

– Tu fais le fanfaron aujourd'hui. Mais sache que cela ne va pas durer. Ne te fie pas trop à la protection des moines. Si j'étais toi je me ferais beaucoup de souci.

– Je te remercie de tes conseils, lieutenant. Pour la peine je te laisse partir sain et sauf. Bon voyage!

Athanassos part d'un formidable éclat de rire. Il regarde, goguenard, la vedette quitter le port et gagner le large; puis il remonte lentement vers le monastère. La voix grave du récitant s'est tue. Maintenant lui parvient un chant plein d'allégresse. Il se dirige vers le réfectoire, aimanté par cette ferveur tranquille. De la porte laissée entrouverte, il voit les moines et les invités, debout, chantant, la tête bien droite vers le ciel. Certains pleurent. Cela lui rappelle la fête russe de Profitilia. Et ce souvenir soudain lui brûle le cœur, il s'étonne d'avoir pu oublier. Il se glisse silencieusement derrière la dernière table et, immobile, comme un élève pris en faute, écoute ce chant qu'il ignore.

– Qu'est-ce que tu fous, râle Pythagoras à l'intention d'Athanassos qui arrive tout essoufflé à la skite du Père Andréas. Cela fait deux heures que je suis là, j'ai eu tout le temps de ranger les armes dans la réserve. Du sentier, je t'ai entendu injurier le militaire, j'ai vu la vedette quitter le port; avec soulagement d'ailleurs, car je m'attendais au pire. Et... plus personne, tu t'es évaporé! Je t'ai bien aperçu, un moment, entre deux arbres, gravir le chemin du monastère.

Ensuite tu as disparu. De guerre lasse je suis reparti, un peu inquiet. Qu'est-ce que tu as bien pu manigancer encore?

Athanassos lève les bras au ciel et s'assied lourdement sur le banc en soupirant. Le soleil est encore haut dans le ciel, mais une certaine fraîcheur venue des arbres annonce déjà la fin de la journée. Les mulets paissent librement à la lisière de la forêt. Le Père Andréas arrose avec application son jardin. Tout est calme et serein. Athanassos pense que Pythagoras, avec son agitation, est une grossière anomalie, une horrible fausse note, criarde et grinçante, au milieu de l'harmonie si palpable qui règne ce soir sur les Pays.

— Tu pourrais peut-être me répondre, poursuit Pythagoras. Il t'est arrivé quelque chose? On est en guerre, mon vieux, une mission s'accomplit jusqu'au bout. Je vais finir par croire que le Bulgare a raison, et qu'on n'a pas besoin de tous ces tocards farfelus...

— Arrête, arrête, coupe Athanassos. Tu es fatigant. La mission, comme tu dis, était terminée. Je suis revenu au monastère et j'ai assisté à un office. C'est simple.

— Et voilà! clame Pythagoras éberlué. C'est tout simple. On laisse le copain avec les mulets, les armes, seul sur un chemin idéal pour toutes les embuscades. Et on va écouter un office religieux! Dis donc, tu ne t'arranges pas. Non seulement tu es fantaisiste et négligent, mais à présent tu donnes tête baissée dans la bondieuserie! Tu me gâtes!

Pythagoras sort en bougonnant et va chercher les mulets qu'il entrave à un piquet. En d'autres temps, Athanassos aurait ri de cet accès de mauvaise humeur. Aujourd'hui, il a plutôt le sentiment d'un douloureux écartèlement qu'il n'ose expliquer.

Est-ce cela qui le désoriente soudain? Le souvenir d'Héléna resurgit, presque douloureux. Pendant son voyage, le soir le surprenait souvent à rêver de la jeune femme; il la regrettait alors, mais sans amertume. Maintenant, par contre, il éprouve un besoin impératif de la sentir contre lui, de toucher ses cheveux, de l'entendre rire. Héléna est la cause évidente de sa mélancolie, et le remède n'est pas compliqué à trouver : il suffit d'aller la revoir. Dès le départ de Pythagoras, il partira, discrètement. Andréas comprendra.

Le soir, Andréas a préparé un succulent plat de haricots qu'ils dégustent en silence; le vin aidant, et grâce à la chaleur communicative du père, les visages se dérident, ils rient de leur dispute et de leurs têtes renfrognées. Ils boivent à l'amitié, à la révolution, aux moines, et, lorsque Andréas est remonté dans sa chapelle, aux femmes et à leurs amours. Puis ils se racontent les derniers événements : Athanassos, sa démarche auprès du Despote; Pythagoras, les récentes informations de Salonique. Et bien qu'elles ne soient guère réjouissantes, Pythagoras n'a pas perdu son enthousiasme, loin de là.

– Le bateau que nous avons déchargé ce midi est le premier d'une longue série, assure-t-il, péremptoire. Notre armée n'existe plus en tant que corps structuré. Mais une nouvelle organisation s'ébauche, des cellules se créent un peu partout, même à Salonique. Un programme d'attentats spectaculaires a été décidé, je ne peux t'en dire plus, pour des raisons évidentes de sécurité.

Pythagoras, emporté par ses idées, explique à Athanassos, qui l'écoute poliment, les détails du jeune ordre révolutionnaire qui se met en place. Puis il ajoute sur un ton confidentiel :

– Nous avons déjà organisé une action terroriste de grande envergure sur Salonique. Nous n'attendons que le feu vert de nos informateurs d'Athènes. Tu y participeras. C'est même toi qui en seras le chef. Je t'en reparlerai plus longuement le moment venu. Il nous faut des hommes de première qualité, nous n'avons pas le droit d'échouer.

Athanassos accueille la nouvelle sans déplaisir, mais il manque d'enthousiasme. Tout ce que lui raconte Pythagoras lui semble déplacé, incongru. Il a envie de lui dire : Allons chez Héléna, nous y serons mieux.

– Quant à ton lieutenant, poursuit Pythagoras en se

frottant les mains, tu ne le verras plus. Il est muté à Salonique et remplacé par un homme à poigne, un capitaine de parachutistes, paraît-il, formé à l'américaine.

Il sourit malicieusement en précisant :

— Le nouveau détachement arrivera probablement à Iérissos après-demain. S'il y arrive...

Et devant la mine surprise d'Athanassos, il poursuit à voix basse :

— Vois-tu, ils ont commis une lourde erreur. Ils devaient embarquer sur une canonnière au port de Salonique. Mais le commandement a décidé de leur faire faire une promenade par la route, jugeant qu'il serait bon que les campagnes reculées à l'est de Salonique se rendent compte de la force de l'armée gouvernementale. Maintenant que les rebelles sont écrasés et que la guerre civile est finie, à ce qu'ils disent, ils ne risquent rien; les populations accueilleront ces soldats comme le signe évident de la paix et de l'ordre rétabli. Voilà l'erreur. La guerre n'est pas finie. Elle ne fait que commencer. Un groupe d'une centaine de partisans attend cette colonne quelque part dans les montagnes à l'est de Polyghyras.

— Si tu y vas, je viens aussi, ce genre d'opération me plaît mieux que tes attentats à Salonique.

— Non, toi tu restes ici. Tu as charge d'armes.

Très content de son jeu de mots, Pythagoras ricane.

Athanassos veut lui répondre que ces armes peuvent se garder toutes seules, mais il se tait. Son ami l'horripile, et il a décidé d'aller voir Héléna.

Ils se remettent à boire, causant de choses et d'autres. Athanassos parle peu, absent. Il a l'impression que tout lui échappe : Pythagoras, ses projets, cette nouvelle révolution. La comprendrait-il moins bien? Il ne sait. Il se sent extérieur, spectateur. Pythagoras, toujours emporté par une foule d'idées, ne se rend compte de rien.

Puis la conversation glisse sur les mouvements révolutionnaires étrangers, la possibilité de brigades internationales comme en Espagne, le soutien de certains groupes d'étudiants qui désirent s'enrôler dans leurs troupes, ou ce qu'il en reste.

– A ce sujet, continue imperturbable Pythagoras, je vais te fournir une nouvelle recrue, un jeune étudiant en sociologie de l'université d'Athènes. C'est le neveu d'un ancien ami. Un peu inexpérimenté. Poète, comme tous les jeunes. Tu t'entendras certainement bien avec lui. Il faudra le former.

Athanassos a dressé l'oreille à cette nouvelle inattendue.

– Ici? Il sera complètement perdu! Je n'ai pas l'âme d'un instructeur militaire!

– Le Mont Athos est un endroit sûr, actuellement.

– Je me vois mal lui apprendre à tirer au milieu des monastères.

– Nous verrons. Je suis pris au dépourvu. Par la suite, nous trouverons autre chose. Képhaléos est chargé de te l'amener. Pour faciliter le contact, on conviendra d'un rendez-vous à Iérissos. Cela te donnera l'occasion de revoir Héléna.

– Comment s'appelle-t-il?

– Grégori.

VII

Les brumes du soir enveloppent le Mont Athos d'une légère vapeur grisâtre.

Athanassos et le Père Andréas parlent gaiement, assis sur un banc devant la porte de la skite. La jambe gauche d'Athanassos est allongée sur un tabouret rehaussé de deux coussins. L'air a cette douceur particulière du crépuscule.

La paix est sur toute chose.

Au loin, un chien aboie, puis se tait. Athanassos se met debout péniblement, la jambe raide.

— Tu es encore bien handicapé, constate le père en se levant pour le soutenir.

— Ça va mieux. On va marcher un peu, si tu veux bien, avant qu'il ne fasse trop sombre. Cela dégourdira ma jambe.

Il donne le bras au père. Ils marchent ainsi un moment en silence.

— Je suis content d'être à nouveau ici, avoue Athanassos. Cette blessure stupide a été l'occasion rêvée pour revenir auprès de toi. Pourtant je dois dire qu'au départ j'étais heureux de me retremper dans la guérilla, de retourner à Salonique, qui a bien changé depuis deux mois. L'opération montée par Pythagoras n'était guère délirante; efficace mais un peu triste, comme tout ce qu'organise Pythagoras. J'ai voulu lui donner un peu de piquant. Mal m'en a pris : une balle dans le mollet.

— Dans quelques jours tu pourras repartir pour Iérissos.

Je suis étonné que tu ne sois pas resté auprès d'Héléna, une femme est meilleure infirmière qu'un vieux moine, surtout lorsqu'elle est amoureuse.

– Laisse Héléna, mon père. Elle n'est contente que lorsque les hommes lui font la cour. Je suis loin d'avoir l'exclusivité. Regarde Képhaléos, elle le soigna, jadis, pour une plaie mal cicatrisée. Depuis, cet ours l'adore en silence. Il y a deux semaines, c'est le jeune Grégori qui débarque. Là c'est différent. Le freluquet semble plus entreprenant. Il représente même un parti non négligeable. Ajoute ton serviteur bête et méchant, tu obtiendras un mélange savoureux, dont se délecte la belle intrigante. Crois-moi, en ce moment, elle est radieuse. Pour ma part, j'ai passé l'âge des jeux folâtres. Je suis mieux chez toi.

– Comme tu as changé, depuis ton arrivée un soir avec Pythagoras!

– Ah! ne me parle pas de celui-là, il commence à m'énerver avec sa tête de fouine. Je le remercie d'une seule chose : t'avoir connu par son entremise.

– Mais qu'as-tu donc contre lui? Il vient ce matin prendre de tes nouvelles. Il se dérange de Salonique exprès pour cela. Vous êtes à peine depuis dix minutes ensemble que vous vous disputez comme jamais vous ne l'avez fait. Je te l'avoue, je ne suis pas habitué à ces chamailleries.

– Tu peux difficilement comprendre, mon père. Ne crois pas qu'il soit venu pour prendre de mes nouvelles. Il s'est dérangé uniquement pour me reprocher l'action qui m'a valu cette jambe raide. Il n'y a pas de sentiments chez Pythagoras, seulement la révolution, sa révolution. Tout le reste n'est que broutilles.

» Il n'empêche que je suis fier de ce que j'ai fait, je ne regrette rien, je suis prêt à recommencer, sans lui s'il le faut.

– Que s'est-il passé? Je serais curieux de connaître ce qui vous oppose pour la première fois aussi farouchement.

– Il n'est pas d'accord sur la manière dont s'est déroulé l'attentat. Ce monsieur est un puriste. Il faut tuer selon les

99

formes. Tu parles! Moi, j'ai mes méthodes personnelles, elles sont parfois brutales, mais aussi valables, que je sache!

– Je n'ai pas à connaître tes activités révolutionnaires. Mais tu es resté bien silencieux sur cet attentat. Tu es d'habitude plus loquace.

– Cela me semble ici, comment te dire..., tellement déplacé.

Athanassos, d'un grand geste, montre la forêt, les collines, le Mont Athos.

– Ne t'agite pas ainsi. Raconte-moi cette histoire. Cela te soulagera. Nous irons ensuite retrouver Pythagoras, qui boude dans son coin.

– D'accord. Tu vas voir, il n'y a pas de quoi fouetter un chat. Surtout que notre ami est à l'origine de l'opération, et m'en a donné la responsabilité. S'il n'avait pas confiance en moi, il n'avait qu'à la diriger lui-même. Un général des troupes gouvernementales devait passer une inspection à Salonique le mercredi 19 septembre au matin. L'officier et son aide de camp arriveraient par avion, tout serait bâclé en quelques heures et ils repartiraient pour Athènes vers midi. J'ai imaginé un coup terrible. Képhaléos a sélectionné cinq têtes brûlées, réchappées des dernières batailles du Nord.

» Puis il a étudié, mètre par mètre, la topographie des lieux : l'attentat n'était possible que devant l'hôtel de ville où était installé le quartier général. Son idée de génie fut de dénicher l'adresse du fournisseur des sacs de sable et de barbelés de la garnison. Un certain Papatoulos, qui avait l'habitude de livrer avec sa petite camionnette jaune canari tous les postes et casernes de Salonique.

» Nous nous sommes pointés à cinq heures du matin, le mercredi, au siège social de cette honorable maison. Crois-moi, nous n'étions pas attendus. On a ligoté toute la famille après les avoir menacés des pires représailles s'ils bougeaient avant le soir. On a pris la camionnette, on a chargé des sacs de sable, des piquets, quelques rouleaux de fil de fer, et nous voilà partis pour la garnison. J'avais même rempli un bon de livraison pour pouvoir le présenter à la sentinelle. A sept heures précises, nous étions devant l'hôtel de ville, le général devait arriver théoriquement une demi-heure plus tard. Tu sais peut-être comment c'est gardé, là-bas : deux nids de mitrailleuses, des sacs de sable aux fenêtres, des barbelés devant toute la petite place quasi déserte à cette heure-là. On s'amène froidement, je montre mon bon de livraison en rigolant, je blague : « Encore des sacs de sable, mais vous en bouffez, ma parole! » Tu vois le genre. La sentinelle à moitié endormie nous dit de nous garer sur le terre-plein, au pied de la porte principale, et de nous dépêcher de débarquer nos sacs parce qu'il y avait un général qui allait bientôt arriver. Tu penses, on n'attendait que lui! Le plus délicat maintenant était de l'attendre sans donner l'éveil. Les cinq types étaient planqués au fond de la camionnette. Képhaléos et moi nous avons déchargé lente-ment les marchandises. Le bon de livraison en main, j'ai mis au moins dix minutes à compter et à recompter les piquets de frise que Képhaléos avait soigneusement alignés devant moi. Je commençais à trouver le temps long : à tout moment je m'attendais à voir rappliquer un gradé nous demandant ce que nous foutions là. Et puis, au bout de la place, il y eut un remue-ménage, des ordres furent criés, une grosse voiture noire déboucha encadrée de cinq motards. Elle stoppa brutalement à quelques mètres de la camionnette. Les portes s'ouvrirent, le général en sortit comme un diable d'une boîte. Les sentinelles présentaient les armes, ces corniauds. Nous avons tiré tous ensemble, arrosant littéra-lement toute la place; je me précipitai alors sur le général qui était tombé le premier et lui passai sous les aisselles le nœud coulant d'une corde attachée au pare-chocs. Képha-léos courut à la camionnette et démarra en trombe. Il n'y avait même pas eu de cris, tout s'était passé en quelques secondes. C'est en sautant à l'arrière de la camionnette que je fus touché d'une balle à la jambe, pendant que deux camarades s'effondraient. Képhaléos conduisait comme un fou. Je m'étais étendu, je saignais beaucoup. Les trois autres tiraient au jugé, pour effrayer. Il y en a un, je ne me rappelle plus son nom, qui m'a fait tant bien que mal un garrot à la cuisse, puis m'a calé contre des sacs de sable. Nous avions atteint le boulevard Saint-Chrysostome, les cahots étaient terribles, il y avait pas mal de monde sur les trottoirs, les gens se jetaient à plat ventre. Un des gars qui avait été touché remuait encore un peu. On tirait toujours, en l'air maintenant. Regarde le général, m'a dit un gars. Je me suis redressé un peu plus et j'ai vu son corps désarticulé et ensanglanté qui, traîné par la camionnette, rebondissait sur le pavé inégal. J'ai balbutié : Ça va leur foutre un sacré coup. Le gars m'a répondu en rigolant : Hein! elle est bien bonne!

» Juste au moment où nous quittions le boulevard, la corde s'est rompue, le corps du général est resté inerte en plein milieu des rails du tramway. Des passants se sont précipités. Nous avons tourné à gauche et je me suis évanoui.

— Et voilà, mon père, comment une révolution se dégrade!

Pythagoras se tient derrière eux, les poings sur les hanches.

— Je te croyais à la skite, murmure le père. Nous ne t'avons pas entendu venir.

— Évidemment! Notre frère Athanassos est trop absorbé dans le récit de ses exploits!

— C'est un exploit qui sert notre cause, quoi que tu en dises! On tue des soldats, on tue un général, par surprise, tous les moyens sont bons. C'est notre boulot.

— D'accord, mais on ne s'abaisse pas à des actes de barbarie qui nous traînent dans la boue. Ton attentat n'était qu'une vile boucherie. Imagine un peu la réaction des gens quand ils vous ont vus traîner ce corps dans les rues : c'est donc ça, leur révolution! Ce sont ces bandits qui veulent nous gouverner!

— Cet attentat a fait une terrible impression sur la population de Salonique.

– C'est exact, mais crois-tu qu'elle soit en notre faveur?

Athanassos ne répond pas, le regard fixé sur le sommet du Mont Athos, éclairé des derniers rayons du soleil couchant. Puis il se retourne vers Pythagoras et finit par dire d'une voix lasse :

– Bon, ça va, j'ai fait une bêtise, je croyais bien faire. Tu m'ennuies.

– Et voilà le grand mot lâché! On l'ennuie, on ennuie monsieur! Monsieur se retire dans sa tour d'ivoire! Finalement, tu es bien ici... Mais arrêtons là cette dispute stérile, je n'ai guère le temps. Dès demain, je dois retourner à Salonique. Cela ne va pas fort là-bas. Après l'attentat, il y a eu des rafles. On s'y attendait, on s'y était préparés. Pourtant elles ont été drôlement efficaces. A croire que tout notre nouveau réseau est entièrement pourri. Ils s'arrachent les cheveux au comité.

Après un moment de silence, Pythagoras reprend d'une voix sourde :

– Essaye de comprendre, mon vieux ; non seulement tu es dans un sale pétrin, mais tu es en train de m'enfoncer à mon tour avec tes idées désinvoltes. Écoute calmement tout ce que j'ai à te dire. Ensuite tu jugeras. Après l'esclandre de Langadikia, tu devenais suspect aux yeux du Bulgare. Après bien des discussions, j'avais réussi néanmoins à ce qu'il accepte de passer l'éponge. On a besoin d'hommes, tu as tes qualités. Je lui ai demandé de te refaire confiance, de te donner la direction de cet attentat, tu étais l'homme idéal pour le mener à bien. Avec beaucoup de réticences, le Bulgare a fini par acquiescer. C'était en quelque sorte une rentrée en grâce auprès des instances supérieures. La bonne exécution de ta mission, dont je ne doutais pas, te remettait sur les rails, et te permettait même d'être plus tard désigné comme le chef du réseau que nous sommes en train de mettre en place à partir du Mont Athos.

Devant l'agitation croissante d'Athanassos qui ne cesse de bougonner : « Un examen, un examen de passage, je ne savais rien de tout cela », Pythagoras poursuit en élevant la voix :

– Pourquoi t'aurais-je prévenu? Tu aurais été capable de tout balancer. Je te connais, tu n'aimes pas tellement te trouver en défaut. Enfin, voilà ce qu'était mon programme. Tu réussissais ton attentat et en même temps ta réintégration dans le nouvel ordre révolutionnaire. Tu as tout gâché avec ce corps stupidement traîné dans les rues de Salonique. On nous appelle les bouchers; nous ne sommes plus des terroristes, mais des bouchers. Le Bulgare est fou furieux. Il parle de t'exécuter purement et simplement. Il te soupçonne même d'être un provocateur : tu as donné aux royalistes une occasion inespérée de monter une formidable campagne de dénigrement.

» Il veut t'éliminer toi, et ta bande de cinglés – Pythagoras martèle ses mots. Il te prend pour un fou dangereux, et me rend responsable de ce qui est arrivé, puisque c'est moi qui t'ai proposé, avec quelle insistance! A cause de toi, je suis sur la balance. J'ai été sommé de rompre tout contact avec toi. Pire, on m'a suggéré de te livrer, afin que tu sois jugé par un tribunal révolutionnaire!

– Un tribunal, jugé... – Athanassos, accablé, n'arrive pas à comprendre. En d'autres temps, il aurait été félicité. Toute cette critique administrative le dépasse.

– Sache, enfin, poursuit Pythagoras, que le Bulgare connaît notre cache au Mont Athos. Il l'avait exigé pour la première livraison d'armes. Il sait que nous sommes terrés quelque part près de la Grande Lavra. Il peut venir ici nous surprendre, ou mieux nous dénoncer. A tout instant.

– Tu dis « nous », murmure Athanassos, il n'y a que moi qui suis concerné...

– Ne dis pas de bêtises. Je suis avec toi, je ne pèse plus très lourd aux yeux du Bulgare.

» Enfin, voilà la situation. Elle est critique. Tu es un mort en sursis. Il n'y avait que moi qui te soutenais. Maintenant mon avis ne vaut plus rien.

» Tu me pardonneras la longueur de mon discours; il était nécessaire pour ta gouverne. A toi de décider. Il n'est plus temps de radoter sur un attentat foireux.

– Il faut partir d'ici, murmure Athanassos, comme malgré lui.

– Oui, le plus tôt possible, et rejoindre certains groupes qui subsistent à la frontière albanaise.

– Partir, partir, répète Athanassos, mais alors, pourquoi suis-je venu ici, attiré par Héléna? Quelle dérision!...

Le silence est retombé sur les trois hommes. Pythagoras allume une cigarette en maugréant. Athanassos contemple les étoiles avec de grands gestes des bras, tel un papillon de nuit qui n'arrive plus à s'envoler, répétant sourdement : Pourquoi... mais pourquoi?... Andréas, qui les a écoutés jusque-là sans mot dire, sent monter en lui un immense désarroi qu'il maîtrise à grand-peine.

– Tu pourrais presque venir avec moi demain matin, ajoute Pythagoras. On prendrait le maximum d'armes, la barque de Gérasimos est grande.

– Non! – C'est Andréas qui a poussé ce non, un cri plutôt. – Non! pas demain!

Sa barbe tremble; sa voix, il ne la reconnaît plus.

– Il doit y avoir une solution différente. Ne nous emballons pas, nous sommes fatigués. Nous en reparlerons, voulez-vous... Ne précipitons rien.

Andréas balbutie. C'est une supplique qu'il formule. Des larmes lui montent aux yeux, ses mains s'agitent convulsivement. La nuit est trop noire pour qu'ils s'en aperçoivent. Seule sa voix chevrotante le trahit.

Athanassos et Pythagoras le regardent surpris.

Pythagoras dit nonchalamment :

– Comme tu veux, mon père. La nuit porte conseil. On décidera demain, à l'aube. Bonne nuit, je vais faire quelques pas. Je ne pourrai pas dormir.

Il disparaît au détour du chemin.

Athanassos reste un moment inerte, s'appuyant sur le bras d'Andréas. Il soupire :

– Rentrons, ma jambe me fait souffrir. J'ai froid.

La nuit est venue sans qu'ils s'en rendent compte.

Dans la skite, le père tâtonne avant d'allumer la grosse lampe à alcool. Il a un haut-le-corps lorsqu'il voit, assis par terre, à l'orientale, le moine mendiant :

– Seigneur! bredouille-t-il. C'est une surprise! Les chiens n'ont pas aboyé. Athanassos! Viens! Nous avons un visiteur.

Il prend une profonde inspiration.

– Tu es là depuis longtemps? Tu nous excuseras, nous étions sur le chemin, nous nous sommes attardés.

– Mon mulet est très vieux, dit le girovague, il me suit avec peine. Je suis venu te le donner.

– Je te donnerai l'âne en échange. Il est fort et vigoureux.

Le moine mendiant abaisse la tête en signe de remerciement. Athanassos qui s'est approché de la table commune ne quitte pas des yeux cette forme immobile, grisâtre, qui semble danser à la flamme tremblotante de la lampe. Il sursaute lorsque le moine s'adresse à lui :

– Depuis la dernière fois, as-tu réfléchi, Athanassos? Puisque je te rencontre à nouveau, c'est probablement que tu te trouves bien en la compagnie d'Andréas. Alors as-tu réfléchi à ma question : qu'est-ce que la révolution?

Interloqué, Athanassos se trémousse, mal à l'aise.

Sans attendre, le moine reprend :

– Au nom de qui prends-tu le droit de tuer?

Athanassos veut répondre : au nom de la révolution. Il reste muet, les nerfs à fleur de peau.

– Qu'est-ce que la liberté? continue le moine d'une voix de fausset. Est-ce que je t'intimide pour ne pas répondre à des questions aussi simples?

– Je ne suis pas un orateur.

Le girovague l'horripile au plus haut point.

– Je ne te demande pas de discours. Je te pose des questions auxquelles tu devrais savoir répondre, si seulement tu avais réfléchi à ce que tu fais.

– Mais qu'est-ce que vous avez à m'asticoter! Non, je ne fais pas de discours! Je la vis, moi, la révolution! Je suis grec, je veux libérer mon pays, extirper toute cette corruption, les traîtres, les collaborateurs, les marchands de canons. Je me suis battu contre les Allemands. Je défends maintenant un idéal de justice. Je lutterai encore dix ans, s'il le faut. Je ne m'embarrasse pas de toutes ces questions stériles.

Athanassos sort en claquant la porte.

— Ton ami me semble bien enfermé dans ses contradictions. Tu m'avais pourtant dit beaucoup de bien de lui. Tu parlais en ami, non en frère.

— Que veux-tu dire? demande le Père Andréas.

— Tu vas bientôt t'apercevoir que tu n'es pas fait pour l'absolue liberté. Tu crois retrouver en Athanassos un autre toi-même. Tu te trompes. Certains hommes sont prédestinés à la solitude suprême. D'autres pour l'ordre. Tu es de ces derniers. Tu ressembles à ce révolutionnaire que ton Athanassos est venu remplacer. Comment s'appelait-il?

— Pythagoras.

— C'est cela. Tu es comme Pythagoras. Lui aussi est un homme d'ordre, dans son genre. Les jours te paraissaient sûrement plus calmes avec lui.

— Un peu monotones.

— Je crains qu'il ne te fasse beaucoup souffrir.

— De qui veux-tu parler?

— Ne joue pas avec toi-même, tu devrais aller plus souvent à la Grande Lavra. Maintenant, laisse-moi, veux-tu? J'ai besoin de repos.

Le Père Andréas rejoint Athanassos dans le jardin.

Malgré l'obscurité, il distingue nettement la lisière de la forêt, le pré où dort le mulet, le sentier qui s'enfonce dans la masse sombre des arbres...

— Il est complètement timbré, murmure Athanassos.

Le Mont Athos, immobile et noir, écoute les étoiles.

— Ne crois pas cela, c'est un sage. Tu ignores la portée de ses paroles.

Au loin sonnent les cloches de la Grande Lavra. La nuit est limpide. Athanassos respire profondément cet air calme qui le vivifie. La forêt est simple, le ciel est simple, chaque chose se résout dans la simplicité de la nuit. Salonique, les attentats, la révolution, tout cela devient à nouveau dérisoire, très loin, frêle comme une brindille qui casse sous le pied.

Les cloches, petit à petit, se perdent dans les arbres, la mer, les falaises. Athanassos pense aux moines qui, ensemble, sur la Montagne Sainte se mettent à prier.

– Je les envie presque.

– Qui ça, mon fils?

– Les moines.

Si Athanassos en arrive à envier les moines, c'est qu'il commence à juger sa situation comme devenant tout à fait inextricable. Leur attentat a été un échec, Pythagoras l'a convaincu. Il n'avait pas pensé au Bulgare et à ses réactions opportunistes. Mais il n'y a pas que cela! Des actions terroristes ont été lancées par d'autres groupes. C'est à peine si on en a parlé. Tout est étouffé, broyé. Les gens n'ont plus confiance. Les chefs tombent les uns après les autres, ou sont arrêtés, ce qui ne vaut guère mieux. A quand le tour de Pythagoras? A quand son tour? Puisqu'il faudra se méfier de ses propres camarades. Leur seul succès a été l'attaque du détachement de paras venus relever le lieutenant de Karyès. Un succès complet aux dires de Pythagoras. Pas un mot dans les journaux.

Athanassos est inquiet et sa blessure ne fait qu'accroître son sentiment d'insécurité – et de dépendance. Demain, il lui faudra fuir la milice, se cacher dans d'autres montagnes. Une bête traquée subit l'homme qui la chasse. N'est-elle pas déjà prisonnière? Il déteste toute sujétion. C'est pour cela qu'il envie les moines, ils sont libres, plus libres que lui, en dépit des apparences.

Il ressasse et rumine tous ces événements qui l'empoisonnent. Finalement, c'est l'idée de partir du Mont Athos qui lui est intolérable. Il prenait la Montagne Sainte pour une prison. Voilà qu'il redoute de la quitter.

Andréas, discrètement, s'esquive et remonte silencieusement dans sa chapelle, le laissant perdu au milieu de cette nuit trop claire qui lui fait paraître ses actions comme autant d'absurdités, autant de chaînes innombrables qui l'enserrent à un monde de souvenirs.

Athanassos se rappelle les années passées, insouciantes et légères. Les épreuves étaient passagères, momentanées, laissant intact son désir profond d'un univers meilleur, d'une Grèce enfin pacifiée. La révolution avec ses terreurs, la guerre civile et ses massacres, l'horreur des combats, les embuscades, les attentats n'étaient que des obstacles à surmonter. Il restait toujours le but immaculé de la victoire finale. Aujourd'hui, dans cette nuit scintillante, calme et pure, que reste-t-il de toutes ces passions? Les épreuves sont devenues des prisons aux portes bardées de fers. Ce n'est pas cela qu'il recherchait. La liberté pour laquelle il a tant souffert a pris la teinte blafarde d'une politique de bas étage. Au nom des pires compromissions, on l'empêche de mener à bien sa lutte à lui, droite et tranchante comme un rasoir, sa révolution, la seule véritable.

Il est devenu une marionnette désarticulée, un pion qu'on avance, qu'on recule, au gré des veilles, des jours funestes ou non. Athanassos s'est redressé vers le ciel, les étoiles. Il n'est qu'un pantin entre les mains des Bulgares, des Russes, des Pythagoras. Sept années de maquis pour se rendre compte finalement, au creux d'une forêt perdue dans le fin fond de la plus lointaine presqu'île de Grèce, qu'il est sur le point de perdre son âme.

Est-ce cet attentat ridicule, sa blessure qu'il ressent comme une punition? Est-ce Grégori qu'il n'a fait qu'entrevoir, mais dont il redoute déjà la puissance mêlée de faiblesse, de sensiblerie et de couardise?

A cause de lui, il a préféré Andréas et ses onguents à la douceur des mains d'Héléna. Mais est-ce la vraie raison? La Sainte Montagne l'attire insidieusement et lui dévoile l'inanité d'une guerre fratricide, l'égarant dans un immense labyrinthe hors du temps, indéfini, indéterminé. Un labyrinthe qu'il croit sans issue.

« Seigneur Jésus, Christ, Fils de Dieu, aie pitié de moi. »

Andréas, accroupi devant l'icône de la Vierge, s'acharne à prier. Mais la prière effleure à peine ses lèvres sèches. Son cœur est rempli d'une humidité mauvaise qui monte des entrailles. Ses mains nerveuses égrènent pesamment le chapelet. L'oraison, machinale, s'enlise dans tout un marais de pensées. Elle ne devient qu'une intention fugitive, étincelle vite étouffée sous le manteau des passions contradictoires qui secouent le père.

« Seigneur, Seigneur... Ce n'est pas celui qui me dit : Seigneur, Seigneur, qui entrera dans le Royaume des Cieux, mais celui qui fait la volonté de mon Père... »

Seigneur, Seigneur, signe de contradiction, pierre d'achoppement. Je t'ai prié sans cesse, tu m'as comblé de tes bienfaits, et maintenant, presque vieillard, l'ancien anathème remonte jusqu'à mon cœur. « Ceux qui crient Seigneur, Seigneur, je ne les connais pas... » C'est moi qui te supplie et tu me rejettes... « Il y aura des pleurs et des grincements de dents. » Je pleure et je grince des dents. Je crie : « Seigneur, Seigneur », que puis-je crier d'autre ?

Andréas se tortille au fond de la chapelle, comme une mouche dans la toile d'araignée. Il étend ses jambes engourdies, se relève, cherche un livre : « Dans les moments d'acédie, prends ton livre de prières. Et prie, sans cesse, acharne-toi à prier, car le démon est là qui t'attend dans l'ombre, qui te sautera à la gorge dès que la prière cessera. »

Andréas, bousculé, en nage, prie à voix haute, pour exorciser les pensées qui se pressent dans son âme en tempête.

« Pitié pour moi, Seigneur, en ta bonté
en ta grande tendresse, efface mon péché,
lave-moi de toute malice
et de ma faute, Seigneur, purifie-moi. »

Andréas lit le psaume, tant de fois récité par cœur. Ses pensées vagabondent, s'évanouissent, surgissent à nouveau, de plus en plus fortes, de plus en plus envahissantes. Qu'a-t-il à voir avec ces luttes inutiles? Qu'est-ce que cette guerre absurde? La seule qu'il connaisse, c'est la Guerre Sainte, contre les passions, les soucis, le moi; son pauvre moi qui se révolte, régénéré dans on ne sait quelle eau de jouvence infernale.

« Car mon péché, moi, je le connais,
ma faute est devant moi sans relâche;
contre toi seul j'ai péché,
ce qui est mal à tes yeux je l'ai fait. »

Est-ce Athanassos, mon péché? L'amitié que je porte à cet homme que je ne connaissais pas il y a deux mois? Tu juges en ami, non en frère, m'avertit le Sage. Il a raison, certes, mais cette amitié est source de joie, d'où naîtra cette fraternité d'amour en Christ dont parle saint Paul. Il faut donc qu'elle préexiste. Est-ce mal, Seigneur? Athanassos n'a rien à voir avec ce brave bougre de Pythagoras, il porte en lui une disponibilité qui ne peut que l'amener à Toi; lui-même ressent, dans ses ténèbres, l'attrait du Mont Athos, comme si ce vocable avait des résonances particulières qui éveillent en lui le souvenir caché de quelque chose qu'il ignore encore, mais que moi je sais être Dieu. Athanassos a été touché par la magie de ces lieux. Comme moi, jadis, lorsqu'un jour de grand vent je suis monté, novice, jusqu'au sommet redouté de ce tas de rocailles.

111

« Ainsi tu es juste quand tu prononces
sans reproche lorsque tu juges.
Vois, mauvais, je suis né,
pécheur, ma mère m'a conçu. »

Oui, j'ai reconnu en cet homme une marque invisible des autres, mais si reconnaissable pour ceux qui te servent, Seigneur. Cette marque, tu l'as gravée au front. Elle est indélébile, elle est faite de sang et de sueur, car tu es un Dieu jaloux, exigeant et dur. J'ai reconnu ce signe, analogue au mien, mais peut-être encore plus profond, plus redoutable. Faut-il qu'il enterre son talent d'or en attendant ton retour, et que tu le chasses? Le grain doit tomber sur le roc aride, puis sur les ronces qui l'étouffent, pour qu'enfin, par ta grâce, il puisse prendre semence dans la bonne terre que tu as préparée, petit champ privilégié parmi les épines et la pierraille. C'est mon rôle de l'aider. S'il est venu jusqu'à moi, n'est-ce pas toi qui me l'as donné?

« Mais tu aimes la vérité au fond du cœur,
instruis-moi des profondeurs de ta sagesse,
purifie-moi avec l'hysope, je serai net,
lave-moi, je serai blanc plus que neige. »

Si telle est ta volonté, Seigneur, aide-moi pour qu'à mon tour je puisse le secourir. Il ne doit pas quitter maintenant ta Montagne Sainte, il se perdrait à jamais dans le maquis, il serait pris, torturé, tué, et l'étincelle que tu as mis en lui, définitivement soufflée. Permets qu'il reste ici au moins quelques mois... Il faut du temps pour que l'Esprit fasse son œuvre, que le Mont Athos agisse en lui, forge son empreinte qui deviendra alors ineffaçable. Cet éveil ne vient pas d'un coup. Comme la plante qui surgit de terre, il faut des soins, beaucoup d'amour, de calme et de silence.

Andréas ne prie plus, emporté par sa soif d'aimer. Il ne crie pas : Seigneur, Seigneur. Il aime, il veut agir en fonction de cet amour. N'est-ce pas faire œuvre divine? Il échafaude des projets pour retenir Athanassos. Sans s'en rendre compte, il se bâtit son veau d'or.

> « Rends-moi le son de la joie et de la fête,
> et qu'ils dansent, les os que tu broyas;
> détourne ta face de mes fautes
> efface de moi toute malice. »

Les mots glissent sur ses lèvres, mais il ne les goûte pas. Ses yeux ne sont que deux lucarnes vides d'où toute lumière a disparu. Andréas pense à Athanassos, à la folie des hommes. Peut-il préserver quoi que ce soit, lui, un pauvre moine oublié au fond des forêts du Mont Athos? Peut-il s'insurger contre les injustices, aussi criantes soient-elles? Sa voie, il le sait, il le sent physiquement dans son corps qui s'ankylose, sa voie est autre : elle est voie de prière et la prière est œuvre de Dieu.

L'œuvre de Dieu est amour. L'amour, action désintéressée. L'amour d'Andréas l'est-il? Un moi enfoui au plus profond du cœur veut aider, convertir, sauver... Andréas s'embourbe.

Pendant cette nuit atroce de fausses prières, de vaines attentes, de résolutions imaginaires..., Andréas s'acharne à vouloir aider dans la faible mesure de ses moyens un moucheron venu s'encoller les ailes sur les pentes du Mont Athos.

> « Ô Dieu, crée en moi un cœur pur,
> restaure en ma poitrine un esprit ferme
> ne me repousse jamais loin de ta face,
> ne retire pas de moi ton esprit saint. »

Une fois seulement, alors qu'une cloche lointaine égrène ses notes mélancoliques, il se reprend, se redresse, se prosterne devant la Vierge, veut secouer ce fatras de bonnes intentions qu'il sait être du monde. La prière redescend pure en son cœur un moment libéré. Puis la tempête redouble, l'emporte irrémédiablement dans un tourbillon de pensées tumultueuses. Il décide, quand l'aube pointe à travers les arbres embrumés, d'agir, d'aller au besoin intercéder pour Athanassos, afin qu'il puisse rester au Mont Athos.

Le psaume s'arrête, incomplet.

Échevelé, hâve, un curieux goût d'écœurement dans la bouche, Andréas descend préparer le café. Dans la salle d'hôte, le girovague a disparu. Athanassos dort recroquevillé sur lui-même. Il aperçoit par la fenêtre Pythagoras qui se lave à la fontaine.

Les trois hommes prennent leur café en silence, regardant le feu qui palpite dans l'âtre. Pythagoras a l'air aussi fatigué qu'Andréas; comme lui, il n'a pas dormi. Athanassos, reposé, les regarde tour à tour, inquiet de leur mine sombre.

— Il faut que je vous parle, finit par dire Andréas. Avec difficulté, cherchant ses mots, il leur explique sa nuit, son tourment et ce qu'il pense pouvoir faire. Une phrase l'a particulièrement choqué, hier : personne ne soutenait Athanassos! Il comprend la discrétion de Pythagoras, mais... il n'a pas les mêmes soucis. Il connaît Athanassos, pas depuis longtemps, certes, mais parfois quelques jours suffisent pour apprécier la nature profonde d'un être. Ses qualités exceptionnelles, il est prêt à les démontrer à n'importe qui.

— Je suis décidé à soutenir Athanassos devant ton Bulgare.

— Tu n'y penses pas! coupe Pythagoras interloqué. A quoi cela servirait-il?

— Laisse-moi développer mon idée, continue Andréas, j'ai réfléchi toute la nuit. Je vous apporte une solution. Aux yeux de ton commissaire politique, je représente la religion de ce pays. C'est faux, car ma démarche n'engage que moi, mais il n'est pas censé le savoir. Imagine ce que représenterait pour ce Bulgare la demande d'entrevue d'un moine du Mont

Athos. Son étonnement, son intérêt. Ce serait certainement la première fois qu'il parlerait de l'avenir de la révolution avec un religieux. Rien que pour l'étrangeté de la chose, il acceptera de me rencontrer. J'en suis persuadé. Un communiste recevant la supplique d'un moine, ce n'est pas commun. Je te le répète, pour cette unique raison, il voudra voir. Par curiosité et par calcul. Il peut supposer que je ne viens pas de ma seule autorité. Il faudra laisser planer le doute là-dessus. Et lorsque je serai en face de lui, je lui parlerai d'Athanassos. Ce sera facile. Il m'écoutera. Il reviendra sur sa décision, car je lui montrerai ce que peut lui apporter Athanassos : un soutien non négligeable, celui des moines...

— Non! le soutien d'un seul moine! s'exclame Pythagoras. Te rends-tu compte de ce que tu es en train de proposer? Prendre sur toi une telle démarche que désapprouveraient sûrement tes supérieurs hiérarchiques!

— C'est strictement mon affaire, elle n'intéresse que moi.

Athanassos fixe Andréas intensément, cherchant à saisir les raisons qui poussent le père à formuler une telle proposition. Il ne comprendra jamais rien à ce qui peut motiver ces êtres étranges qui vivent reclus au flanc de la Montagne Sainte. Il les croyait détachés des contingences humaines. Et celui pour qui il a le plus d'admiration s'engage, inconsidérément, dans leur combat.

— Voici ce que je propose, reprend le père. Je rencontre ton Bulgare, en un lieu à sa convenance. En dehors du Mont Athos, mais pas trop loin; je ne dois pas m'absenter longtemps.

— Le Bulgare pourrait venir ici, suggère Athanassos, ce serait la moindre des choses.

— Non, pas ici, insiste le père, qui s'agite sur son banc, mal à l'aise. Pas au Mont Athos. Je ne saurais t'expliquer pourquoi. On pourrait envisager un village de Chalcidique, où vous avez gardé beaucoup de sympathisants...

Andréas se tait. Se rend-il compte soudain de l'anormalité

de ce rendez-vous, puisqu'il rejette énergiquement une possibilité de rencontre au Mont Athos? Pythagoras perçoit très nettement les réticences du père, ce qui ne fait qu'accroître sa gêne. Pour lui, Andréas est un homme d'ordre; sa proposition lui apparaît comme une faute. Il se fourvoie dans leur guerre, où il n'a rien à faire.

— Tu n'y penses pas, ne peut-il que répéter, de plus en plus songeur.

— Ta proposition est admirable, déclare Athanassos, feignant d'ignorer l'embarras de son ami. Je t'en remercie personnellement. Mais, explique-moi. Quelle serait l'utilité de cet entretien si jamais il avait lieu?

— Ta réhabilitation, tout simplement. Je plaiderai ta cause. Il m'entendra, j'en suis sûr. Je saurai trouver les mots pour le convaincre. S'il te perd, il perd le Mont Athos.

— Qu'est-ce qui te pousse à agir ainsi?

— Mon amitié. Cela te suffit-il?

Les yeux bleus d'Andréas percent Athanassos de part en part.

— Pour toutes sortes de raisons, il est souhaitable que tu restes ici pendant un certain temps. Ne m'interroge pas sur ces raisons, je ne te répondrai pas. Elles m'appartiennent. Je te demande de me croire, et de me faire confiance.

Pythagoras s'est levé et arpente nerveusement la salle d'hôte.

— Je ne comprends pas, marmonne-t-il, tous ces secrets que je devine entre vous deux. N'importe. Ce qui compte, c'est la révolution. Nous serons certainement plus utiles ici qu'à la frontière albanaise. Mais ne te fais pas d'illusion, ta démarche butera contre un refus. Je connais l'oiseau, il n'est pas facile à manier. Je te vois mal lutter contre les subtilités marxistes et la mauvaise foi...

— Je vais soigner les bêtes, coupe Andréas. Discutez de mon offre. Pesez le pour et le contre. Vous me ferez part de votre décision lorsque je reviendrai. J'y souscris d'avance.

Andréas sort et laisse les deux hommes face à face, décontenancés par les derniers mots du père.

– Sacré Andréas, finit par dire Athanassos.

– Tu l'as dit, continue Pythagoras. Il divague complètement. Que peut accepter le Bulgare, à condition qu'il le reçoive? Il est la suspicion même.

– Ce qu'il fait est néanmoins très beau. Il ose enfreindre l'ordre immuable qui empèse ce pays. Il agit de lui-même, se moque des permissions hiérarchiques. Il secoue un carcan d'habitudes millénaires, pour ne suivre que sa conscience. Je juge sa tentative parfaitement illusoire, mais je l'admire.

– Non seulement sa tentative est inutile, mais elle me gêne. A cause de nous, je sens confusément qu'Andréas se renie lui-même, efface toutes ces années d'obéissance qu'il a vécues ici. Je ne trouve pas cela tellement admirable, mais...

– Mais? interrompt Athanassos inquiet.

– Mais il subsiste une possibilité, très mince, que son intervention puisse servir notre cause. Il faut lui laisser une chance. Il a raison quand il dit que le Bulgare appréciera sa demande. Cet homme est tellement infatué de lui-même qu'il prendra la démarche du père pour une sorte de reconnaissance tacite : les communistes ne s'imposent pas, bien au contraire on les sollicite! L'Église accepte même de rencontrer un émissaire soviétique! Cela peut aller très loin. Je ne sais pas si Andréas a pesé toutes les conséquences possibles de son acte.

– J'ai été frappé de sa réaction quand j'ai parlé du Mont Athos comme lieu possible de rencontre.

– C'est la preuve qu'il n'est pas à l'aise. Pauvre homme, j'ai l'impression de l'entraîner en enfer, si j'accepte sa proposition. D'un autre côté, la refuser serait pour lui, je crois, terrible. Il se sentirait rejeté.

– Il faut accepter, renchérit Athanassos, cette raison-là est suffisante.

– Sa démarche est tellement insensée... D'où a-t-il pu tirer cette résolution?

– D'une nuit de prières.

– J'en doute fort.

Longtemps, les deux hommes discutent.

Athanassos, avec énergie, défend la thèse du père devant son ami stupéfait. Ses contradictions ne l'effleurent pas. Il reconnaît implicitement sa faute, accepte la toute-puissante indulgence du Bulgare qu'il exécrait la veille au soir. Pythagoras lui fait remarquer cet imprévisible revirement. Athanassos hausse les épaules. Il n'est pas rancunier, voilà tout. Il sait bien que le Bulgare a raison dans sa logique implacable. Il n'est qu'un petit terroriste qui ne comprend rien à la politique. Alors, c'est peut-être mieux ainsi : il se range, et se blanchit.

Au fond, le succès d'Andréas signifierait le maintien de l'équilibre précaire qu'il désire préserver : vivre au Mont Athos et continuer la lutte. Il ne redoute pas de rester cloîtré dans les monastères, à condition de poursuivre le combat. Du moins en est-il persuadé.

Finalement, ils s'accordent pour envisager la possibilité d'une telle rencontre. Athanassos, enthousiaste, en sauterait presque de joie.

Ils sortent dans le jardin et rejoignent le père qui finit de soigner le mulet squelettique du girovague. Rapidement, Pythagoras lui fait part de leur discussion : ils sont d'accord ; ils pensent que sa démarche sera inutile, mais elle vaut d'être tentée ; ils ont été tellement frappés par son attitude qu'ils n'osent pas le contredire. Il se charge d'arranger le rendez-vous, et d'en organiser les détails. Dans une semaine, il donnera la réponse du Bulgare, le lieu et la date de la rencontre éventuelle.

Pythagoras ne s'attarde pas. Gérasimos doit l'attendre au port de la Grande Lavra. Il prend congé brutalement. L'exaltation d'Andréas et ses volte-face désordonnées lui déplaisent. Son attitude est incompréhensible. Celle d'Athanassos, encore plus étonnante. Comme s'ils s'étaient concertés tous les deux pour le désorienter et chambouler ses habitudes. Il s'enfuit presque sur le chemin qui descend au monastère.

Athanassos aide le père à installer le mulet sur un bout de prairie à l'ombre des grands arbres de la forêt. Andréas n'a rien dit depuis le départ de Pythagoras. Il a appris leur décision sans broncher. Il a seulement serré les mains et sa barbe a légèrement frémi.

Ils se sont assis côte à côte sur le petit banc de pierre à la porte de la skite. Athanassos n'ose pas troubler le silence du père, qu'il sent inondé de joie. Ses yeux brillent, enfoncés dans leurs orbites sombres. Enfin, n'y tenant plus, il lui demande à voix basse :

– Pourquoi fais-tu cela, mon père? J'ai l'impression que tu désobéis à un ordre invisible, mais qu'en même temps cette désobéissance te soulage d'un fardeau inconnu, te libère de je ne sais quoi.

– Je désire t'aider. C'est tout. Ne t'occupe pas du reste, cela ne regarde que moi. – Il continue en citant saint Paul : On reconnaîtra que vous êtes chrétiens par l'amour que vous vous portez les uns les autres.

– Je voudrais te remercier...

– Pourquoi me remercier? Tiens-tu tant que cela à l'estime de ce commissaire politique? ou bien est-ce parce que tu veux continuer à vivre ici?

Embarrassé, Athanassos ne répond pas et regarde le père comme s'il découvrait un autre homme.

– Ne nous posons pas trop de questions, reprend Andréas. Nous avons décidé d'agir. Alors agissons.

Il se lève, tapote sa robe toute salie de foin, puis se dirige pesamment vers la skite en disant :

– Je n'ai pas beaucoup dormi cette nuit, j'ai besoin de me reposer un peu. Toutes ces émotions m'ont fatigué.

Athanassos reste seul sur le banc de pierre. Il entend au loin les cloches du monastère. La fraîcheur du matin s'estompe; immobile, il contemple le chemin qui se perd dans la forêt. Lui aussi est épuisé. Mais ce n'est pas la fatigue, plutôt une crainte qui s'évanouit, le laissant en paix avec lui-même et la nature qui l'entoure. Il ne doute pas du succès d'Andréas. Alors, à nouveau, il sent l'enthousiasme le reprendre, une ferveur oubliée l'inonder. En un instant, les échecs, les étrangers, même le Bulgare sont balayés par la vague rajeunie et puissante de sa joie retrouvée. Il va leur faire voir à ces imbéciles falots ce dont est capable un véritable partisan grec. Ce qu'il a dans le ventre, il saura l'exprimer, il retrouvera les trésors d'imagination, de courage et d'abnégation nécessaires pour vaincre. Tout cet acquis d'années de résistance ne peut se perdre ainsi dans les marécages de l'opportunisme politique. Ignorance? Orgueil? Athanassos ne se pose plus de question, comme le lui conseille Andréas; et dans son esprit enfiévré s'échafaudent des projets démesurés d'indépendance et de gloire.

On le prend pour un pantin. Il fera semblant de l'être. Il s'appliquera quelques semaines encore à parfaire le mieux possible cette image. Il a besoin d'armes et de temps pour convertir quelques fidèles. Pythagoras restera sur la touche, il ne comprendrait pas. Le moment venu, lorsqu'il laissera tomber le masque, il tâchera de le récupérer. La première chose, alors : éliminer le Bulgare, couper les ponts avec toute soumission étrangère; organiser un attentat exceptionnel sur Salonique, pas l'assassinat d'un quelconque général, non, une formidable explosion, un dépôt d'essence ou de munitions par exemple; puis d'autres opérations, les anciens partisans qui se regroupent, un raz de marée qui submerge tout, les Russes, les Américains, les camions, les camps... Athanassos, assis contre une pile de bois, s'endort dans une débauche de rêves de puissance. Là-haut, dans la chapelle silencieuse, Andréas dort au pied de l'icône de la Vierge.

VIII

En cette fin de matinée dominicale, la place Saint-Basile a repris une agitation bruyante et désordonnée. La sortie de l'église, le marché, les hommes assis à la terrasse du café donnent au village de Stratoniki un air de fête qu'il n'a pas connu depuis longtemps. Mais les visages, les attitudes, un regard furtif aux fenêtres de la mairie obstruée par des sacs de sable dénotent une inquiétude latente mal camouflée par l'optimisme officiel. Certains trottoirs restent interdits, une ruelle est bloquée par des rouleaux de barbelés. Près de la fontaine, au milieu de la place ombragée de grands platanes, stationnent quelques soldats en armes, raides et dédaigneux.

Dans la foule, le Père Andréas se fraye péniblement un passage. Sa longue barbe blanche soigneusement peignée, sa robe de soie bleu nuit lui donnent une allure de grand seigneur. Une patrouille s'écarte pour le laisser passer. Une vieille femme s'agenouille et lui baise la main.

Soudain, on entend des cris, une explosion, des coups de feu. Des gens se mettent à courir, d'autres se jettent à terre. Une brève fusillade éclate.

– Des anarchistes ont lancé une grenade dans la foule, hurle quelqu'un.

L'affolement diminue très vite. Un command-car de l'armée arrive en klaxonnant.

– Encore un nostalgique qui veut se suicider, ricane un vieil homme, ce n'est plus comme dans le temps...

La voix se perd dans le brouhaha. La foule rassurée déambule à nouveau sur la place, comme si rien ne s'était passé.

Le Père Andréas, un moment figé par la peur, s'éloigne rapidement. Toute cette agitation l'effraie. Il a hâte de retrouver le calme de son pays. Par des rues de plus en plus mal entretenues, il parvient aux portes du petit bourg. Il pénètre dans la cour d'une grosse ferme poussiéreuse où un mulet est attaché. Un gamin surgit d'une soupente, l'aide à monter. Le père se cale sur la selle mal assujettie et sort au petit trot avec un geste amical à l'enfant qui se sauve.

C'est l'heure où les volets se referment; bientôt, chacun étendu sur sa couche ou à l'ombre des murs cherchera le sommeil. Le moine, dans l'assourdissant crissement des cigales, s'engage sur le chemin caillouteux qui serpente parmi les terrains vagues grillés par le soleil. Il longe un moment la côte rectiligne, puis oblique sur sa droite et s'enfonce dans l'arrière-pays, faiblement vallonné, en direction de Iérissos et du Mont Athos.

Malgré cette guerre civile qui n'en finit pas de mourir, la lutte sournoise des factions, les règlements de comptes, la répression impitoyable de l'armée présente maintenant dans les moindres villages, ce chaos confus de sang et de boue dans lequel il se trouve mêlé – lui qui, il y a quelques mois encore, était un spectateur indifférent et lointain –, malgré tous ces cris, ces pleurs et ces morts, oui malgré tout cela, il se sent gai. Il a réussi. Il vient de faire l'expérience exaltante d'une action qu'il a su mener à bien. C'est de l'inédit pour lui, et le parfum de cette nouveauté l'enivre.

Finalement, comme il l'escomptait, le Bulgare avait accepté de le rencontrer.

Le rendez-vous s'était déroulé sans incident, dans l'arrière-boutique d'une épicerie crasseuse. Le Bulgare avait été d'une correction irréprochable.

Andréas, très prudemment, avait laissé entendre que la place d'Athanassos était au Mont Athos. Cette presqu'île montagneuse, difficile d'accès, jouissant d'une autonomie de droit et de fait, représentait un point idéal de départ – ou d'arrivée – pour toutes les contrebandes. Il raconta en quelques phrases la petite histoire mouvementée de sa skite et insista sur le fait qu'Athanassos s'était bien adapté à la vie délicate de ce pays de moines.

Le Bulgare, peu bavard, avait accepté du bout des lèvres les explications d'Andréas. Mais il voulait bien passer l'éponge sur les erreurs passées. Athanassos pouvait rester au Mont Athos. Il y recevrait très prochainement une livraison d'armes, qui serait le gage de leur réconciliation. L'entretien avait duré vingt minutes.

Absorbé dans ces pensées réconfortantes, Andréas se rend à peine compte des étapes de son voyage. Dans un village abandonné, il est arrêté par un barrage établi par l'armée. Un jeune soldat le guide parmi les ruelles encombrées de camions militaires, puis le quitte en se signant.

C'est en fin d'après-midi qu'il arrive à Iérissos. Le mulet le dirige de lui-même vers la maison d'Héléna. Le vieux Démétrios l'accueille en bougonnant et lui offre un verre d'ouzo dans la salle à manger qui sent bon la cire. Comme ce matin, il lui repose les mêmes questions. Il est étonné de voir le père ainsi sur les routes, à une date inhabituelle. Andréas lui a vaguement parlé de sa tante, à Kafilia, qui est souffrante. Mais il ne sait pas mentir, et s'emmêle rapidement dans des explications embarrassées, que Démétrios n'écoute pas, tout absorbé par ce qu'a d'insolite le passage du père chez lui, en octobre et un jour de semaine. Pour changer de conversation, Andréas demande des nouvelles d'Héléna. Sur la réponse confuse de Démétrios, il insiste :

– Athanassos devrait être avec elle. Je voudrais savoir s'il remonte avec moi ou bien si je pars seul. Le bateau de Gérasimos ferait bien mon affaire.

Andréas sourit en voyant le vieil homme froncer ses énormes sourcils broussailleux et se resservir, en bougonnant de plus belle, une rasade d'ouzo. Il sait qu'il n'aime guère Athanassos.

– Héléna est avec Grégori, je ne sais où, sur la plage, pourquoi pas! Athanassos est parti dans les collines.

Devant la mine décontenancée d'Andréas, il continue sur un ton qu'il veut aimable :

– Vous pouvez les attendre ici. Gérasimos vous reconduira avec sa barque. Pour ce qu'il fait!

Andréas s'est levé. Il est un peu fatigué, mais ne veut pas le montrer.

– Je vais aller à leur rencontre, cela me dégourdira les jambes.

Il ne précise pas si c'est d'Héléna ou d'Athanassos qu'il parle. Il n'en sait rien d'ailleurs. Il sent à nouveau la curiosité de Démétrios dans ses yeux clairs qui le dévisagent. Il n'avait pas prévu cela. Un moine, aussi humble et insignifiant qu'il soit, ne passe pas inaperçu. Tout le monde se retourne au contraire, cherche à lui parler, à savoir pourquoi il est sur les routes en ces temps incertains. Lui qui pensait garder l'incognito et filer le plus discrètement possible! Demain, tous les pays sauront qu'il se baladait à dos de mulet entre Iérissos et Stratoniki.

Démétrios sur le pas de la porte surveille Andréas qui s'éloigne vers les collines. Il hausse les épaules et marmonne dans sa barbe :

– Tout le monde bouge, va et vient. Sort et entre. Même le moine! Quelle époque!

Andréas prend le chemin qui mène à Tripiti, de l'autre côté de la presqu'île, par un étroit vallon sablonneux autrefois creusé par les troupes de Xerxès pour tenter de sauver la flotte encerclée par les Grecs. Il va dire bonjour à Héléna dont il garde un plaisant souvenir de jeune fille volontaire et libre. Il a hâte de connaître ce Grégori. Drôlement entreprenante, la nouvelle recrue! Athanassos avait raison. Pauvre vieux! Il ne doit guère apprécier! Devoir errer dans les landes brûlées par le soleil, alors que Grégori conte fleurette à la belle Héléna! Andréas sourit malgré lui à l'image d'Athanassos arpentant furieux les collines désertiques. Une déception, une épreuve supplémentaire. Les épreuves ont ceci de particulier qu'elles n'arrivent jamais seules. Elles aiment se suivre, se bousculer pour arriver sans crier gare au même moment, s'agglutinant à plaisir sur la tête de celui que la Providence a choisi... Et que Dieu a béni...

Andréas marche péniblement dans le sable épais qui s'infiltre dans les buissons de genêts et forme comme une plage sans mer ni ressac, silencieuse, inerte, entre deux collines jaunies de soleil.

Au bout d'un quart d'heure – est-ce la fatigue ou les émotions? –, tout son entrain s'est envolé. Au fond, il n'est pas curieux. Grégori et Héléna lui sont indifférents. Il veut seulement combler quelques heures disponibles.

Car Andréas attend. Tout d'un coup il s'en rend compte. Cette impression est si étonnante qu'il s'arrête, ahuri par cette découverte impromptue. Cela faisait longtemps qu'il n'attendait plus. Alors remontent en lui d'anciens souvenirs où, novice à la Grande Lavra, il analysait ses moindres états d'âme, épiait les plus légers frémissements de sa conscience. A l'affût de l'expérience mystique, il guettait un signe de Dieu. C'était à la fois délicieux et angoissant, délicieux comme l'attente d'un fiancé qui soupire après l'épouse promise, angoissant lorsque les jours et les nuits s'accumulaient ternes et vides dans une cellule qui n'était plus qu'un cercueil.

L'impatience de Dieu! Comme il en avait ri par la suite de cette hâte juvénile à vouloir le posséder. Peut-on être propriétaire de Dieu? Seuls les ignorants s'agitent dans une recherche stérile. Dieu est là, de toute éternité, dans le plus petit creux du cœur. Les années de prière avaient apporté leur réponse de joie et de sérénité. Andréas avait appris à vivre simplement l'instant unique du Dieu éternellement présent. Et maintenant, comble de dérision, au crépuscule de sa vie, l'antique impatience le reprend, mêlée de crainte et de plaisir. Mais il ne s'agit plus de Dieu. C'est Athanassos qu'il attend. Il se souvient de ces dernières semaines, de ses coups d'œil furtifs sur le chemin qui descend au monastère, de ses distractions le soir dans la chapelle lorsqu'il entendait le chien japper. Il comptait les absences d'Athanassos, ses présences plus ou moins prolongées. Son ambition se restreignait à de vulgaires préoccupations quotidiennes. Aussi, ce n'est ni l'angoisse ni la joie qui colore aujourd'hui son attente, mais une certaine mélancolie douceâtre...

Andréas découvre l'ennui, un goût bizarre dans la bouche, à la fois fade et amer, dont il n'a aucune souvenance; une impression de lassitude passive qu'il n'a jamais connue. Il avait réagi jadis à la perception de la Toute-Puissance divine, par un quiétisme outrancier. Même cette passivité-là était encore une préparation, un épurement, un dépouillement brutal de la volonté. Alors que cette lassitude...

Andréas s'ébroue comme au sortir d'un mauvais rêve. Que lui arrive-t-il? Il vient de réussir quelque chose, il apporte une bonne nouvelle. Où est passée son exaltation de l'après-midi? Il met sur la fatigue du voyage un accès de faiblesse qu'il prend pour de la sensiblerie. Il croit savoir combattre cet ennui qui est sécheresse du cœur et que l'on désigne dans les noviciats du nom redouté d'acédie.

Andréas ne se rend pas compte que son abattement n'est ni sensiblerie ni sécheresse du cœur. Bien au contraire, il ressemble à un marais où tout s'enlise. Ce n'est pas l'aridité d'une bouche sans prières, mais l'humidité fangeuse d'un amour-propre qui resurgit au travers des bonnes intentions amicales. Il ne fait pas encore la liaison entre sa visite au Bulgare et ce moment de faiblesse lascive. Il s'est ressaisi et chasse résolument ce nuage inexplicable.

Il débouche sur la plage qui s'évase en une large baie. La mer est d'un bleu tendre et vibre à peine d'un léger ressac. Tripiti se limite à un ponton de bois le long d'un hangar en ruine, un ancien café aux volets clos et une baraque de pêcheurs inhabitée. C'est là qu'on embarque pour l'île d'Amouliani, lorsqu'il y a un pêcheur et que ce pêcheur dispose d'une barque. Assis sur le ponton, les pieds dans l'eau, Grégori et Héléna sont enlacés. Ils n'ont pas vu arriver le père. Ils rient en chuchotant. Andréas, doucement, recule derrière une dune recouverte de buissons épineux, puis après s'être assuré que les deux jeunes gens ne l'ont pas vu retourne lentement vers Iérissos.

Grégori est un mince garçon de vingt-deux ans, aux cheveux d'un blond jaune éclatant. Héléna l'appelle en riant son pâtre d'Olympie et cherche à compter dans ses yeux rêveurs les paillettes d'or des antiques héros des guerres du Péloponnèse [1]. Il paraît très jeune, frêle adolescent romantique, aux poses un peu gauches à force d'être étudiées. A côté d'Héléna, épanouie, c'est le petit frère à peine sorti des jupes de sa grande sœur.

Des heures ils se sont baignés, nus, dans la mer transparente et chaude, les enveloppant tous deux, telle une autre amoureuse, dans leurs ébats de jeunes félins en chaleur. En ce jour qui s'achève, assis côte à côte sur le vieux ponton de planches pourries, ils contemplent la brume petit à petit monter de la mer et cacher, à l'horizon, la côte basse d'Amouliani. Sur la gauche, au loin, la masse grise du Mont Athos et ses sombres falaises donnent au paysage une note de gravité qui avive d'autant la gaieté lumineuse de la plage et des dunes.

Héléna, un peu lasse, appuie la tête sur l'épaule de Grégori qui lui parle doucement de choses inconnues. Poète aux images inhabituelles, Grégori charme la jeune femme éperdue de tendresse, désorientée par ces journées folles qu'ils viennent de passer ensemble.

– Pourquoi, Héléna, me fais-tu penser à une fête villageoise? Je suis sur cette plage déserte dans l'espérance de quelque fabuleuse épopée, et tu me rappelles une pauvre noce d'un village encore plus pauvre. J'aspire à l'aventure,

1. Mythologie grecque : Pâris était un « pâtre aux yeux pailletés d'or ».

127

je me ronge les sangs à souhaiter des hauts faits d'armes. J'ai l'impression de déranger, d'être un intrus. Heureusement tu es là, enfin contre moi, après ces longs jours où tu ne me parlais que par onomatopées... Cette fête n'avait pourtant rien de fastueux, ni d'original, c'en était plutôt une parodie! Tous ces vieillards qui essayaient de chanter, faux ténors, basses gargouillantes de larmes. Ils s'appuyaient sur les tables pour mieux offrir leur chant aux femmes qui les regardaient. Au début elles avaient souri. Ils sont complètement saouls, se disaient-elles en pouffant. Mais petit à petit, elles s'étaient tues, sérieuses, regardant leurs vieux qui s'époumonaient. Ce n'était plus la fête promise. Il y avait dans cette complainte le malheur des guerres, des moissons perdues, l'espérance de vivre en paix dans cette campagne si belle. Un enfant se mit à pleurer à côté de moi. La psalmodie nous dévorait, nous consumait. Une femme alla chercher du vin et silencieusement remplit les verres. Il faisait une chaleur étouffante, un peu de vapeur montait de la mer.

Héléna qui le regarde, attentive, depuis un certain moment, sursaute à cette dernière phrase. Son visage est devenu d'une telle pâleur que Grégori s'en aperçoit. Inquiet, il lui demande si elle n'a pas un malaise.

— Un peu de marche me fera du bien, répond-elle en se levant péniblement. Ce n'est rien... une coïncidence étrange... je vais t'expliquer.

Ils se promènent sur le sable mouillé, dans la fraîcheur d'une légère brise venant de la mer.

Après un long moment de silence, la jeune femme se met à parler, sur un ton hésitant.

— Il y a plusieurs semaines, Athanassos m'a raconté sa visite d'un petit monastère russe, où il avait écouté également un pauvre chant en guenilles. Pour me décrire cette fête paysanne, tu as employé les mêmes mots, avec les mêmes intonations de voix. J'avais l'impression de réentendre le récit d'Athanassos. C'est étonnant. Pourtant, continuet-elle, en lui prenant le bras, tu ne lui ressembles guère!

Héléna, songeuse, observe son amant. Ils doivent bien

avoir quelque chose de semblable, se dit-elle, puisque je les aime tous les deux!

Ils se sont étendus sur la grève, point noir dédoublé sur l'immense plage face à l'île d'Amouliani.

Héléna somnole, les mains sur les yeux. Au-dessus de sa tête, une brindille d'olivier fait comme une épée, ou une croix en forme d'épée. Elle rêve en remuant un peu la jambe. Grégori dessine du doigt des chemins en spirales qui se perdent dans les dunes miniatures. Que de routes parcourues, pense-t-il, depuis trois mois. Il n'y a pas si longtemps, il était l'étudiant frondeur, distribuant des tracts à la sauvette devant les écoles. Puis le grand saut dans l'inconnu, l'arrivée à Iérissos... Héléna, qui ne le regardait même pas. Et ces derniers jours, subitement, les bains dans la mer..., son corps, sa bouche, fraîche comme la brise du matin.

Héléna dort sous le signe de la croix, la jambe un peu repliée laisse deviner la naissance de sa cuisse. Grégori se remémore les péripéties parfois burlesques qui l'ont amené jusqu'ici, devant cette fille qui l'effrayait tant les premiers jours. Il ne sait plus très bien pourquoi il est là. Il était si enthousiaste au début, lui, le petit-bourgeois de la ville. Tout semblait facile. La révolution? Une promenade! Maintenant, il n'y pense plus beaucoup. Pythagoras est un vrai météore. Athanassos l'évite, lui prouvant ainsi sa parfaite inutilité, mais n'avait sûrement pas imaginé qu'en agissant de la sorte il le jetait dans les bras d'Héléna! Comment penser à la guerre dans ces conditions, à côté d'une femme amoureuse, qui rêve doucement en s'étirant.

– Comprends, Héléna, murmure Grégori. Je cherchais naïvement un engagement politique... et je t'ai rencontrée. Je me souviendrai toujours de mon arrivée à Iérissos. C'était jour de marché. Tu m'observais, debout contre la porte. Képhaléos me présenta, d'un ton bougon, presque hargneux. Tu ne daignas même pas sourire à mon bonjour timide. Tu écoutais Pythagoras parler politique. J'étais fatigué, énervé par les airs protecteurs de Képhaléos, et surtout déçu de ne pas voir celui dont on m'avait tant parlé, et dont tu étais la maîtresse, Athanassos...

129

A ce nom, Héléna s'est réveillée, d'un bond. Elle explose :
– Pourquoi me parles-tu toujours d'Athanassos! Oui je l'ai aimé, et je l'aime encore. Mais à quoi bon! Tu ne le connais pas. Il a autre chose en tête maintenant. Il avait peur des monastères, à présent il y court. Lorsqu'il a été blessé, il a voulu retourner là-haut, chez son Père Andréas. Tu vas peut-être le voir tout à l'heure. Ils sont venus ensemble ce matin, le bon vieux moine était tout excité. Ils se tournent la tête mutuellement. Le moine sort de son cloître, le terroriste s'y enferme à plaisir. Le monde à l'envers.

La voix d'Héléna est sèche, saccadée. La jeune fille cache mal une émotion qui lui noue le ventre. Elle se rend bien compte qu'elle n'en a pas fini avec Athanassos. Grégori, malgré sa poésie, ne peut masquer l'autre, qui semble la fuir.

– Pourquoi es-tu venu à Iérissos, Grégori? Tu n'as rien à y faire. Comment se fait-il que toi, habitant de la ville, tu sois venu rôder parmi les chacals? Tu as beau feindre, il n'y a pas assez de soleil en toi, pas assez d'eau salée, ni de goût de l'olive. Ton sang n'a pas de résine. Tu parles de la beauté des arbres, mais à la ville on apprend mal à devenir pierre et argile. Le vent et les longues attentes ont recouvert Athanassos comme d'une écorce, alors que ta peau est blanche et laisse voir les battements de ton cœur. Personne ne t'attend ici, il n'y a pas de place pour toi. Tu le vois bien, Athanassos t'ignore.

Héléna s'est relevée. Elle s'emballe et se met à secouer Grégori.

– Avant ton arrivée, je menais à Iérissos une vie calme, entièrement tournée vers lui.

Le mot calme est peut-être un peu fort, pense-t-elle, se souvenant des cavalcades éperdues dans les montagnes avec l'ambulance du groupe. Mais Grégori l'énerve. Elle reprend de plus belle :

– Le moindre de mes gestes s'expliquait par Athanassos, chacune de mes attitudes était un prétexte pour l'aimer davantage, et le rendre plus redoutable. C'est qui, Athanas-

130

sos? Un terroriste, un meneur de bandes. Il a combattu les Allemands, il lutte maintenant contre les planqués à la botte des Anglais. Ceux qui portent atteinte à l'honneur de la Grèce le révoltent. Les communistes le traitent d'anarchiste. Tant mieux! Il est dur comme un caillou blanc bien poli par la mer; les derniers revers n'ont pas entamé sa pureté, bien au contraire... Il a fallu que tu viennes, et parles de la beauté des arbres! Voilà que je trompe Athanassos avec toi! Dérision! Quand tu es arrivé, il y a trois semaines, je t'ai à peine remarqué. Je dois dire que tu t'y prends bien avec les femmes. J'ai mis une semaine à te voir vraiment. Quelle idée aussi mon père a eue de te faire coucher au premier étage! Il l'a fait exprès, j'en suis sûre, pour déplaire à Athanassos. Au début, cela m'amusa de le faire marcher. Mais ne crois pas que tu as gagné, Grégori. Il va falloir que tu fasses tes preuves. Pour que je t'aime, comment dire... à plein temps, il faudra ressembler à Athanassos, marcher sur ses traces. Tu veux être un résistant. Eh bien, ta voie est tout indiquée. Athanassos sera un bon maître, sois un disciple appliqué. Tu gagneras mon admiration, et je t'aimerai, toi, Grégori et Athanassos confondus...

Héléna, essoufflée, s'est tue, attendant, un peu effrayée, les réactions éventuelles de Grégori. Mais il reste immobile à la regarder, stupéfait, ne sachant que répondre, sinon esquisser un faible sourire... Il ressent douloureusement la distance qui le sépare de cette femme qu'il adore. Leur amour ne peut être qu'éphémère. Un moment fugitif... une passade...

Le soleil s'est couché derrière les collines. Ils sont seuls sur la place déserte, deux corps qui s'agitent, dérisoires dans ce paysage démesuré dont les seules limites semblent être, là-bas, dans les brumes du soir, les falaises du Mont sacré qui n'en finissent pas de barrer un horizon indéterminé.

Athanassos, allongé dans les hautes herbes d'une dune, observe à la jumelle un campement de nomades niché au creux d'un vallon. Une cabane de tôles et de plaques hétéroclites et une tente individuelle de l'armée émergent d'un cercle de détritus, de bidons et de boîtes éventrées. L'endroit est bien choisi, abrité du vent, loin des regards indiscrets et à l'écart de tout sentier.

Il a fallu qu'Athanassos aille traîner son ennui dans les collines pour qu'il tombe dessus par hasard. Intrigué, il est revenu l'après-midi avec la paire de jumelles de Démétrios. Il a observé minutieusement les habitants de ce campement insolite, qui finalement ne sont que trois : un homme malingre qui marche avec peine, une femme à l'âge indéterminé aux longs cheveux filasse, un enfant qui court çà et là d'une façon bizarre en levant les bras. Rien de bien alarmant. Mais Athanassos a en mémoire certaines rumeurs colportées récemment dans les villages. Des espions déguisés en mendiants, des miliciens cachés sous la défroque de bohémiens viennent ainsi surveiller les faits et gestes des paysans, renseigner l'armée sur ce qui peut paraître suspect.

L'homme malingre est parti plusieurs fois en direction de la côte. Au début, ce manège n'a éveillé aucun soupçon de la part d'Athanassos. Mais, la troisième fois, il l'a suivi de loin. Sur la dernière dune, avant la plage, l'homme s'est aplati derrière un buisson, a tiré d'un petit sac des jumelles, beaucoup plus grosses que celles de Démétrios, et a commencé à surveiller la mer. Athanassos dut effectuer un long détour pour voir ce qu'observait l'individu : Grégori et Héléna enlacés sur la plage. Lorsque, pendant la sieste, il avait entendu les deux jeunes gens sortir subrepticement de la maison de Démétrios, il ne se faisait aucune illusion sur la manière dont pouvait se terminer ce genre de promenade. Mais de les surprendre ainsi, inopinément, il en fut bouleversé. Avec difficulté, il réprima un vif mouvement de colère, puis, le cœur sec comme un genêt déraciné, retourna dans les collines. Il n'était même pas furieux contre Héléna. Seulement une immense déception, triste, lourde comme le corps d'un camarade blessé qu'on traîne à l'abri d'une tranchée...

Pour oublier sa rancœur, Athanassos s'acharne à épier les bohémiens, cherchant à deviner ce qu'ils font, ou ce qu'ils vont bien pouvoir faire. Il est inquiet de sa découverte. Ce type n'est peut-être qu'un maniaque déséquilibré. Mais ses grosses jumelles ne cadrent pas avec son dénuement misérable. Si c'est un espion, comment donne-t-il ses renseignements? A qui? Avec sa femme et son gosse anormal, il paraît complètement abandonné du monde extérieur. De toute la journée personne n'est venu et il semble n'attendre personne.

Perdu dans ses réflexions où s'entremêlent douloureusement Héléna et les bohémiens, Athanassos oublie le temps qui passe. Lorsque les ombres commencent à envahir les creux des collines, il s'aperçoit tout d'un coup de l'heure tardive, et se rappelle en jurant le rendez-vous avec Andréas. Le père va être fou furieux, maugrée-t-il en dévalant rapidement la colline. Il doit se morfondre chez Héléna, impatient de me raconter son aventure avec le Bulgare. Tout à sa déconvenue, Athanassos en a oublié sa hâte de connaître le résultat de l'entrevue, dont l'utilité est loin de lui paraître évidente, maintenant. Il s'en veut d'avoir ainsi négligé Andréas et de le faire attendre dans ce village où il ne doit guère se sentir à l'aise, sous le regard inquisiteur de Démétrios.

Athanassos court à la maison d'Héléna. Elle est déserte, même le vieux n'est pas là. Il se précipite au port, pensant que le père pourrait y discuter le départ d'un bateau. Le port est vide, aucune barque, aucun pêcheur. Sauf un vieil homme tassé sur une chaise de bois au bout du quai, une pipe en terre ancrée entre les dents, le regard perdu sur la mer immobile. Athanassos le reconnaît, c'est le père de Gérasimos, qui zézaye :

– Le petit est parti avec Andréas il y a une bonne heure. Démétrios me l'a demandé. Comment refuser quelque chose à un moine regagnant le Mont Athos? Je me demande d'ailleurs ce qu'il faisait ici. Il avait l'air déçu.

Le vieillard n'a pas bougé la tête, le regard fixé sur une île imaginaire, pleine de rêve et de bonheur, aux jeunes filles rieuses revenant des vignes, une plage perdue au fond des mers orientales avec de petites maisons blanches sous les marronniers, les cyprès pointant leurs cimes ancestrales au-dessus des oliviers et des aubépiniers en fleurs, une île où s'abrite toute la nostalgie de ces paysans brisés par le vent, la poussière, le verre de raki qui fait oublier les démissions, la déchéance...

Le père de Gérasimos ressemble à Démétrios, à tous les anciens qui se retrouvent le soir au café devant un verre d'eau. Ils médisent, cancanent et jouent aux dames, pleurant leurs souvenirs glorieux, les Dardanelles, les Serbes, un monde perdu de gloires manquées, de décisions mal prises, d'engagements effectués à la légère. Ces vieux ne peuvent que souffrir, dominés par des événements qui les écrasent, les Italiens, les Allemands, l'invasion, les Anglais, la Résistance, la guerre civile...

– N'en jetez plus! Assez! Assez!...

Ce dernier mot Athanassos l'a hurlé, devant la mer indifférente, calme comme aux plus beaux jours, joyeuse, souverainement ignorante des souffrances d'un peuple. Il a crié devant ce mort vivant recroquevillé sur sa chaise, avec ses yeux vides ne reflétant que le vide de l'horizon. Les bras levés, les poings serrés, il s'est dressé contre le ciel immuablement bleu, de ce bleu tendre qui invite à la danse, le soir dans les bars entourant la baie de Salonique.

Le vieux n'a pas bougé, comme s'il n'écoutait pas. Il y a déjà tellement de cris dans sa tête; il n'a pas fait attention à cet autre, étranger et pourtant si familier. Simplement ses lèvres se sont crispées sur le tuyau de sa pipe et ses sourcils broussailleux fermés imperceptiblement sur l'image doucereuse de l'île lointaine...

Là-bas, on appelle. Athanassos entend maintenant, il s'est tu, et n'a plus rien à crier. Alors il entend, oui, il croit reconnaître... On l'appelle. La voix de Pythagoras... Il a envie de pleurer.

Il y a des moments, comme ça, où le trop-plein se vide brusquement, on ne sait pas très bien pourquoi. On est près d'exploser et, d'un coup, la baudruche se dégonfle, la colère se dissout, l'âme soudain s'apaise. Il suffit d'une simple voix, un appel. Il ne reste alors qu'une sensation de désert.

Les jambes flageolantes, Athanassos se jette dans les bras de Pythagoras. Un Pythagoras qui s'étonne de voir son ami dans un tel état. Il l'interroge doucement :

– Que se passe-t-il ? Tu parais bouleversé.

– Ce n'est rien, murmure Athanassos. Une faiblesse...

– Tu es souffrant !

– Non, c'est fini. Je voulais voir Andréas. J'étais en retard. Il ne m'a pas attendu.

– C'est pour cela que tu pleures !

Athanassos ébauche un vague geste de dénégation.

– Laisse tomber, soupire-t-il enfin. Un moment de lassitude. – Puis se reprenant, il continue d'une voix posée : – Tu as certainement beaucoup de choses à me dire. Je te le répète, je n'ai pas vu Andréas.

Pythagoras, rassuré, ou plutôt pressé de l'être, oublie aussitôt le désarroi de son ami et entreprend de lui raconter en détail l'entrevue du Bulgare avec le père.

Il a tout entendu, il était caché dans la pièce voisine. Le Bulgare avait insisté sur sa présence invisible, servant ainsi de caution à cet entretien insolite, et de témoin des décisions qui pourraient y être prises. Il n'a pas vu Andréas, mais a senti sa gêne, son indécision du début. Ensuite il a perçu dans sa voix une passion mal contenue qui l'a surpris. Il ne connaissait pas le père sous cet angle. Il découvrait un autre homme, l'homme enfoui sous la robe visible du moine. Le fait de ne pas voir rendait cette découverte plus imprévue. Le Bulgare jouait au grand seigneur, tolérant, se voulant compréhensif, magnanime, mais très peu loquace. C'est

Andréas qui parlait. Il a su trouver des arguments convaincants, ou tout au moins le Bulgare le lui a fait croire, s'avouant finalement vaincu. Comme par jeu. Tout le temps, il a joué avec Andréas.

– J'en étais malade, avoue Pythagoras. J'ai vu le Bulgare, après le départ du père. Il souriait de ses lèvres minces. Il m'a dit : « Ce moine est un être admirable, il m'a persuadé de la sincérité d'Athanassos. » Je n'en croyais pas un mot.

Nous avons convenu d'une nouvelle livraison d'armes. C'est le Bulgare lui-même qui la fera. Pour te rencontrer, et faire la paix avec toi. Le débarquement aura lieu dans une semaine, le 16 octobre, de nuit, près du monastère de Grégoriou.

Athanassos l'écoute à peine. Il pense au Père Andréas qu'il a oublié et qui est reparti tout seul, tel un voleur.

– Tu restes donc au Mont Athos, pour former une cellule de résistance.

Athanassos devrait être content. Il n'attendait que cela. Il n'osait espérer un pareil revirement de la part de ce politicien qu'il exècre. Pourtant il ne réagit pas. Il songe à Andréas. Quel mal il s'est donné! Quelle joie, sûrement, lorsqu'il revenait vers Iérissos annoncer le succès de son entreprise! Et lui, il n'était même pas là pour l'accueillir, montrant ainsi, par une involontaire désinvolture, le peu d'intérêt qu'il portait à sa démarche, une démarche qui avait dû terriblement lui coûter cher. Tout cela, à cause d'Héléna et de Grégori enlacés sur la plage...

Pythagoras l'entraîne vers la grève et continue de lui décrire la nouvelle stratégie du Bulgare. Il est heureux et ne s'explique pas l'attitude réservée d'Athanassos.

– Je te trouve distant, taciturne, demande-t-il en lui prenant le bras. N'es-tu pas satisfait?

Sur la réponse évasive d'Athanassos, il continue :

– Quelque chose m'échappe. A plusieurs reprises, j'ai deviné l'attrait que tu avais pour cette montagne. Grâce à l'intervention d'Andréas, tu peux continuer à vivre ici, conciliant, en un équilibre dont toi seul as le secret, les monastères et la guerre civile. Tu devrais sauter en l'air, caracoler, éclater de rire. Tu hausses les épaules, comme si tu supportais toute la misère de la Grèce. Tu as l'œil morne du soudard le lendemain d'un pillage. Ton attitude est incompréhensible.

– Je te l'ai déjà dit. Je voulais voir le père à son retour. Rien de plus normal. J'étais en retard, je l'ai manqué, bêtement.

– Pourquoi ce retard?

– J'errais dans les collines.

– Avec Héléna?

– Tout seul. Héléna était partie se baigner avec Grégori.

Pythagoras sursaute. Voilà la cause de cet air taciturne! Il comprend, maintenant. Athanassos est jaloux! Grégori n'est plus une recrue mais un rival.

Pythagoras croit pouvoir expliquer ainsi cette étrange tristesse : un simple dépit amoureux. Mais il n'a saisi qu'un reflet superficiel, une petite vague inconséquente qui ride la surface d'une mer aux profondeurs abyssales. En fait, il commence à ne plus rien comprendre aux réactions imprévisibles d'Athanassos. Athanassos ne soupire pas après Héléna, ne crispe plus les poings à la seule pensée de Grégori. Non, Athanassos imagine le Père Andréas, revenant solitaire dans sa montagne. Il a peur pour lui de la solitude retrouvée, sa pesanteur, son opacité un moment écartée. Jamais Andréas n'aurait dû voir le Bulgare, maintenant il le sait. C'est une certitude. Avec une facilité déconcertante, il se met à la place du père, imagine ses joies, ses peines, les heures de prière, l'ennui, l'attente. Il n'a plus qu'un désir, retourner à la skite, rester avec lui, parler des nouvelles des hauts pays, scier, empiler le bois, arracher les patates, nourrir le mulet-squelette du girovague. Il veut voir sourire Andréas, de ses yeux débordants de joie. Ces yeux pourraient-ils pleurer? L'idée d'avoir peiné Andréas lui est intolérable. Qu'y a-t-il de plus terrible pour un moine, sinon la tristesse! C'est comme si toute sa vie était remise en cause, les prières, les jeûnes, les macérations, la recherche incessante du Dieu d'Amour qui est Paix et Joie. Un moine triste a perdu toute raison de vivre.

Les deux hommes marchent en silence. La mer, à peine éclairée des derniers reflets du soleil couchant, vient mourir sur la grève en un imperceptible clapotis, et prend peu à peu sa couleur sombre des mauvais jours.

Pythagoras, soucieux, réfléchit sur l'inconséquence féminine. Athanassos songe à un autre amour, qu'il ne sait encore bien définir, un amour qui est don, oblation totale de la volonté, de la tranquillité, du salut. Andréas vient de lui donner une grande leçon. Il n'est pas près de l'oublier.

En revenant vers le village, Athanassos parle brièvement des nomades qu'il a vus dans les collines et du manège de l'homme aux jumelles. Cette nouvelle rend Pythagoras nerveux. Lui aussi a entendu parler de ces délateurs en haillons.

— Quand as-tu repéré ce type, s'inquiète-t-il?

— Cet après-midi. J'étais tellement absorbé que j'en ai oublié Andréas.

— Demain, tu m'indiqueras l'endroit. Je viendrai avec toi.

— Non, je pars à l'aube. Je retourne chez Andréas. Je lui dois bien cela.

— Ce mendiant peut être dangereux pour nous tous, insiste Pythagoras. J'ai besoin de toi pour trouver son campement.

— Je n'ai qu'une idée en tête : rejoindre Andréas.

— Pense à la menace qu'il représente pour Héléna.

— Ce n'est peut-être qu'un maniaque.

— Le crois-tu vraiment?

Athanassos secoue la tête, agacé.

— Tu dois rester avec moi, continue Pythagoras. Il faudra probablement l'éliminer. Nous ne coucherons pas chez Héléna, un ami de Gérasimos dispose d'une vieille maison isolée au bout du village. Lorsque cette affaire sera élucidée, nous irons directement au rendez-vous pris avec le Bulgare pour la livraison des armes. Ton Père Andréas peut attendre. Les moines sont d'une patience à toute épreuve.

Athanassos veut refuser, il songe au père seul dans sa chapelle, tressaillant au moindre aboiement du chien.

– Andréas va s'inquiéter.

– Tu attaches trop d'importance à des bagatelles. Le père est loin d'être un sentimental. Il ne réagit pas comme toi. Pour te rassurer, je peux envoyer Gérasimos le prévenir. Est-ce que cela te convient, maintenant?

Devant le mutisme persistant d'Athanassos, Pythagoras poursuit en élevant la voix :

– Nous devons crever cet abcès sans tarder. Andréas comprendra les raisons de ton absence. Et puis..., termine-t-il sur un ton faussement confidentiel, ce sera l'occasion rêvée pour t'expliquer avec Héléna et ce crétin de Grégori.

Après un dernier moment d'hésitation, Athanassos finit par accepter. Par lassitude. Ou bien parce que cela lui donne l'occasion de revoir Héléna. Il ne sait plus très bien. Andréas peut attendre, c'est probablement vrai. Il ne peut retenir un mouvement de recul lorsque Pythagoras lui tapote amicalement l'épaule.

– Nous retrouverons Andréas après le débarquement des armes, assure-t-il péremptoire, nous les entreposons dans la skite!

Athanassos marmonne pour toute réponse :

– Une girouette, je suis une girouette...

Pythagoras part d'un grand éclat de rire et l'entraîne vers la maison d'Héléna.

Le halètement du moteur trouble à peine le calme de la mer immobile. Au détour d'un promontoire, Andréas aperçoit, se découpant sur le ciel encore clair, la masse sombre du Mont Athos : alors, sans transition, il se met à prier. Il oublie cette journée qui lui semblait si bien commencée, l'exaltation au retour de Stratoniki, sa déception de ne pas retrouver Athanassos. D'un coup, s'effacent les pensées désordonnées qui agitaient son esprit pendant qu'il attendait vainement sur les chemins de Iérissos celui pour qui il avait désobéi. Par amitié? Par amour fraternel? Il ne se pose plus de question. Andréas retrouve la prière qui l'absorbe tout entier. Il n'a plus conscience de la barque qui sent fort la marée. De ses yeux mi-clos, il distingue à peine Gérasimos assis à la barre. Il prie, et cette folle escapade s'envole, s'estompe, puis disparaît, semblable au sillage presque voluptueux qui ride d'une ondulation brillante une mer d'ébène qui semble solide à force d'être plate.

Trois heures se sont écoulées, lorsque Gérasimos lui touche le bras, lui qui semble dormir. Les créneaux du port fortifié de la Grande Lavra se détachent à peine sur le ciel sans lune. Après un rapide accostage sur le quai désert, le père débarque prestement, regarde un instant la barque qui s'en retourne, puis se met à monter vers le monastère.

Le silence est total, à peine troublé par quelques pépiements d'oiseaux qui s'endorment. Derrière un gros nuage, enfin, la lune se lève, et éclaire avec parcimonie le sentier où se hâte Andréas. Dans cette nature stratifiée, il sent l'orage monter. En sueur, il marche au rythme de sa prière, bute plusieurs fois sur des racines ou des pierres; dans la profonde noirceur de la forêt, il distingue à peine le mince ruban du chemin. Et lorsque la lune à nouveau se cache, il marche presque à tâtons.

Il lui faut deux heures pour atteindre la skite. Exténué, il s'affale sur le divan et, maladroitement, allume un chandelier. Il tremble de fatigue. Après avoir bu une forte rasade de vin, il aperçoit sur la table un billet griffonné par un moine venu du monastère : le Despote désire le voir. Andréas, intrigué, monte dans la chapelle. Un rayon de lune éclaire l'autel d'une couleur blafarde. Il essaye de prier, mais la sérénité du voyage l'a abandonné. Que peut bien lui vouloir le Despote? Il a l'impression de connaître déjà la réponse.

Soucieux, il s'accoude à la fenêtre. Il n'aurait pas dû s'engager dans cette histoire aussi légèrement. Demander au moins une autorisation. Les observations du girovague lui reviennent en mémoire. La nuit se traîne, indécise. Dans les montagnes, roulent quelques coups de tonnerre.

Très tôt, le lendemain, le père est au monastère. Le Despote l'attend dans la bibliothèque, feuilletant distraitement une vieille revue française.

– Vous m'avez fait appeler?

Andréas est livide, les yeux égarés, la barbe non peignée. Il a gardé sa robe bleu nuit de la veille.

– Oui, répond brusquement le Despote qui enchaîne aussitôt sans laisser le temps au père de s'agenouiller : Vous continuez à héberger Athanassos dont vous connaissez les activités aussi bien que moi. La Sainte Communauté voit d'un mauvais œil le fait que vous cohabitiez avec des insurgés en armes. Ne pensez-vous pas qu'il serait temps de vous séparer de cet individu?

– Je ne comprends pas, balbutie le père, atterré à la fois par la question et le vouvoiement. Qu'y a-t-il de changé?

– Nous ne pouvons accepter ici un homme qui s'adonne au meurtre et au pillage. Croit-il seulement en Dieu?

– Je ne me suis jamais posé cette question, mais j'ai prié pour lui, vous ne pouvez pas savoir comme j'ai prié pour lui.

– Ne soyez pas hypocrite, Andréas. Expliquez-moi votre indulgence vis-à-vis de cet homme.

– Eh bien, mon père, avec tout le respect que je vous dois, répond Andréas de plus en plus nerveux, puisque vous aimez la franchise, expliquez-moi les motifs qui vous amènent à traiter cet homme de pillard.

– Je vous ai posé une question, dit calmement le Despote.

141

– Et moi, je voudrais savoir pourquoi vous vous inquiétez soudain de ses activités, alors qu'il n'y a pas longtemps il effectuait un transbordement d'armes sous vos propres murs!! Excusez-moi, mon père, je m'emporte. Vous m'avez demandé les raisons de mon indulgence. Je considère sa guerre comme étant légitime...

– Vous n'avez pas le droit ni le pouvoir de juger.

– Pendant des siècles on a tué; maintenant encore, on continue de tuer beaucoup d'hommes pour la Cause de Dieu. La guerre qu'il mène, s'il ne la fait pas en conscience au nom de Dieu, peut cependant être juste en elle-même.

– Je vous répète, Andréas, que vous n'êtes pas ici pour apprécier la valeur d'une cause, mais pour reconnaître uniquement combien est préjudiciable à notre ordre le maintien de cet homme au Mont Athos. Même si son action peut sembler honorable à première vue, vous n'avez pas à en connaître. La seule chose qui importe est la sauvegarde de notre Sainte Montagne.

– Permettez-moi d'avoir une autre idée de ma mission, qui, elle, s'accommode mal de compromis dictés par l'opportunité du moment.

– Je sais qui vous êtes, Andréas, et je ne me formalise pas de votre impertinence. Tous ici vous respectent; nous vous appelons volontiers lorsque nous sentons la mort proche. Mais comprenez-moi bien. Je représente l'ordre, c'est en vertu de cette fonction que je vous demande de m'obéir.

– Je vous écoute.

– Conseillez à Athanassos de cesser toute action révolutionnaire. A cette seule condition, il peut rester au Mont Athos. Mais s'il persiste dans sa guerre inutile, avertissez-le que la Sainte Communauté se verra dans l'obligation de demander aux forces gouvernementales aide et assistance.

» Car, termine le Despote en se redressant de toute sa haute stature, rien ne peut prévaloir contre l'ordre en nos pays. Déjà des politiciens extrémistes profitent de ces circonstances pour nous accuser de soutenir les rebelles contre la force légale. Nous ne devons pas laisser prise à de telles insinuations. J'ai dit, Andréas, retourne dans ta skite, et parle à Athanassos.

– Il n'est pas là.

– Alors, profite de son absence pour mettre un peu d'ordre dans ta maison. Tu prieras, et tu essaieras de te voir tel que tu es maintenant.

– C'est-à-dire?

– C'est-à-dire, comme un moine allant dans un village de Chalcidique sans l'autorisation du monastère dont il dépend, qui oublie toute mesure et va intercéder auprès d'un étranger communiste en faveur d'un pillard, un moine qui confond les valeurs les plus élémentaires et fait passer une amitié humaine avant l'amour qu'il doit porter à Dieu. Où en es-tu, Andréas? Le sais-tu vraiment? Arrête-toi un moment, considère ce que tu es en train de devenir, vois combien pernicieuse est l'influence de cet Athanassos!

» Ne me regarde pas de cet air incrédule, Andréas. Oui, c'était hier. Ce matin je suis au courant. Dès cette nuit même j'étais au courant. Sache qu'un moine ne passe pas inaperçu, que ce soit à Iérissos ou ailleurs. Il y a partout de bonnes âmes qui ne pensent qu'à rendre service, apporter sournoisement le petit renseignement qu'on attend; entends bien, Andréas, celui que, moi, j'attends. Car depuis l'affaire du port où Athanassos s'est moqué de moi, et a déchargé ses armes malgré mon interdiction... Oui, tu ne le sais peut-être pas, il avait demandé, le fanfaron, mon autorisation, et quoi encore! Depuis ce jour-là, je t'observe, je t'épie, n'ayons pas peur des mots. Un moine mendiant m'a alerté sur tes faiblesses, tes incohérences. On est du même bord, Andréas. Il n'est pas difficile d'imaginer ce qui peut se passer dans l'âme d'un moine qui oublie de prier.

Effaré par la violence contenue de ces paroles, Andréas regarde sans mot dire le Despote qui s'éloigne. Il en oublie de s'agenouiller. Un long moment il reste ainsi, cloué sur place. Puis, péniblement, il se lève et sort de la bilbiothèque, tel un vieillard.

IX

Athanassos, immobile, surveille la mer. Un rayon lumineux barre le golfe et se perd dans le ciel, jusqu'à cette étoile brillante, la plus belle, il se souvient difficilement de son nom... Capella. Un long canal irréel sur l'abîme. Il ne s'agit pas seulement d'un simple phénomène d'optique, mais d'un signe : la légende de la Vierge d'Iviron. Le Mont Athos, sombre, inhumain, se referme sur les refuges des hésichastes, et les petites lumières des skites semblent autant de cierges à l'offrande du Dieu vert.

Cela fait des heures maintenant qu'ils attendent, terrés au fond d'une crique près du monastère de Grégoriou. La nuit est transparente, et le ciel scintille comme un immense chandelier aux branches multiples. Le silence est tel qu'on entend presque le crissement de toutes ces brillances. Mais ils ne regardent pas le ciel, et n'ont d'yeux que pour la mer. Nerveux et renfrognés, ils s'impatientent de ce calme et de cette absence. La mer est trop belle pour qu'il n'y ait pas de patrouille. Dans ce cas, ils n'auront plus qu'à reprendre une fuite inutile dans un pays fermé comme une boîte de conserve. Prisonniers des monastères, ils ne pourront plus sortir de ce monde sans femmes. Ce n'est plus la liberté promise, mais une grande cellule emplie d'arbres et de sentiers détournés.

Une semaine s'est écoulée depuis la rencontre d'Andréas avec le Bulgare. Comme prévu, Athanassos et Pythagoras retournèrent au campement du bohémien. L'oiseau s'était envolé. Après l'avoir vainement cherché pendant deux jours, Pythagoras, ne tenant plus en place, partit pour Stratoniki et Athanassos resta avec Héléna et Grégori. Les sourires de la jeune femme et les mines renfrognées de Grégori lui firent vite oublier Andréas et sa solitude. Athanassos se veut ainsi un jour gai, un autre triste, une heure amoureux, une autre mystique. Il va où le pousse le vent. Il croit retrouver, dans cette disponibilité factice, les élans d'une jeunesse oubliée.

Ils sont tous là, fidèles au rendez-vous. Athanassos soupçonneux et agité, Pythagoras faussement désinvolte, Gérasimos, Képhaléos qui n'arrête pas de ricaner. Il y a même Grégori qui tremble de tous ses membres derrière un éboulis de rochers. Ils ont accepté les nouvelles consignes. Ils deviennent un îlot de résistance, parmi quelques autres. Isolés, démunis, ils ne tiennent que par la volonté d'un étranger. Non sans peine, ni rancœur, ils ont décidé d'obéir à cette hiérarchie invisible, trop contents qu'on veuille encore d'eux, de leurs minables déterminations, de la faiblesse de quelques hommes perdus au milieu des rafles... et des monastères.

Pythagoras, un long moment, parle à voix basse avec Athanassos. Il est arrivé séparément, par le sentier de Karyès, après une longue course solitaire et imprévue, dans les montagnes de Chalcidique. En retard, essoufflé, déjà inquiet, l'excitation d'Athanassos ne fait qu'accroître son anxiété. Il est étonné de toutes les précautions prises. Ce n'est pas une livraison d'armes qu'ils sont venus réceptionner, mais un guet-apens qu'ils préparent. Il a un haut-le-cœur lorsqu'il aperçoit dans la pénombre Képhaléos avec un énorme fusil-mitrailleur. Tout cela est superflu, essaye-t-il de plaider. Athanassos est de marbre. Inutile et dangereux, insiste Pythagoras. Athanassos répond sèchement : c'est lui le responsable de cette mission. Pythagoras découragé va retrouver Grégori. Il devrait éloigner ces hommes trop armés, leur parler. Il n'ose pas, et s'attend au pire.

Le canot du Bulgare ne vient pas. Peut-être, pour cet

homme froid et maigre, ne valent-ils même plus la peine d'une promenade en barque par une nuit trop claire.

Debout sur un rocher, telle une statue antique, Athanassos essaye de discerner une forme plus noire pouvant ressembler à un bateau de contrebande. Au fur et à mesure que la nuit s'approfondit, il se met à douter du succès de l'entreprise. Ce n'est pas qu'il ait une grande confiance en ce Bulgare; il s'en méfie comme de la peste, et le soupçonne même de préparer un coup fourré sous couvert de cette livraison d'armes. Il a appris à connaître les tortueux détours des politiciens. Malgré l'avis de Pythagoras, certaines précautions ont été prises pour parer à toute éventualité. Athanassos sait que le Bulgare le hait. Ce n'est pas un moine qui va le faire changer d'opinion! L'occasion pour lui serait trop belle de l'éliminer en douceur et d'abattre ainsi un gêneur qui en sait trop. Athanassos attend le canot comme on attend un débarquement ennemi.

La mer est déserte, la nuit vide, les hommes s'impatientent. Qui sait? Le Bulgare a peut-être choisi de les ignorer. Purement et simplement.

Athanassos se retourne, ils abandonnent et reviennent aux heures de la jungle [1]. Leur fuite et leur refus ne deviendront jamais un ordre. Athanassos sourit. Il n'est pas engagé et reste maître de son choix. Aucun étranger ne lui dictera la marche à suivre. Ils deviennent un petit groupe de révoltés, sans aucune utilité pour les grands desseins du monde. S'ils ne peuvent sortir de leur montagne, du moins auront-ils la liberté d'agir à leur guise, de choisir leurs épreuves. Et leur mort.

Pythagoras, revenu se poster à côté d'Athanassos, sans un mot montre du doigt le monastère de Grégoriou qui se détache maintenant sur un lac miroitant de mille lumières: la forme d'une barque apparaît distinctement.

Tous se redressent.

---

1. Au Mont Athos, certaines parties de la forêt sont particulièrement denses, et sont appelées : la jungle.

– Appliquez les consignes, ordonne sèchement Athanassos qui ajoute avec un clin d'œil à l'intention de Pythagoras, qui sursaute et veut s'interposer : Attention, ce sont de sacrés roublards!

Grégori et Képhaléos se postent de chaque côté de la crique dans des anfractuosités de rochers, pendant que Gérasimos approfondit sur un mètre un creux de cailloux formé par les grandes marées. Athanassos s'avance sur la plage, les jambes un peu écartées, comme s'il attendait un ministre. Il allume par trois fois sa lampe. La barque s'approche silencieusement. Elle n'est plus qu'à une dizaine de mètres. Athanassos distingue trois hommes. L'un se tient au mât. Il croit reconnaître le Bulgare. S'ils tirent maintenant, pense-t-il, ils seront pris sous le feu convergent de Grégori et de Képhaléos, et n'auront aucune chance. La barque est à cinq mètres. Athanassos détaille chaque position des trois hommes. Il devine presque les traits narquois de l'homme froid et maigre.

– Halte! Les mains en l'air! hurle Képhaléos.

Les trois hommes ont un mouvement de recul. Ils paraissent désorientés.

– Que signifie? crie le Bulgare à l'adresse d'Athanassos qu'il reconnaît dans la silhouette dressée au milieu de la plage. Ta méfiance est bien mal placée! Nous t'apportons des armes et des munitions et tu nous traites en suspects!

– Simple précaution, commence Athanassos... Mais il n'a pas le temps de terminer son explication.

D'un seul mouvement, les trois hommes ont sauté derrière le bateau dont la coque leur sert ainsi de rempart.

L'eau doit leur arriver à la ceinture, se dit Athanassos. Le Bulgare surgit à la proue et se précipite en courant vers la plage alors que deux rafales de mitraillette neutralisent momentanément Képhaléos et Grégori. Athanassos, jusqu'ici imperturbable, voit le geste significatif du Bulgare qui porte la main à sa bouche. Il a juste le temps de se rejeter dans le trou préparé par Gérasimos. La grenade explose dans les galets. Deux coups de feu partent du fond de la

147

crique. Athanassos se relève, aperçoit le Bulgare qui, son coup manqué, a fui vers la gauche. Képhaléos se jette à l'eau et se dirige vers la barque en tirant sans discontinuer avec son fusil-mitrailleur. Mais il laisse ainsi le passage libre au Bulgare qui, bond par bond, atteint les premiers rochers. Athanassos ajuste de son revolver l'ombre qui se découpe nettement sur la mer, tire, le manque, tire encore.

L'homme s'écroule en même temps que la lune se voile. Tout se cache, se tait, disparaît. Les deux hommes du bateau sont morts en couvrant la retraite de leur chef. La barque s'enfonce lentement dans l'eau stagnante. Képhaléos et Gérasimos tirent les cadavres sur le rivage, et les fouillent.

L'action a été tellement rapide que Pythagoras n'a pas eu le temps d'intervenir. Comment aurait-il pu le faire d'ailleurs dans tout ce vacarme qui soudain déchira le silence de cette longue attente? Il ne peut que courir derrière le Bulgare. Il hurle :

— Le délégué est blessé, derrière le rocher là-bas. Qu'est-ce qui t'a pris, Athanassos? Ils venaient en frères...

— Tu as vu ce qu'il a fait, ton frère? Une grenade, ce n'est pas une sucette.

— Il s'est cru attaqué, tu n'aurais pas dû le provoquer.

— Tu commences à me fatiguer avec tes reproches continuels. Conduis-moi vers lui, c'est préférable. N'oublie pas que c'est moi qui commande ici. Tu sais très bien que nous avons envisagé la possibilité d'une traîtrise de la part de ton commissaire politique. Nos craintes étaient justifiées. Malheureusement. Ou heureusement, qu'importe. De toute façon, ce n'est ni le moment ni le lieu de discutailler.

Athanassos suit Pythagoras derrière les rochers qui forment un grand éboulis coupant la crique dans toute sa largeur. Le Bulgare est affalé sur le gravier, pistolet au poing. Athanassos le désarme d'un coup de pied, puis se penche sur l'homme qui geint doucement.

— Il est salement blessé.

Pythagoras tente de redresser l'homme qui se met à crier.

– C'est un abominable malentendu, lui souffle-t-il dans l'oreille, on va te tirer de là.

Le Bulgare hoche la tête et meurt dans un dernier soubresaut.

– Quel gâchis, murmure Pythagoras atterré. Je sentais que cela allait tourner mal, ce fusil-mitrailleur, tes consignes, ton excitation... c'était un coup monté, n'est-ce pas? Tu le savais, dès le départ, que tu liquiderais le Bulgare. Les vieilles rancunes, les petites haines tenaces... Tu ne m'as rien dit, et je m'amène ici comme un cheveu sur la soupe. J'aurais dû rester jusqu'au bout avec toi, ne pas te lâcher d'une semelle, au lieu d'aller courir la montagne pour surveiller des mouvements de troupes fantômes.

Athanassos laisse son ami pérorer tout seul. Il fouille le mort, rien. Là-bas, Gérasimos récupère les armes. Grégori et Képhaléos extirpent difficilement de la barque à moitié coulée quatre caisses qu'ils portent sur les rochers.

– C'est peut-être une bonne chose qu'il soit mort, répond finalement Athanassos. Crois-moi, il n'y avait aucun coup monté de ma part. Par contre je me méfiais de lui. Il pouvait très bien nous éliminer pour une quelconque raison de haute politique.

– Tu te trompes, Athanassos. Le Bulgare était sincère, il voulait vraiment monter ce groupe avec toi à sa tête.

– Et la grenade? Il m'a bien lancé une grenade.

– Le Bulgare avait l'habitude d'en porter à sa ceinture lorsqu'il partait en opération. Il pouvait très bien rencontrer une patrouille! Il a eu peur, il a compris que tu voulais les armes, mais pas lui. Il s'est défendu, c'est normal.

– Parlons-en. Est-ce que ces caisses contiennent vraiment les armes promises?

Les deux hommes rejoignent rapidement Képhaléos et Grégori qui finissent de monter les caisses sur le rocher. Avec son poignard, Képhaléos les ouvre successivement; elles sont remplies d'armes et de munitions.

Pythagoras, méchamment, exulte. Mais Athanassos ne lui laisse pas le temps de savourer sa victoire. Il siffle par deux fois : Gérasimos débouche d'un sentier, tirant deux mulets. Ils s'affairent tous à charger les caisses et les armes des morts, pendant que Pythagoras, à l'écart, maugrée dans ses dents.

Athanassos l'entend-il? En tout cas, il s'approche brusquement et lui lance :

– Il est mort, on est libres, libres de toute contrainte politique. Je prends l'affaire en main, et crois-moi cela va sauter. Ils sont tous d'accord. Si tu veux nous suivre, tu es le bienvenu; sinon, tu es libre de retourner à Salonique ou ailleurs. J'ai beaucoup réfléchi ces derniers jours, j'ai des tas d'idées. Tout compte fait, c'est très bien ainsi, bon débarras!

Puis il rejoint les hommes qui portent les trois corps jusqu'au fond d'une petite grotte, où ils les enterrent sommairement.

Après avoir tiré la barque sur la grève et s'être assurés qu'elle était bien vide, ils se rassemblent autour des mulets, sauf Pythagoras. A la file indienne, ils longent un moment la côte, puis par un sentier abrupt remontent sur la montagne. Au pas cadencé, la petite troupe s'éloigne rapidement du monastère de Grégoriou. Athanassos ricane :

– Le bruit de la fusillade a dû mettre sens dessus dessous la sérénité des prières nocturnes de nos bons moines. Mieux vaut ne pas s'attarder dans les parages, les pères sont gens discrets, mais là, on a peut-être exagéré...

Pythagoras, à regret, suit, cent mètres derrière.

C'est une nuit sans mystères, les chacals se sont tus, la guerre se termine, commence une autre lutte.

Après une heure de marche silencieuse, Athanassos donne le signal de la halte. Fiévreusement ils installent un camp sommaire. Ils sont fatigués, les oreilles encore bourdonnantes des détonations. Mais ils ne songent pas à dormir. Athanassos rêve de soulèvements populaires, Grégori pense à Héléna et à la chaleur de ses bras. Képhaléos et Gérasimos se rendent compte qu'il vient de se passer quelque chose qui va déterminer toute leur vie à venir. Pythagoras, dans son coin, mange, rageur, un morceau de pain rassis.

Non loin du monastère de Dionisiou, une ravine s'encaisse, cachée de la mer par de grands arbres à la sève humide. Du ruisseau monte une odeur de montagne et la terre frémit et se dilate, crissant d'une multitude d'insectes. A l'abri de la nuit, du ciel, des étoiles, ils se sont tapis dans cet enclos de feuilles où se distinguent à peine leurs visages, Képhaléos, Grégori, Gérasimos et, à l'écart, Pythagoras. Debout, Athanassos parle.

Ils fument en attendant le jour. Athanassos prêche et fait surgir de l'ombre une rue de Salonique et d'autres ruelles. Athanassos explique. Il évoque les interminables camions militaires regorgeant de sentinelles, les casernes et les stocks d'armes, les barbelés qui bavent de suspects, les murs pisseux, les routes barrées, la grimace des champs fusillés...

Ils ont allumé un feu. Toute la montagne semble glisser, se décomposer, s'ouvrir. Sur la fumée qui plane, les feuilles s'évaporent et, dans les fourrés, des relents d'algues s'insinuent, marécageux. Athanassos trace sur le sable des croix en forme d'avenues qui se mettent, lentement, à grouiller d'une foule goguenarde, alors qu'au creux des montagnes quelques fanatiques, comme eux éparpillés, ne se défendent plus que pour être mieux traqués. Et, dans ces yeux qui s'abandonnent, s'élabore peu à peu la résolution d'agir, pour raviver la peur et l'insécurité des soirs, et montrer que rien n'est dit. Le problème n'est pas résolu, l'armée n'a pas su étouffer une révolte plus cancéreuse qu'elle ne se l'imagine. Il leur faut monter de toutes pièces une action telle qu'elle laisse supposer, par son audace et son ampleur, que la quiétude des dernières semaines n'était qu'un répit.

La nuit s'est écartée derrière l'écran des arbres, éclairés tels des spectres par le feu qu'on rallume sans cesse. Chaque chose se résout en signes. Athanassos explique et rayonne de ferveur. Toujours, il parle, parle de détruire. Ils sont dépositaires d'une force éternelle. En face d'eux ne s'agitent que des pantins.

Athanassos brûle de ferveur. Le feu les emprisonne, qu'ils regardent comme on veille un mort. Ils sont cinq visages encore à se rappeler leur révolte, à refuser l'engourdissement et le retour des habitudes, à préparer soigneusement dans l'ombre des monastères un projet insensé, ridicule et grandiose.

Au petit matin, alors que dans la montagne s'égrène l'appel d'une cloche, les cinq hommes, fatigués d'une nuit sans sommeil où ils ont échafaudé les projets les plus fous, se dirigent vers la skite du Père Andréas.

Athanassos a une folle envie de chanter, de crier sa joie. Il va pouvoir envisager un attentat spectaculaire sur Salonique. Plus personne ne viendra lui prouver l'inanité de son action. Il possède une force dont il veut éprouver la valeur. Même Pythagoras, à la fin, s'est rendu à ses arguments enthousiastes. Il a promis de l'aider et a parlé d'un énorme dépôt d'essence et de munitions qui allait probablement être installé dans les faubourgs de Salonique. Sur le chemin, il s'est rapproché d'Athanassos et tente de lui expliquer sa mauvaise humeur de la nuit.

— Que veux-tu que je fasse maintenant, seul, à Salonique. Me faire prendre, c'est tout. Je suis condamné à rester avec toi. Tu es un fou dangereux, un rêveur paranoïaque, mais je n'ai plus que toi. Il n'y a plus que toi que je connaisse. M'affilier à d'autres groupes? Je me heurterai à des difficultés insurmontables : on aura peur de moi, on me suspectera, on me mettra à l'épreuve. Alors autant rester ici.

La dispute est oubliée; comme si de rien n'était, les deux amis parlent à nouveau de leurs projets, de cet attentat auquel tient tant Athanassos, et qui remettrait tout en question. Le dépôt d'essence ferait un fameux feu d'artifice. Athanassos imagine, Pythagoras trace les plans, il ira à Salonique. C'est dangereux, car, après la disparition du Bulgare, il risque d'être pris pour un traître, et s'attend à toutes les dénonciations. Mais c'est sur place qu'il pourra se renseigner sur l'emplacement du dépôt.

Il se donne huit jours. Rendez-vous est pris chez Héléna.

Au sommet d'une colline, le sentier coupe un chemin plus large qui mène à Karyès puis à Iérissos. Pythagoras et Gérasimos, après un bref adieu, quittent leurs camarades. Poussant les mulets devant eux, Grégori, Képhaléos et Athanassos prennent le chemin de la Grande Lavra. Athanassos a maintenant hâte de retrouver le père et de lui raconter leurs aventures.

La forêt s'éclaircit. Le chien se met à aboyer. Le père, là-bas, une bêche à la main, se redresse et leur fait un signe amical. La paix émane de toutes choses. Après cette nuit de bruits, de rêves et de désirs, Athanassos frémit.

Ils déchargent rapidement les mulets et entreposent les caisses dans la réserve de bois. Devant la table où le père a aligné ses maigres provisions, ils boivent le vin noir du Pantokrator, et retrouvent le calme. Ils oublient la peur de cette nuit, leur marche dans les fourrés, les bruits magiques, la mer sinistre avec ce bateau de malheur.

Pendant que Grégori et Képhaléos s'installent sur le divan de la salle d'hôte, Athanassos raconte au père les événements tragiques de la veille, la mort du Bulgare, l'attitude de Pythagoras, sa colère et sa résignation. Puis les heures exaltantes autour du feu, au coude à coude... Le père ne l'écoute pas. Il a tressailli à l'annonce de la mort de cet homme rencontré un jour ensoleillé. Il s'est un peu plus affaissé, les coudes sur la table, la tête dans ses longues mains qui tremblent. Athanassos, absorbé par son

récit, n'a rien remarqué. Enfoui dans ses rêves de puissance, alors que le père l'embrassait en pleurant, il n'a pas vu
les yeux enfoncés dans les orbites grises. Ses joues creuses,
pâles, mangées par une barbe non peignée, le visage tiré
d'un homme qui ne dort plus. Non pas d'un moine qui
veille à force de prières, mais d'un pauvre homme qui ne
dort plus.

Grégori et Képhaléos se sont endormis pesamment parmi
les coussins. Et Athanassos avoue sa méprise, la colère de
Pythagoras, l'engagement meurtrier. Brièvement. Il ne s'attarde pas aux détails. Il préfère le feu dans la ravine
obscure. Il décrit la ferveur retrouvée, la liberté qu'ils
sauront reconquérir, la fin de leurs craintes, le début de leur
vraie révolte. Le Bulgare est mort, avec lui l'obéissance à
toute hiérarchie.

Athanassos parle, parle sans discontinuer. C'est un fleuve,
un torrent impétueux. Il se vide de ses fantasmes, de ses
imaginations, de ses appétits de pouvoir. Comme ce premier
jour, si loin déjà, où il s'abandonna presque à ce moine
inconnu qui l'effrayait. C'était alors une confession, celle
d'un homme déraciné, sorti de son cadre habituel, cherchant désespérément un autre point d'ancrage. Aujourd'hui,
il s'agit d'une profession de foi. Mais est-elle vraiment
révolutionnaire, sa ferveur? Est-ce cela qui importe désormais pour cet homme qui jubile? Alors que le moine, de
plus en plus, se recroqueville?... Athanassos parle trop de
lui-même, de ses projets, de ses exploits. La révolution n'est
qu'un cadre. La Grèce, un champ clos. Sa guerre devient
une affaire personnelle.

Mais ce qu'il ne s'imagine pas, dans sa fougue aveugle,
c'est le déchirement qu'il a provoqué chez Pythagoras. Il n'a
pas remarqué son enthousiasme de commande, ne s'est pas
étonné de son adhésion soudaine. Il ne se rend pas compte
que Pythagoras a accepté sa folie d'un moment par dépit,
par lassitude. Il ne comprend même pas les risques énormes
que son ami accepte de prendre en retournant à
Salonique.

Tout à sa démesure, Athanassos ne pense qu'à lui-même.

Il s'arrête enfin, épuisé, et bâille bruyamment : « Je crois que je vais dormir », dit-il, en guise de conclusion.

Le père, alors, se lève aussitôt, comme mû par un ressort. Il paraît plus grand, décharné dans sa vieille robe délavée. Athanassos le regarde, étonné de le voir enfin.

– Père, tu es malade? interroge-t-il, inquiet.

Andréas ne répond pas, observe Athanassos d'un air indéfinissable, intime mélange de tristesse et de désespoir, de lassitude et d'angoisse, et grimpe précipitamment dans sa chapelle, après un vague geste de dénégation.

Un moment, Athanassos l'entend marcher sur le plancher qui grince. Puis la skite redevient silencieuse. Il est midi. A son tour, il s'installe sur un bout du divan. Mais il ne dort pas, il pense à lui-même, le doute ne l'effleure plus. Lentement prend forme ce projet grandiose, cet attentat qu'il veut inouï, une action à réveiller les morts qui l'entourent, un coup de tonnerre. Athanassos rêve. Dans huit jours, Pythagoras lui rapportera les éléments nécessaires pour qu'il puisse agir. Il est prêt, il a les armes, est sûr de ses hommes, sauf peut-être de Grégori. Mais la présence de l'étudiant n'a aucune importance, on l'occupera à des tâches sans danger. Athanassos a confiance. C'est un sentiment qu'il avait oublié. Depuis de longs mois. Ensuite, lorsqu'il aura prouvé sa puissance, il ira retrouver Héléna.

Une heure peut-être s'est écoulée dans ce demi-sommeil crépusculaire, où le rêve devient réalité, et le monde un songe. Athanassos, les yeux mi-clos, aperçoit le Père Andréas descendre précautionneusement de sa chapelle et sortir de la salle d'hôte en marchant sur la pointe des pieds. Intrigué, il oublie sa fatigue, se lève et va rejoindre le moine qui s'apprête à scier toute une pile de bois.

– Mon père, tu ne m'as pas répondu tout à l'heure. Es-tu malade ? Je te vois si amaigri.

Le père s'est retourné, regarde longuement Athanassos, puis murmure d'une voix cassée par l'émotion :

– Ce matin, lorsque vous êtes arrivés avec les mulets, toi non plus tu n'as pas répondu à mes signes de bienvenue. Tu n'avais d'yeux que pour ton chargement d'armes. Je n'existais pas. Pourtant je t'attendais, depuis huit jours, depuis Iérissos, où je pensais très naïvement que tu avais quelque souci de mon entrevue de Stratoniki.

– Gérasimos a dû te prévenir des motifs de mon absence.

– Il a été un bon commissionnaire. Mais c'est toi que je voulais voir. J'ai rencontré ce marxiste pour te garder. Tu en profites pour me faire languir une semaine...

Le père reprend son souffle et continue sur un ton monocorde après avoir fait signe à Athanassos de se taire.

– Écoute-moi, pour une fois. En revenant du rendez-vous avec le Bulgare, j'étais joyeux de t'apporter ce que je croyais être une bonne nouvelle. Sinon pourquoi l'aurais-je fait ? Tu n'étais pas là, errant dans les collines, on ne sait où. Tu n'attachais aucune espèce d'importance à cette démarche que je venais de faire si laborieusement. Tu t'en... foutais. Je suis reparti avec Gérasimos qui a bien voulu me reconduire jusqu'à la Grande Lavra. Je pensais que tu viendrais me retrouver dès le lendemain. Personne. Comme si je n'existais plus. Certes, on est bien venu m'avertir du changement de programme, qu'il y aurait, grâce à moi, une prochaine livraison d'armes que l'on viendrait entreposer ici. Je me rappelle avoir demandé s'il n'y avait pas un message de ta part, pour moi. Rien, sinon que tu te portais bien et que tu allais rester toute la semaine avec Pythagoras et Grégori dans une maison isolée de Iérissos...

Le père à nouveau s'arrête, il halète un peu, et s'assied lourdement sur la pile de bois.

– J'ai pourtant des choses importantes à te dire. Le lendemain de mon retour j'étais au monastère de la Grande

Lavra. Le Despote m'y avait convoqué. Il ne veut plus te voir ici, tu l'as complètement braqué avec ton déchargement dans le port, le jour de leur fête. D'autre part, il doit sentir le vent tourner. Ce diable d'homme est au courant de tout. Il ne veut pas qu'on puisse lui reprocher un jour d'avoir toléré la présence sur ses terres de dangereux terroristes et de dépôts d'armes. Je me suis fait rappeler à l'ordre. Te rends-tu compte qu'il savait déjà que j'avais été à Iérissos, puis dans un autre village rencontrer une autorité politique de la révolution? Comment l'a-t-il su aussi rapidement? C'est un mystère. Pour tout arranger, tu m'annonces que le Bulgare et ses deux hommes ont été tués, tués par vous. Comprends que je sois complètement déboussolé; je nage dans tous ces événements qui se succèdent dans un désordre inexorable, incompréhensible, qui me broie. Je vais payer cher mon intérêt à ta cause.

Doucement, Athanassos s'est approché d'Andréas, qui maintenant se tait, les mains crispées sur la scie. Il relève le moine qui se laisse faire tel un enfant. Lentement, calmement, il lui conseille d'aller se reposer, d'oublier ces mauvais jours. Si quelqu'un a eu un tort quelconque, c'est bien lui, Athanassos, qui ne l'a pas dissuadé de s'intéresser ainsi à leurs tristes affaires. Voilà que cette boue rejaillit sur lui, et le rend malade.

Athanassos reste persuadé que le père est souffrant, d'une maladie physique, comme un engorgement du foie ou une infection microbienne quelconque. Il le reconduit à la skite en lui promettant de rester une dizaine de jours près de lui. Il fera le moins de bruit possible, ne le dérangera en rien, il s'occupera du jardin. Un peu rasséréné, Andréas remonte dans sa cellule. Athanassos rejoint Grégori et Képhaléos qui, réveillés, préparent le café. Il leur raconte brièvement les soucis du père et le changement d'attitude du Despote. Ce qui pourrait causer à la longue quelques problèmes...

– Le plus étonnant, poursuit Athanassos qui sirote son café brûlant, est que l'Higoumène était au courant de l'escapade d'Andréas. Cela me paraît tout à fait incompréhensible.

Képhaléos hoche la tête en ricanant :

– Ce n'est pas sorcier. Gérasimos, en vraie grenouille de bénitier, a l'habitude d'apporter à un vieil ermite de sa connaissance du pain et des légumes, ou une bouteille de vin résiné, chaque fois qu'il vient dans les parages. Cet ermite habite une minuscule maison au ras des flots, près de la falaise des anachorètes. Le soir où il a déposé Andréas, il a dû lui rendre visite, malgré l'heure tardive. Le moine lui a demandé les raisons de son passage en pleine nuit. Il a ainsi appris que Gérasimos avait raccompagné le Père Andréas. De fil en aiguille, il a pu reconstituer toute l'histoire. Devant l'étrangeté de la démarche d'Andréas, il aura été, dès matines, raconter au Despote l'affaire, enjolivée si besoin est de détails croustillants.

Athanassos ne peut s'empêcher de s'esclaffer.

– Tu en connais des choses, toi qui as horreur des moines!

– Je travaille pour eux depuis tant d'années que je finis par être au fait de leurs habitudes. Ici, tout se sait, absolument tout. Il faut la simplicité du père pour croire que sa fugue aurait pu passer inaperçue.

Les trois hommes rient de bon cœur. Ils ne prennent guère au sérieux l'avertissement du Despote : une mesquine tracasserie administrative qui sera vite oubliée. Mais ils ne veulent pas gêner Andréas et décident de se séparer momentanément.

Képhaléos et Grégori partiront après la sieste. Ils redescendront à Iérissos pour attendre Pythagoras. Athanassos reste à la skite; « le père est souffrant, ajoute-t-il gravement, et il y a beaucoup de travail à faire avant l'hiver ». Si Pythagoras apporte des nouvelles intéressantes, Grégori viendra le prévenir.

Dès le lendemain, Athanassos entreprend de réparer une partie du toit. Absorbé par son travail, le sciage du bois, le

158

jardin, le mulet et le chien, il voit à peine Andréas qui vit reclus, quasi invisible, dans sa cellule.

Une semaine passe ainsi, lentement. Athanassos, à nouveau, sent le Mont Athos reprendre possession de son cœur. Bizarrement c'est le silence du père, son absence, qui lui rappelle ce qu'il attend, ce pour quoi il est là, perché sur le toit à remplacer les tuiles cassées.

Un matin, sept ou huit jours après, Athanassos ne sait plus très bien, Grégori apparaît au détour du chemin qui mène à Karyès. Un Grégori méconnaissable, qui sifflote, les mains dans les poches, fait l'important, l'homme qui se croit indispensable. Il apporte de bonnes nouvelles, affirme-t-il, catégorique. La veille au soir, Pythagoras a débarqué chez Héléna, fatigué, mais bouillonnant d'excitation. Comme il le pressentait, l'armée est en train d'installer un immense dépôt dans le faubourg nord de Salonique : un vaste entrepôt désaffecté où s'entassent, dans un désordre incroyable, des tonnes de munitions, de fûts d'essence, de caisses d'explosifs. Les soldats paraissent complètement débordés par l'énorme afflux de matériel qui arrive d'Athènes, sans discontinuer. Pour l'instant, tout est empilé, pêle-mêle ; le dépôt est à peine gardé, et le va-et-vient incessant des camions rend les contrôles difficiles. Les militaires en ont encore pour plusieurs jours à s'organiser. Il faut donc agir rapidement ; ensuite, cela deviendra impossible. On parle de faire partir les habitants du quartier qui deviendrait zone interdite.

Athanassos, à la fois horripilé et intéressé, écoute avidement le jeune homme qui n'en finit pas de rapporter mot pour mot les explications de Pythagoras.

– Il est reparti aussitôt pour obtenir des renseignements complémentaires qu'il me donnera demain. Cette fois-ci c'est moi qui irai à Salonique.

Grégori tire de sa poche une carte pliée de la ville, avec, en pointillés, le trajet prévu, le point de rendez-vous, l'emplacement du dépôt.

– Pythagoras propose comme date lundi prochain

159

29 octobre, rendez-vous à l'endroit indiqué par une croix à deux heures du matin. De là, il vous guidera par tout un dédale de maisons abandonnées jusqu'à l'entrepôt. Sauf contrordre de ta part, c'est cette heure et cette date qui sont retenues. Le choix de la nuit du dimanche au lundi me paraît très judicieux. Naturellement, si au dernier moment il y avait quelque chose qui clochait du côté de Pythagoras, je te le dirais samedi.

Athanassos n'en revient pas, il a en face de lui un Grégori transformé, un jeune coq qui se prend au sérieux et se croit au rapport devant son capitaine. Il a une envie folle de lui rabattre son caquet.

– Pythagoras a pris des risques pour obtenir ces renseignements. Mais le résultat est là, il a préparé un attentat sensationnel!

Athanassos répliquerait bien que l'idée vient de lui, et qu'au début Pythagoras était loin d'être aussi enthousiaste! Peu importe. Ce qui le trouble, ce sont ces risques dont parle Grégori, non pas qu'ils soient par eux-mêmes inquiétants, ils en ont vu d'autres, mais que Pythagoras en prenne, c'est nouveau, cela ne colle pas avec la prudence de serpent qu'il lui a toujours connue. Ou bien Grégori exagère, ou bien Pythagoras a changé. Et dans ce dernier cas, cela signifie qu'il n'a plus rien à perdre.

Athanassos examine, songeur, le plan qu'a déplié Grégori. Il connaît l'endroit, le faubourg triste où s'alignent des usines. La manière dont l'opération est ficelée le préoccupe. Elle est trop compliquée. Si Pythagoras commet une imprudence, tout peut capoter au dernier moment. Totalement.

Grégori continue de parler, intarissable. Il prend le mutisme d'Athanassos pour une tacite félicitation.

– Pour des raisons évidentes de sécurité, Pythagoras ne bougera plus de Salonique jusqu'à lundi. On est jeudi. Samedi, je rapporterai les dernières instructions. Je tiens naturellement à participer aux opérations.

Ça, mon petit vieux, pense Athanassos, c'est moi qui décide, malgré les dernières instructions, comme tu dis.

160

Pour réussir un coup pareil, il me faut deux as, deux stars de l'attentat. Ni plus ni moins. Tu pourras peut-être faire partie de l'équipe qui nous recueillera au retour – on verra.

– Je dois rapporter à Pythagoras ton accord définitif. J'attends ta réponse.

Athanassos sursaute. Vraiment, Grégori a le don de l'exaspérer. Ce plan, trop fragile ne lui plaît pas. Tout repose sur une parfaite coordination à laquelle il ne croit plus. Les temps ont changé, Pythagoras n'a pas l'air de s'en rendre compte. Il suffit d'un rien pour que leur expédition se transforme en catastrophe. Mais que faire d'autre? Au lieu de rester à la skite, il aurait dû lui-même partir pour Salonique. Il aurait organisé cela d'une façon différente. Maintenant, c'est trop tard. Alors, que répondre à cet imbécile? Forcément, il est d'accord!

En quelques mots cassants, il congédie Grégori. Il se croit au rapport! Eh bien, il y est! Le désir le démange de lui faire exécuter un salut réglementaire suivi d'un demi-tour à rendre jaloux un adjudant de salle de police. Grégori s'esquive, sans demander son reste. Le jeune homme n'a aucune envie de s'éterniser dans la skite – avec Athanassos en prime – trop content de retrouver avant la nuit la douceur de la chambre d'Héléna...

Athanassos, mi-figue, mi-raisin, se dit qu'il aurait dû l'obliger à rester jusqu'au soir, par sécurité! Il sourit à la tête qu'il aurait faite. Il sourit de plus belle en l'imaginant courant, hors d'haleine, sur les sentiers. Il est même étonné de ce sourire-là : l'idylle des deux jeunes gens ne l'intéresse plus. Mais sa bonne humeur ne dure guère. De nouveau soucieux, il regagne la skite à pas lents. Son impatience des derniers jours a fait place à une sourde inquiétude dont il n'arrive pas à se libérer.

X

Salonique. Un immeuble en ruine du faubourg nord.

Sur le palier du troisième étage, Grégori, essoufflé, blêmit en voyant la porte grande ouverte. L'appartement est vide. Aucune trace de Pythagoras. De la fenêtre donnant sur une cour encombrée de détritus, il aperçoit au loin les camions militaires parqués le long d'un immense entrepôt. Désemparé, il juge préférable d'attendre dans la rue, et redescend lentement l'escalier, inquiet d'une absence qu'il ne s'explique pas.

Le trottoir s'étire, lugubre, contre le mur en briques d'une usine désaffectée. En face, des bâtiments vétustes semblent complètement abandonnés.

— Alors, petit, on cherche un ami?

Glacé, Grégori se retourne d'un bloc. Un grand type à la figure rougeaude sort d'une porte cochère et s'approche nonchalamment, les mains dans les poches.

— Un rendez-vous avec une vieille connaissance?

Grégori reste figé, muet, une boule énorme lui nouant la poitrine.

— On les prend au berceau, ma parole! ajoute un autre individu qui surgit derrière lui.

— Tu ne réponds pas? continue le premier en lui saisissant violemment le bras. Tu seras plus loquace chez le patron. Suis-nous. Ne fais pas d'histoires, c'est inutile.

Sans opposer la moindre résistance, Grégori se laisse

162

entraîner vers une voiture garée dans une ruelle, qui démarre aussitôt.

– Tu venais voir Pythagoras?

Coincé entre les deux hommes, Grégori ne peut réprimer un sursaut de terreur. Comment peuvent-ils savoir? Il se rend compte soudain du vide anormal de la rue.

Comme pour répondre à son interrogation, le type à la face rougeaude ajoute:

– Le quartier est zone militaire depuis hier.

La voiture débouche en klaxonnant sur un large boulevard. Là, contraste frappant, une foule désordonnée et bruyante encombre la chaussée, au milieu des vélos, des ânes et des poussettes de marchands. Les femmes chargées de paniers se rangent en maugréant pour les laisser passer. Grégori, instinctivement, baisse la tête.

Après plusieurs croisements, ils s'arrêtent enfin devant une grande bâtisse administrative.

– N'essaye pas de fuir. Tu serais abattu immédiatement.

Sorti sans ménagement de la voiture, Grégori est poussé, porté jusqu'à l'entrée principale. Ils traversent au pas de course un hall où trône un gardien en uniforme, puis montent quatre à quatre un imposant escalier de pierre, jusqu'à une porte massive où est inscrit: secrétariat, ministère de la Défense. Une demi-cloison vitrée sépare le couloir d'une grande salle ensoleillée. Autour de tables surchargées de dossiers, s'affaire une véritable volière de jeunes gens souriants et détendus. Cela sent la propreté, la fraîcheur. Des fleurs, quelques affiches. Grégori, dans cette atmosphère anodine, reprendrait presque confiance.

Ils franchissent une autre porte. Un corridor étroit, une salle d'attente avec des bancs de bois, un dernier passage, une voix rauque qui hurle. L'enfer. Sans transition.

Cela Grégori ne s'en doutait pas. C'est subit, immédiat. Une simple cloison sépare l'enfer du monde tranquille de tous les jours. On n'atteint pas les caves de tortures par une lente descente graduée dans l'horrible. Non. On passe une porte, par inadvertance pourquoi pas, et c'est le cauchemar. Ici les murs, le parquet, les meubles suent la souffrance, la peur. Même la lumière semble différente, artificielle.

Un petit être rondouillard s'est dressé derrière son bureau et apostrophe Grégori sur un ton jovial :

– Alors! on tombe dans nos bras dès le premier jour! Parfait! Tu nous évites des soucis supplémentaires.

– Nous l'avons ramassé devant le 27, comme prévu.

– Parfait, répète l'homme en prenant une feuille dactylographiée. Voyons, le 27..., Pythagoras, responsable d'une cellule révolutionnaire... un certain Athanassos qui doit se cacher quelque part dans les montagnes... Je pense, mon ami, que tu vas nous apporter d'utiles renseignements.

– ...

– Tu restes muet. A ta guise. Mais avant d'aller plus loin, je tiens à t'affranchir. Tu es jeune et parais intelligent. Grâce à un indicateur, comment dirais-je... retourné, nous avons pu retrouver la trace de ce Pythagoras qui narguait nos services depuis plusieurs mois. Il y a deux jours, nous l'avons débusqué de son trou. Pour cueillir ensuite les éventuels complices, il suffisait d'une simple surveillance. Classique. Tu débarques comme une fleur. Surprise? On ne te connaît pas, mais, crois-moi, tu nous intéresses bougrement. Alors, on va te faire voir ton ami, cela te décrispera.

Les deux hommes en rigolant emmènent Grégori au fond d'un couloir interminable, devant une porte en fer que le rougeaud ouvre d'un coup de pied.

– Regarde.

La pièce est nue. A même la chape de ciment, gît une forme recroquevillée sur elle-même, désarticulée, un tas de chiffons humides et sales.

– Regarde bien.

Grégori ose à peine lever les yeux et vomit contre le mur. Pythagoras n'a pas bougé, sauf une faible rétractation des jambes.

– Il a parlé. On finit toujours par parler.

Quelques instants plus tard, Grégori se retrouve dans le

bureau, affalé sur une chaise, devant le policier qui l'observe en silence.

– Prends une cigarette.

La voix est courtoise, compréhensive. L'interrogatoire commence, en douceur, sur un ton bon enfant. Nom. Age. Famille. Grégori petit à petit se détend. Ce fonctionnaire est peut-être digne de confiance. Il pourrait le conseiller, le sortir de ce mauvais pas. Comme un père pour son fils qui a fait des bêtises. Alors, il se laisse aller. Pourquoi résister? Ils sont déjà au courant de tout.

Grégori raconte. Le grand déballage. Képhaléos, Athanassos, les attentats. Du même ton neutre, indifférent, il décrit leur enthousiasme et leur souffrance, au milieu de considérations sentimentales sur la misère, les profiteurs, la corruption. Il détaille leur dernier projet de sabotage, précise le jour, l'heure, l'itinéraire... Puis se tait enfin, hébété, esquissant un maigre sourire.

– J'ai tout dit.

Silence. Le policier s'est levé et observe une carte épinglée sur le mur.

– Écoute-moi. On te relâche. A une condition : tu oublies tout, la police, ce bureau. C'est ta seule chance de survie. Tu as rencontré Pythagoras... répète!

– J'ai rencontré Pythagoras.

– L'opération est maintenue... répète!

– L'opération est maintenue.

– As-tu été inquiété?

– Non.

– Rien de suspect?

– Rien.

L'homme ouvre une petite porte qui donne sur un escalier sombre.

– File.

L'après-midi, dans un grand bruissement de cigales, s'achève sur la Montagne Sainte. Petit à petit, la skite se réveille de la somnolence de midi.

Assis devant la porte, Képhaléos sifflote un air du pays. La mine guillerette, il nettoie avec application la culasse d'un fusil. Dans la salle d'hôte, Athanassos lui aussi chantonne; à califourchon sur une chaise, il aligne méticuleusement sur la table les pièces détachées d'une mitraillette.

Cinq heures sonnent à la vieille horloge enluminée d'arabesques orientales.

C'est la fin d'un chaud après-midi d'automne parmi tous les autres semblables. Andréas, comme à l'accoutumée à cette heure, descend du premier étage.

– Alors, mon père! l'apostrophe en riant Athanassos. As-tu bien prié?

Le père ne répond pas et va s'asseoir au bord d'une chaise. Il a encore maigri. Ses yeux se sont enfoncés, tristes, dans ses joues grises. Il ne quitte plus la vieille robe délavée qu'il met pour bêcher le jardin.

– Eh! tu ne réponds pas? continue Athanassos sur le même ton. Tu passes le plus clair de ton temps dans cette chapelle, oubliant les premiers devoirs de l'hospitalité. Tu ignores mes questions les plus anodines. Regarde comme la nature est belle, chaque chose à sa place, calmement, dans une parfaite harmonie. Toi, pendant ce temps, tu t'enfermes avec tes prières!

– Si encore je pouvais prier, marmonne le père en se levant péniblement.

Il s'approche de la fenêtre, se retourne et contemple silencieusement le tableau qu'offre Athanassos hilare au milieu de ses grenades.

– Voyons, mon père, je suis ici sans bouger depuis deux semaines, par l'effet d'un hasard quasi miraculeux. Et tu fais comme si je n'étais pas là. Je ne te vois que le soir, entre deux oraisons. A croire que tu me fuis. Il y a quelque temps, tu n'étais pas aussi strict.

– Ne te fie pas aux apparences. Si je n'étais pas aussi strict, c'est parce que je priais mieux.

– Rien à craindre, ne te fais pas de souci pour cela, déclare Athanassos en éclatant de rire. Ces trois heures durant, une grande douceur, certainement divine, m'a imprégné, alors que je comptais les pains de plastic qui nous restent.

– J'ai justement quelque chose à te dire à ce sujet. Il y a plusieurs jours, j'étais à la Grande Lavra. Le Despote m'a parlé de toi, et je t'ai rapporté ses paroles. Non seulement tu n'en as pas tenu compte, mais tu persistes dans tes projets insensés, et t'enferres dans une situation inextricable : tu exécutes ton supérieur hiérarchique, entraînes tes amis dans une impasse... As-tu bien réfléchi? Ce sabotage idiot...

– Comment? ce sabotage idiot?

– Il faut que tu t'arrêtes. Ça ne sert plus à rien.

Le père s'est rapproché. Les deux hommes, le moine et le rebelle, se dressent face à face.

– Vraiment! bondit Athanassos. Vous vous êtes donné le mot! Le commissaire politique, les Russes, les Yougoslaves, les Bulgares, sans parler des milices gouvernementales, de l'armée, des Anglais, des Américains!... Vous vous êtes tous ligués contre moi! Avec, en prime, Héléna, follement amoureuse d'un corniaud qui me fait, depuis hier soir, une tête de six pieds de long parce qu'il a dû commettre je ne sais quelle bêtise. Maintenant, c'est toi, mon père! Tu t'es mis dans le lot! Sache bien, hurle-t-il en martelant la table du poing, que jamais je ne m'arrêterai! Quand j'ai pris un chemin, je vais jusqu'au bout, même si c'est un cul-de-sac. Ils tremblent tous, les Grégori, les Képhaléos, les Higoumènes et autres bons moines, parce que c'est plus difficile que prévu. Ils se sont rempli les poches, et maintenant que le vin tourne au vinaigre, ils s'éclipsent en alléguant de fausses excuses.

– N'exagère pas, Képhaléos t'a toujours suivi avec la plus ardente confiance. La preuve, il est ici.

– Oui, mais tu ne l'as pas entendu! Monsieur a des pressentiments! Képhaléos, avoir des pressentiments! C'est à mourir de rire! L'attitude de Grégori ne lui plaît pas, notre expédition sur Salonique prend à son goût toutes les caractéristiques d'un coup fourré... etc. etc.

» Le seul à ne rien dire, encore, est Grégori. Cet idiot nous fuit, c'est certain; depuis ce matin il passe son temps dans la forêt. Il m'a débité, à son arrivée de Iérissos hier soir, les dernières instructions de Pythagoras comme une litanie qu'on psalmodie à l'office des morts! Puis il m'a supplié de faire partie du commando, alors qu'il est incapable de dégoupiller une grenade sans trembler. Je n'ai pas envie d'essuyer les reproches d'Héléna, si jamais quelque chose lui arrivait. Il partira avec Gérasimos nous attendre au retour. C'est tout et c'est déjà pas mal. Il n'en reste pas moins que son attitude est bizarre. Il doit nous cacher quelque chose.

— Tes camarades ont peut-être raison, hasarde le Père Andréas.

— Et alors? Même si c'est un coup fourré, j'y vais; j'irai tout seul s'il le faut. Je n'ai pas peur.

— Grégori me cache quelque chose, reprend Athanassos plus calme. Mais je m'en fous. Un incident a dû se produire, je ne sais pas quoi... J'ai essayé de le faire parler. Il n'est plus le même. Il reste dans un coin, sans rien dire, enfermé dans sa coquille. Impossible de rien en tirer. Il n'aurait jamais dû aller à Salonique. D'ici qu'il se soit fait épingler avec Pythagoras. Mais on l'aurait gardé, ou alors...

Athanassos se tait, songeur.

— Il ne faut pas forcer le destin. Retarde au moins de quelques jours, je t'en prie. Tu y verras plus clair.

— Dans quelques jours, il sera trop tard. Les gouvernementaux auront pris un peu plus d'assurance, le dépôt de munitions sera définitivement installé, et deviendra inabordable. Ce sera alors l'oisiveté forcée. Notre petit groupe n'y survivra pas. Je ne suis pas de la race des lâcheurs! Je continuerai, je vous ferai danser tous autant que vous êtes! Demain, le dépôt d'essence sautera, cela fera un tel bruit que tout le Nord se soulèvera en même temps. Ne me prie pas de

faire quelque chose. Cela sonne drôle dans ta bouche.
Le Père Andréas s'est assis en repoussant une arme.

Vainement, il cherche les mots qui pourraient convaincre Athanassos d'abandonner son projet. Il ne lui vient aux lèvres que des supplications.

Un long silence s'établit entre les deux hommes. Athanassos, machinalement, a repris le nettoyage de ses armes. De temps à autre, il jette à la dérobée un regard surpris sur le père qui reste obstinément muet.

— Tu ne dis rien? demande-t-il doucement. Je t'ai fâché?

— Non. Ton obstination m'exaspère. Je ne trouve aucun argument pour te faire changer d'avis. Je suis un incapable et un maladroit.

Le père se lève d'un bond.

— Je deviens stérile, crie-t-il. Je n'arrive même plus à prier. Sais-tu au moins ce que cela signifie, pour un moine qui a passé trente ans dans un monastère?

— Mon père, que t'arrive-t-il? Je ne t'ai jamais vu dans cet état! Depuis mon retour, tu sembles malade...

— Oui, je suis malade, mais d'une sorte de maladie que tu ne soupçonnes pas. Excuse-moi, je vais prendre l'air, cela me calmera.

— Je t'accompagne.

— Non, laisse-moi seul.

— Alors, je pars, c'est moi le fautif. Je me rends compte. Ces armes, ces grenades, cela t'indispose. J'aurais dû y penser plus tôt.

— Mais ce n'est pas cela, tu te trompes, implore le père.

— Je pars avec Képhaléos, c'est décidé. Nous coucherons chez Pétros, à Karyès. De là nous rejoindrons Jean et la barque qu'il a préparée spécialement en vue de l'attentat. Après l'expédition, je trouverai un autre endroit pour stocker les armes. Je m'arrangerai en conséquence. Le Despote sera content, et tu n'auras plus à subir ma présence.

Athanassos commence à ranger son matériel. Andréas veut répondre, balbutie quelques mots incohérents, puis, après un grand geste d'impuissance, remonte dans sa chapelle, comme un vieillard.

Képhaléos coupe les gaz et la mer redevient sensible, enveloppante. Il sort deux rames de la cabine, les place précautionneusement. Les fenêtres d'un village brillent sur la droite. Athanassos s'est assis à l'avant, à côté de Pétros, le paysan de Karyès, qui surveille la masse anguleuse de la côte. Le bois est rugueux au toucher, façonné pour des mains d'écailles; avec le couteau s'enlèvent de longues esquilles. Beaucoup plus grande que celle de Gérasimos, la barque a été remise à flot en grand secret, un jour de pluie, par Képhaléos et Jean, un pêcheur d'Amouliani. Le moteur, patiemment rafistolé, sent fort l'essence et l'huile chaude. Le mât, piqué des vers, semble devoir s'effriter au premier souffle de vent. Mais c'est un vent chaud qui fortifie l'âme.

Une heure ainsi se passe. Et lorsque, dans l'ombre, chaque chose finit par se confondre, Pétros remet le moteur en marche. Tout se dénude. Ils portent en eux-mêmes un bruit terrifiant, accusateur, implacable, dont les milliers d'échos se répercutent dans les montagnes, réveillent les meutes, les policiers, les casernes, mettent en branle une gigantesque mobilisation de force et de raillerie. Képhaléos est descendu dans la cabine. Il inspecte les chargeurs.

Qu'elles sont longues les heures à observer les ombres de la côte, les moindres recoins plus opaques et précis que les grandes formes étalées sur l'horizon, oui, qu'elles sont lassantes, ces heures de guet et de veille. Cette lumière, là-bas, appartient au vieux Manassis. Préviendra-t-il la police s'il les aperçoit? Inquiets, ils croisent un pêcheur apparemment inoffensif, sursautent lorsque les phares d'un camion illuminent soudain la route en corniche. Enfin, à la pointe d'un dernier cap, les premières lueurs de Salonique apparaissent.

Lentement, toute la baie se découvre, un demi-cercle de lumières éparpillées se concentre au ras de la mer en une mince ligne prometteuse. Tous ces points scintillent, les enserrent petit à petit, les plongent au creux d'une grande pince brillante. Il leur semble qu'ils vont se rendre. Chacun s'équipe, Képhaléos s'étend à côté d'Athanassos et arme son fusil. Pétros arrête le moteur et se met à ramer, le visage tourné vers les étoiles. C'est une nuit mémorable et sereine, ce n'est plus la haine, seulement trois hommes perdus qui se jettent avec leurs grenades et leurs mitraillettes dans les lumières d'une ville endormie. Ce n'est plus la haine, il y a trop d'étoiles. Le silence tranquillement imprègne chaque chose et la nuit fait oublier le sel de la mer.

Athanassos tend son doigt vers une zone obscure où la mer semble remonter entre les lumières et, par cette brèche, s'étendre sur la ville. Ils doivent accoster là, un chantier abandonné de constructions navales se camoufle dans ce trou. Sur toute la baie, il n'y a pas trace de vedettes. D'un cabaret leur parviennent des relents de musique, d'appels et de viande. Ils distinguent maintenant l'atelier de réparation dont la masse rejette sur eux toute la clarté de la plage qu'une rampe de mise à flot brise en deux.

Pétros montre le port; Athanassos, Képhaléos se figent; difficilement ils finissent par distinguer une vedette se détachant du môle où se perche une sentinelle. Un projecteur blanc s'allume et commence à balayer la surface de la mer. Une deuxième vedette se dirige vers le large. Sur le quai arrive une patrouille, puis un camion militaire. Des hommes s'affairent. Pétros sourit, ils doivent mettre une mitrailleuse en batterie. Cela ne va pas être aussi simple. Athanassos fait un signe. La première vedette se dirige vers eux et le phare se met à explorer les plages. Au moment précis où il les atteint, Athanassos tire une longue rafale de

171

mitraillette. Pétros fait sauter le moteur et ils foncent droit sur la plage. Des balles font gicler l'eau. Le bateau vient brutalement piquer du nez dans le sable. Pendant qu'Athanassos récupère les explosifs, les deux autres bondissent sur le rivage. Cachés par un petit mur, ils ouvrent le feu pour couvrir sa retraite. Le projecteur explose dans un bruit sec. La fusillade s'arrête. Dans l'obscurité revenue, ils décrochent aussitôt, rampent vers le bâtiment et se faufilent à l'intérieur des ateliers vides qui sentent la souris.

Derrière une carcasse de remorqueur, Athanassos a placé côte à côte Képhaléos et Pétros, il les inspecte, vérifie leurs armes, les chargeurs, le nombre de grenades, les pains de plastic soigneusement emballés dans trois sacs à dos, il serre les ceinturons avec une lenteur qui les rassure, si bien qu'ils sourient presque lorsqu'ils s'engagent dans la rue. Ils ont parfaitement étudié le plan de la ville; il leur faut, à travers les pires ruelles, aboutir, à mille mètres de là, sur une place biscornue où les attend Pythagoras et probablement deux autres têtes brûlées. Ils se pressent. Les marins de la vedette ont dû débarquer et doivent les chercher dans les hangars. Ils ont l'impression d'être tombés dans un piège, des événements se préparent qui vont les obliger à improviser. Il ne leur sert plus à rien de passer inaperçus, le coup de force commence dès à présent. Képhaléos part en éclaireur, il ne garde qu'une mitraillette cachée sous sa veste, mais même un enfant pourrait reconnaître en lui un partisan tellement ses yeux luisent de fièvre.

Arrivés au premier croisement, ils n'ont encore rencontré personne. Dans la rue, immobile et pâle, aucune patrouille. Ils ont envie de réveiller à coups de fusil tous ces gens trop tranquilles. Ils sont étonnés de ce calme, alors que les gardes-côtes ont certainement donné l'alerte. Képhaléos

172

marche devant, légèrement courbé. La rue est mal pavée, exsangue. Képhaléos s'arrête à la deuxième bifurcation et montre le passage noir qui paraît comme un refuge, sans éclairage, sans ces horribles lampadaires sous lesquels ils montent en scène, rampe aveuglante devant un foyer où les attendent les fusils braqués. Il s'enfonce dans le passage. Pétros commence à s'énerver pendant qu'Athanassos surveille la rue déserte. Cette absence de bruit l'inquiète de plus en plus, après le signalement de leur arrivée. Mais il garde encore le sourire sur ses dents brillantes. Ils reprennent leur marche. De Képhaléos, ils n'aperçoivent plus que la faible lumière de sa lampe.

Au bout, il y a une autre rue analogue, toujours pâle et immobile. Il leur semble qu'ils retombent dans la première, que, toujours, ils rencontrent cette même rue solitaire pour devoir à nouveau la traverser et, à chaque fois, risquer un peu plus, les rapprochant petit à petit de ce qui doit leur arriver. De l'autre côté le passage se poursuit et monte légèrement. Là-bas, Pythagoras attend pour les conduire au bâtiment désaffecté qui surplombe le dépôt, et qui leur servira de base de départ. Mais sûrement, en haut de cette pente, il doit y avoir une autre avenue déserte, plus large, toujours plus vaste, jusqu'à ce qu'ils perdent leur fière assurance au milieu des lampadaires et des projecteurs, crucifiés par la lumière.

Athanassos prend sa lampe, l'allume et l'éteint trois fois de suite. Rien ne répond. Il est deux heures passées, ils ont déjà dix minutes de retard. Ils disposent encore d'une heure pour faire sauter le dépôt, mitrailler le poste de police et essayer de s'éloigner le plus rapidement possible de Salonique. Pythagoras leur est indispensable, pour indiquer les chemins les plus sûrs. Athanassos répète encore son signal, puis se tourne vers Pétros, qui, calmement, traverse une rue. A peine a-t-il disparu, qu'une rafale de mitraillette fait exploser le silence. Toute la ruelle s'illumine, les deux phares d'un camion l'éclairent dans toute sa longueur. Pétros s'est écrasé contre une porte. Cela tiraille de partout.

A plat ventre, Athanassos, dans l'encoignure d'un mur, hurle. Képhaléos dégoupille une grenade, la jette. Elle va exploser devant les phares. Tout redevient néant, avec des coups de feu espacés difficiles à situer. Ils plongent dans l'impasse, qui s'illumine à nouveau. Ils sont pris dans un réseau de lumière.

Grégori est parti en direction de Iérissos sur un mulet fourni par Pétros. Il doit voyager une partie de la nuit jusqu'au monastère d'Ouranoupolis où l'attend Gérasimos. Une longue promenade. Quelquefois, le cri d'un chacal. Il n'a pas peur. Il subit, inerte, l'enchaînement irréversible d'événements qu'il n'a pas su empêcher. Il ne se fait aucune illusion sur l'issue de l'opération. La milice a dû mettre le paquet et ne rien laisser au hasard. Pendant ce temps, il est obligé de rester en arrière, malade de n'avoir pu choisir sa mort. Athanassos a refusé de le prendre. Une décision sans appel. C'était pourtant la solution la plus... correcte. Il payait sa lâcheté par le courage de vivre ce qu'il savait être un guet-apens. Athanassos se méfie, et le met au rancart. Il devra feindre l'attente, l'espoir, le doute.

Les arbres se font plus rares, remplacés par des arbustes épineux parmi lesquels le sentier difficilement serpente. De temps en temps, il accroche des fils que tissent en travers du chemin de grosses araignées noires. Il boit l'ouzo dans une petite bouteille que lui a donnée le muletier.

A l'aube, il arrive au monastère qui ressemble à une grosse ferme, plantée sur le bord même de la plage. Le porche s'ouvre sur Gérasimos qui l'accueille avec de grands gestes. Au-dessus de la porte est sculptée une croix en pierre.

Tout en buvant leur café, ils étudient l'itinéraire, repèrent l'endroit du recueil, se rappellent le chemin du retour.

Avant l'office du matin, ils se mettent en route, trouvent près de Iérissos Jean le pêcheur qui les attend dans son canot. Pendant la traversée, ils ne parlent pas. Arrivés à la crique indiquée sur la carte, ils laissent Jean cacher le bateau sous les arbres et se hâtent vers le lieu de rendez-vous. Ils ont une heure de marche jusqu'au calvaire.

Si le sabotage a eu lieu, comme prévu, entre deux et trois heures du matin, il faut dix bonnes heures à Athanassos pour les rejoindre. Ils en ont prévu six de battement. La réussite de l'opération aura pour immédiate conséquence le blocage des routes. Le fait de venir les chercher en un lieu proche de la mer et de fuir par bateau tourne en partie la difficulté.

Le calvaire est un petit cube de maçonnerie peint à la chaux, surmonté d'une croix de fer. Derrière une vitre, une icône dort, cachée par des fleurs fanées. La piste est défoncée; des fossés à moitié comblés de gravillons forment une limite incertaine avec les broussailles, les terrains incultes coupés de fourrés et quelques oliviers.

Ils choisissent un grand chêne à flanc de coteau, un peu en retrait de la route qu'ils peuvent ainsi surveiller sur une bonne longueur. Il n'y a que le crissement des cigales. Gérasimos scrute les collines d'en face avec les jumelles de Démétrios. Puis, rassuré sur le vide des environs, il s'assoit, le dos contre l'arbre, et sort de sa musette le flacon de raki, une boule de pain, du fromage et la moitié d'une pastèque. Lentement, avec application, il se met à manger. La route à chaque instant attire ses regards. Athanassos et les autres peuvent arriver d'un moment à l'autre.

Grégori grignote du bout des lèvres et tente de faire bonne contenance sous l'œil inquisiteur que lui jette de temps en temps Gérasimos étonné de son air absent. Il sait pertinemment que l'attente sera interminable, puisqu'ils ne viendront pas. La seule éventualité raisonnable est qu'ils recueillent une patrouille de l'armée. Il calcule le nombre d'heures qui seront nécessaires pour que Gérasimos comprenne que tout est fichu. Peut-être voudra-t-il s'aventurer plus près de

Salonique? Se renseigner? Et lui, il devra jouer l'incertitude, l'angoisse. Un art délicat.

Le calvaire blanchi à la chaux repose. Gérasimos, après avoir ausculté encore une fois le paysage, commence à parler, par bribes, de Pythagoras.

– Tu comprends, Athanassos est peut-être très fort, mais Pythagoras n'a pas hésité, il est retourné à Salonique.

Insensiblement les couleurs changent. A son tour, Grégori a pris les jumelles et regarde le plus loin possible.

– Pythagoras a été étudiant. Moi, je suis maçon. Je ne vais pas dans les églises. Mais il est resté là-bas, alors que nous, on se planque chez les moines.

C'est étonnant comme le paysage est vide. La nuit va bientôt tomber et plus personne ne se hasardera sur les routes. Les uns à cause des rebelles, les autres à cause des patrouilles. Les communications se font ailleurs, on risque moins de se rencontrer dans les collines. Grégori accroche de ses jumelles une petite ferme abandonnée. Il compte les fenêtres et devine le lierre qui pousse le long du mur jusqu'au toit. Il a mal aux yeux. Tout devient sombre. Il croit judicieux de demander si Pythagoras reviendra avec Athanassos. Gérasimos hoche la tête, lui passe la bouteille de raki :

– Depuis ce matin, tu n'es pas dans ton assiette. On dirait que tu t'en fous, complètement. Tu es pourtant un ami de Pythagoras.

Une à une, les étoiles, l'engourdissement du crépuscule. Gérasimos s'est remis à manger. Grégori regarde le calvaire. Il ne veut plus penser; attendre, c'est difficile. La remarque de Gérasimos l'ennuie. Il ne sait quoi répondre.

A nouveau il suppute le temps qu'il faudra pour abandonner.

– Dieu tout-puissant! s'écrie-t-il, soudain.

Dans la pénombre, il distingue une petite forme perchée sur un rocher, quelque nain biscornu, bourrelé de toutes sortes de bosses. La chose bouge, s'approche en sautillant :

176

un enfant, une fille, qui fixe la musette de Gérasimos, de ses yeux noirs vides de toute expression.

Gérasimos l'interroge brutalement. Les mains de la gosse balbutient un geste d'impuissance. Elle pleure, tombe à genoux.

Une autre forme accourt, échevelée, qui appelle : « Rosetta! Rosetta! » L'enfant se relève, pousse un cri strident. Une femme dévale la pente, prend la fillette dans ses bras, puis aperçoit le revolver. Gérasimos fait un pas; furieux, à bout de nerfs, il demande ce qu'il y a derrière la colline. Une tribu? Sans attendre de réponse, il éructe un ordre. La gosse s'enfuit comme une sauterelle. La femme se retourne vers les deux hommes et leur dit de la suivre. Elle habite une cahute, derrière la colline. Avec son frère. Ils ne peuvent pas la laisser remonter seule, elle pourrait alerter la milice. Le berger doit être armé. Grégori rattrape la femme, lui saisit le bras. Elle paraît encore belle. Grégori pense aux histoires qui se colportent sur les atrocités commises par les partisans.

De l'autre côté, la colline redescend en pente douce, parmi les buissons et la rocaille, dans une large vallée sèche. Vers la droite, en contrebas, la femme montre du doigt un point noir. A part quelques pierres qu'ils font rouler, tout est parfaitement silencieux. Ils approchent. La bicoque est faite d'une ancienne carcasse de roulotte, il n'y a qu'une seule fenêtre. Ils rejoignent un sentier. La porte est ouverte. Personne.

– Surtout, ne la lâche pas, chuchote Gérasimos, il doit être caché derrière.

Grégori sent la femme qui se crispe. L'homme sort de l'ombre et fait un pas vers eux. Il tient un bâton.

Grégori distingue mal son visage.

Gérasimos se met à parler, d'une voix sans résonance, qui se perd aussitôt dans la nuit. Le berger laisse tomber son bâton. La gosse vient se blottir dans ses jambes.

Grégori ne peut s'empêcher de pousser un soupir de soulagement.

– On les emmène au calvaire, dit rapidement Gérasimos. Athanassos décidera.

Ils font au pas de course le chemin du retour. Le couple n'oppose pas de résistance. La petite a cessé de pleurer. Arrivés au pied du chêne, ils s'accroupissent tous les trois et ne bougent plus. Gérasimos se tient debout, à un mètre, et Grégori reprend le guet.

La lune s'est levée et donne une clarté blafarde, toutes choses se simplifiant en un décor de théâtre. Ils deviennent eux-mêmes figurants. Grégori sent, derrière lui, trois présences qui le jugent.

Ils attendent. Dans la journée il y avait les cigales. La nuit, le crissement du ciel est perceptible.

Les trois formes sont prostrées au pied de l'arbre. Elles ne dorment pas.

La route prend un aspect mouvant, indécis.

Grégori se demande comment l'opération a pu se dérouler. La milice pouvait les attendre au port, dans les hangars, ou bien au coin d'une ruelle. Un groupe embusqué, un autre qui les suit : la souricière, imparable. Il frissonne, il entend presque le crépitement des mitraillettes. Képhaléos est un dur, ils ne vont pas se laisser faire. La première surprise passée, ils se ressaisiront. S'ils tiennent les premières minutes, ils risquent même de s'en sortir. Mais, blessés, ils seront capturés tôt ou tard. Ou bien ils crèveront comme des rats au fond d'une cave oubliée. Il faut qu'ils s'en tirent indemnes. Cela fait beaucoup de conditions.

Grégori ne sait plus ce qu'il attend : Athanassos, l'armée, ou personne. Il ne sait plus ce qu'il souhaite voir arriver, l'armée qui les arrêtera en un tour de main, ou bien un Athanassos méfiant, aigri, cherchant une raison valable à son échec. Si personne ne vient, il faudra encore supporter d'autres attentes, feindre la surprise lorsqu'on apprendra les détails, singer la douleur, le regret d'un camarade de combat... se composer un personnage, ne pas arrêter de dissimuler...

Soudain, sur la colline opposée, une lumière s'allume,

s'éteint puis se rallume encore. Le signal. Gérasimos saisit la lampe, répète le même code. Grégori, machinalement, arme le fusil, vérifie le chargeur et va se poster derrière un gros roc. Il est soulagé. Autant en finir rapidement. Si ce n'est pas Athanassos, ils n'ont aucune chance, les soldats auront tout le temps de les encercler puisqu'ils connaissent leur position. Une demi-heure s'écoule. Enfin une silhouette débouche sur la route, à gauche du calvaire. Elle s'avance jusqu'au croisement. Grégori l'ajuste au bout de son fusil. De toutes ses forces, il essaie de deviner le personnage maintenant immobile. Une deuxième ombre arrive à travers les buissons, marque une hésitation devant le calvaire. Grégori l'identifie aussitôt : Athanassos. Gérasimos se lève, allume sa lampe ; Athanassos et Képhaléos se tiennent devant eux, la mitraillette au côté, les vêtements déchirés, hirsutes.

– Pétros? murmure Gérasimos.

Athanassos montre les étoiles, se laisse tomber sur une pierre..

– Il n'y a pas une minute à perdre, finit-il par dire. Nous avons échoué, Pétros est mort, Pythagoras n'était pas au rendez-vous.

Il répète :

– Ils nous attendaient avec une automitrailleuse, Pythagoras a dû parler à la fin. On a pu décrocher dans un dédale de cours. Beaucoup de chance. Ces militaires étaient des incapables.

Il aperçoit les trois formes accroupies sous l'arbre. Gérasimos explique. Képhaléos arme sa mitraillette. Cela va faire un bruit assourdissant, pense Grégori. Le berger ne dit rien, ils se sont un peu plus rapprochés les uns des autres. Athanassos s'approche de l'arbre, éclaire les visages. L'homme a relevé la tête et caresse les cheveux de la gosse qui dort. Athanassos fait un signe, le berger d'un coup se lève, redresse la femme et la fillette. Ils dégringolent la pente jusqu'à la route et se perdent dans les fourrés.

179

Le bateau glisse rapidement sur une mer d'huile. Athanassos fume une cigarette. Jean tient la barre, Képhaléos s'agite et marmonne :

— Cet homme peut devenir dangereux. Il aurait mieux valu le tuer.

— Ne t'inquiète pas, il ne nous retrouvera jamais, répond Athanassos.

— Et Héléna! Elle reste seule à Iérissos. Avez-vous pensé qu'elle peut être dénoncée?

— Dénoncée par qui? Tu n'avais pas d'emploi fixe à Iérissos, ta disparition n'inquiétera personne, on fera courir le bruit que tu es parti à Salonique, maintenant que la paix est revenue.

— Ce n'est pas à cela que je pense. Ce berger, je le connais, je l'ai vu au village. Il est arrivé il y a deux semaines, il jouait de la guitare. Par les temps qui courent, c'est plutôt rare. Quand il fait très chaud, je vais boire un verre d'eau au café de la place. Je l'y ai souvent vu. Il m'a reconnu, j'étais à côté de toi, lorsqu'il a relevé la tête. S'il raconte que je suis un rebelle, Héléna deviendra suspecte, tu vois ce que cela veut dire, surtout pour une femme. Il faut aller la chercher et l'emmener avec nous au Mont Athos.

— Es-tu sûr? commence Athanassos... Mais il se tait aussitôt. Il n'a pas le cœur de continuer une discussion qu'il sait sans objet. Devant eux, la côte immuable s'allonge, masse sombre, dépourvue d'étoiles. Le berger est une vieille connaissance, c'est le bohémien de l'autre fois qui surveillait Grégori et Héléna, et dont le manège l'avait tant intrigué. Voilà que ce mendiant est réapparu en joueur de guitare pendant que lui-même se trouvait à la skite d'Andréas.

Képhaléos répète :

— Il faut emmener Héléna. Je ne veux pas la laisser seule là-bas, maintenant que ce type en liberté peut me dénoncer.

180

– Je crois qu'il a raison, appuie à son tour Grégori. Ce serait horrible, Héléna arrêtée, les interrogatoires, la torture... Et puis, qu'est-ce que cela change au fond, si elle vient avec nous ?

Athanassos hausse les épaules :

– Tu ne connais pas Andréas, ni Héléna avec ses superstitions.

Deux lumières clignotent à l'horizon. Iérissos. Elles semblent rire. Elles grimacent : nulle femme ne reste au Mont Athos, nulle femme n'aborde le Mont Athos. Mais cette défense ne fait qu'effleurer Athanassos. L'idée qu'Héléna puisse aller dans des camps et croupir au fond de caves immondes bouleverse tout.

Il n'ose pas leur avouer qu'il connaît cet homme. Ils ne comprendraient pas pourquoi il ne l'a pas tué tout à l'heure. Lui-même d'ailleurs ne sait pas ce qu'il lui a pris. Tuer ces miséreux lui paraissait une impossibilité, un acte hors du champ de sa volonté. Maintenant, il s'en mord les doigts. Il n'avait pas songé aux conséquences ! Aussi préfère-t-il abonder dans le sens de Képhaléos. Cela lui évite des explications difficiles. Il commence à connaître les habitudes de la Sainte Montagne. Emmener Héléna au Mont Athos va poser des problèmes, mais ils seront faciles à résoudre. Il a confiance et le Père Andréas l'aidera. En aucune façon, Héléna ne doit risquer d'être dénoncée par ce bohémien. Très vite, ils tombent d'accord sur la manière dont se déroulera l'opération « Héléna ». Si rapidement qu'elle fait penser à un prétexte, cette aléatoire dénonciation. Mais, sur le moment, ils sont sincères. Les ombres de Pétros et de Pythagoras se mettent à danser sur la mer.

La bibliothèque de la Grande Lavra occupe toute une aile du bâtiment le plus ancien du monastère. Depuis des siècles, dans les rayonnages de bois, reposent les mêmes manuscrits qui, petit à petit, se sont tassés en des amas compacts de reliures sans âme. Sur l'unique table noire, qui trône en épi devant une fenêtre grillagée, sont éparpillés quelques revues vieilles de plusieurs années et des livres d'histoire. Le Despote avant de s'asseoir les repousse d'un geste rapide. Lui aussi les a lus et relus. Il a souvent pensé les brûler. Mais à quoi bon? Ce n'est pas cela qui aurait redonné à ses moines le goût des livres sacrés.

Andréas est devant lui, en position d'accusé. Le soleil, haut sur la cour du monastère, rapetisse les ombres qui se réfugient aux encoignures des fenêtres. Dans moins d'une heure, ce sera l'office de onze heures, pense le Despote, Andréas n'aura pas le temps de tout me dire.

Le père parle à mi-voix, chuchotant presque. Le Despote doit tendre l'oreille pour bien le comprendre.

– ...Je n'ai pas trouvé les mots qui auraient convaincu Athanassos. Pour une chose aussi simple, je n'ai pu modifier en quoi que ce soit une décision à tel point arbitraire et butée.

– Où est-il actuellement?

– Quelque part entre Salonique et le Mont Athos, s'il est encore en vie.

L'Higoumène suit des yeux un vieillard qui se traîne péniblement jusqu'à la fontaine au centre de la cour.

– Était-il si important pour toi qu'il n'aille pas à Salonique?

– Ce sabotage était idiot, désapprouvé par les communistes. Et puis... j'ai eu l'impression de le perdre.

– Comment, de le perdre?

– Je ne sais plus, mon père. C'est pour cela que je suis devant vous. J'ai pensé un moment vous demander d'intervenir auprès de lui pour qu'il surseoie à cet attentat.

Le Despote ne peut réprimer un haut-le-corps.

– Nous sommes en plein enfantillage! Ces partisans accumulent les erreurs. Ils se savent perdus. Ils en sont à se battre entre eux, et, ce qui est beaucoup plus grave, jusqu'à nos portes. L'Higoumène de Grégoriou m'a rapporté la fusillade qui eut lieu il y a quinze jours dans une crique près du monastère. Trois cadavres enterrés à la hâte au fond d'une grotte. C'est intolérable. Je t'avais prévenu, Andréas, maintenant ils dépassent les bornes. Ce fou est parti à Salonique, bon débarras!

– Athanassos a tué le commissaire politique qu'il était si important d'amadouer quelques jours auparavant. Leurs réactions me dépassent. Je ne comprends rien à leurs manigances. J'ai voulu les aider, me voici complètement déboussolé.

Et Andréas poursuit après un moment de silence.

– Je n'ai pas prié depuis huit jours.

– Ah! voilà enfin la seule chose qui m'importe. N'oublie pas, Andréas, tu dépends de ce monastère, bien que tu sois géographiquement éloigné de nous. Il serait bon que tu reviennes ici; notre rigidité, que tu te plais tant à déplorer, t'aiderait à passer ce cap difficile.

– Je ne déplore pas votre rigidité, se défend le père. Je suis plus exigeant que vous sur certains conflits. Car, dites-moi, notre règle n'a-t-elle pas, dans la vie de tous les jours, de nombreux accommodements?

– Je sais à quoi tu penses, Andréas. Nous en avons discuté plusieurs fois. Il est vrai que les novices sont pris au berceau dans des familles pour qui nous sommes le dernier bureau de placement. Il est vrai que la culture parfois est inexistante, la religion souvent superficielle. Ce n'est pas cela qui peut t'empêcher de réintégrer le monastère, bien au contraire!

– Je ne suis plus le même depuis quelque temps, j'en viens à me dire que vous aviez raison lorsque vous me répétiez jadis que je n'étais pas capable de vivre seul. Ah! mon père, si vous saviez! Mes premières années là-haut, elles furent un éblouissement, une joie immense, rayonnante, toujours renouvelée... et puis... je fis la connaissance de Pythagoras. Lorsque, avant la guerre, le père d'Héléna me l'avait présenté, il vivait à Iérissos de menus travaux d'entretien. Ses parents furent tués par les Allemands. Je ne sais pas ce qui m'a pris alors, un sentiment nouveau, comme une émanation de ma foi, et qui ne m'a plus quitté ensuite. J'ai voulu ouvrir son cœur à Dieu. Je lui ai proposé de venir dans ma skite. Il y passa la première année de la guerre. Il ne fit pas de bruit, et monta un réseau pour passer les espions anglais. Ensuite il devint un membre important de la Résistance. Il ne vivait plus chez moi, mais passait me voir régulièrement. Il restait une semaine. Puis repartait. Nous parlions peu. Marxiste, il est resté toujours obstinément fermé au divin. Récemment, lors d'une « retraite » qui s'était prolongée d'une manière inhabituelle, il m'annonça qu'un de ses amis allait probablement débarquer ici, pour se cacher de la milice. C'était Athanassos, lui aussi un homme hors du commun, mais plus ouvert, plus disponible...

» Avec lui, commença une amitié... dévorante, continue le père d'une voix si sourde que le Despote est obligé de se pencher par-dessus la table pour l'entendre. Elle ne laissait rien tranquille, multipliée qu'elle était par ma soif de convaincre. Sa fausse position d'athée orgueilleux me révoltait, il n'était même pas acquis au communisme comme Pythagoras. Il était gai, enfant, spontané, ignorait tout de Dieu.

— Il est bien venu au Mont Athos.

— Par nécessité et pour accomplir une mission, quoiqu'il n'aimât jamais beaucoup obéir. Il avait trouvé cela, au début, terriblement ennuyeux. Puis ça l'avait amusé. Petit à petit, il s'était pris d'affection pour nos pays, et sur mes conseils effectua même un petit voyage dans notre montagne. Il avait accepté ma suggestion avec une étonnante facilité.

— Tu devais laisser lentement mûrir en lui d'autres sentiments. A trop vouloir convaincre, on peut indisposer une âme non préparée.

— Croyez-moi, je ne l'ai pas beaucoup indisposé, comme vous dites, avec ce genre de question. Vous ne le connaissez pas, il a une manière de blaguer sur les choses qu'il ne veut pas entendre...

Le père se tait et baisse la tête. Le Despote regarde le vieillard revenir de la fontaine, la barbe tout emperlée de gouttelettes d'eau qui scintillent au soleil.

– La foi n'est pas un sentiment d'occasion, reprend Andréas. Trop de gens maintenant posent en principe qu'ils ne veulent pas parler de Dieu sous prétexte de respecter la liberté individuelle. La belle fable! Au fond d'eux-mêmes, leur conviction est bien piètre. Moi, je ne pensais plus qu'à l'amener à Dieu. C'était une obligation. Je l'aimais comme un fils, comme un frère. Pendant les longues soirées que nous avons passées ensemble, il me questionnait sur les moines, leurs habitudes, la vie de nos pays. A tout moment j'essayais de glisser dans la conversation des mots qui peut-être pourraient l'aiguiller. Peine perdue. Je te l'ai dit, sa gaieté débordait de partout. Si... une seule fois... je l'ai touché... au début. Je m'étais rendu compte que lui aussi était un solitaire et que cette solitude lui était légère. Comme moi à cette époque. Il a fallu qu'ensuite je m'empoisonne...

– La plus grande hérésie, Andréas, est de croire que certaines choses peuvent être valablement faites pour elles-mêmes. Parler de la gratuité, d'art pour l'art, d'action pure, revient finalement à se couper de Dieu. Le critère de valeur n'est ni la beauté, ni l'action, ni toutes ces idées qui n'ont de commun que leur imprécision et leur fatuité, mais ce que la chose ou le fait représente par rapport à Dieu. Une œuvre n'a de qualité que par ce qu'elle nous suggère des voies qui mènent à Dieu. Sinon elle n'est qu'un amusement décoratif sans importance. Les moindres instruments de notre vie quotidienne, les gestes de tous les jours sont sacralisés lorsqu'on les utilise pour Dieu. C'est vrai, Andréas, il peut être bon d'agir, mais seulement dans le but de glorifier Dieu.

– N'était-ce pas le cas pour Athanassos?

– Non, tu le faisais par amitié, non pour Dieu. Par amitié, tu t'es mis à sa portée. Croyant mieux te faire comprendre, tu t'es abaissé...

– C'est l'humilité...

– Certes, lorsque cet abaissement est unique souci de plaire à Dieu. Mais toi, tu ne pensais qu'à cet homme.

Le Despote frappe la table de son poing fermé.

– Écoute bien mes paroles, Andréas. Parce qu'ils ont oublié ce qu'est la véritable humilité, certains d'entre nous sont prêts à toutes les compromissions, pour arriver encore à récolter... n'importe quoi, pourvu qu'on ramène de soi-disant chrétiens! Tu voulais qu'Athanassos s'éveille à Dieu et, pour ce faire, tu te montrais, toi, homme de Dieu, amical, compréhensif, l'aidant à surmonter ses problèmes.

» Ainsi, tu te profanais, ou plutôt tu acceptais de te laisser profaner. Petit à petit, sur cette pente au début insensible, tu te coupais du Seigneur.

– Mais alors, à quel moment devais-je m'arrêter?

– Il ne fallait pas commencer. Si tu n'as pas su éveiller sa foi, c'est que la tienne n'était pas assez pure. L'humilité commence par cette petite vérité toute simple. Le Juste rayonne, ceux qui l'approchent sont imprégnés de sa justice. Mais il n'est jamais celui qui veut à tout prix rendre justes les autres. C'est l'affaire des idéalistes ou des tyrans.

– Tu es ici devant moi, découragé, ajoute le Despote, d'une voix plus douce. Ta foi n'a pas supporté les épreuves de la solitude.

– Cela ressemble fort à l'égoïsme, murmure le père.

– Tu mélanges trop de choses, Andréas. J'ai parlé de charité, non d'égoïsme. Ton pauvre moi est pure illusion, s'il n'est illuminé par l'amour divin. Aimer son prochain n'est pas l'aimer pour lui-même, mais parce qu'il est le Christ. Ton amour pour Athanassos n'a nul besoin de promiscuité et de discussion. Revenu ici, dépouillé de toi-même, ta force en sera d'autant plus grande. Andréas, tu te dois au monastère. Ton retour est nécessaire. Regarde cette bibliothèque, abandonnée, qui n'intéresse plus personne; notre monastère : plus de quinze cents moines y ont vécu jadis. Nous ne sommes maintenant qu'une centaine de vieillards. Nous devons préserver ce qui peut l'être encore. Pendant le temps qui nous reste à vivre, tâchons dans la mesure du possible de repasser le flambeau à des jeunes qui continueront cette chaîne qui ne doit pas être rompue. Et si par malheur tu meurs sans avoir accompli cette mission, alors grave sur la pierre de ta cellule les quelques mots que tu connais, à l'intention de celui qui, un jour, égaré en ces ruines, les relèvera et, de nouveau, par la grâce du Seigneur, les comprendra.

– C'est vous qui êtes découragé, mon père.

– Pourrais-je ne pas l'être? J'avais mis tout mon espoir en toi. Te voilà devant moi, accablé, par la faute d'un rebelle qui, soi-disant, vaut plus qu'il n'est!

– En nous, insiste Andréas, est une parcelle divine qui nous fait valoir infiniment plus que ce qu'il nous semble être. La première des morales n'est-elle pas de chercher à éveiller ce que l'on peut avoir de virtuel en soi?

– Ce sont de belles paroles, Andréas, mais ce qui m'intéresse, c'est toi, et, à travers toi, le monastère.

Le Père Andréas se lève, va au fond d'une travée obscure et en revient avec un vieux rouleau de parchemin.

– Il était à la même place que lorsque je l'y ai laissé, il y a plus de vingt ans. C'est dans cette bibliothèque que la grâce m'a saisi. Jeune, je ne savais pas regarder, je ne prêtais pas attention aux mille manières qu'a Dieu de se rappeler à nous. Ici, en ces murs de papiers, petit à petit le savoir antique m'a pénétré et ouvert le cœur.

– Lorsque tu es venu ici, je me souviens...

– Je ne suis pas « venu », coupe le Père Andréas, j'étais là, simplement.

– Tu es resté...

– Pour rester, il faut un choix. Je n'en avais aucun à faire. J'étais novice, j'avais seize ans. Ne connaissant pas autre chose que ces murs. J'ai vécu ici, c'est tout.

– Tu t'es mis à lire.

– Sur vos conseils, mon père.

– J'avais trouvé en toi une disponibilité dangereuse, une soif de connaître que j'ai voulu diriger.

– Et j'ai lu.

– Tu t'es passionné dans le bon chemin.

– Vous me dites cela aujourd'hui, vous qui me reprochiez de ne pas assez prier pour lire encore plus! Oui, tous ces livres qui nous entourent, muets, je les ai auscultés, analysés, enfouis qu'ils étaient dans leur poussière. Je les ai aimés. Moi qui n'avais qu'une foi prédestinée, j'ai eu la vraie Foi, une certitude aveuglante qui m'a fait un jour vous quitter pour compléter mon ascèse.

– C'est là que tu as présumé de tes forces.

– Vous aviez analysé mon départ comme une fuite.

– Oui, la fuite de l'effort anonyme, quotidien, sans gloire. Tu t'es senti attiré par l'action, continue le Despote, qui s'est redressé de toute sa haute stature. L'ascèse n'est-elle pas l'action par excellence? Et cette action t'a perdu. Athanassos est parti à Salonique, dis-tu. Tu espères qu'il va revenir. Que va-t-il t'apporter? Un jour approche, où il t'apportera quelque chose que tu ne pourras pas accepter sans renier formellement ton ordre religieux. Une petite chose sans importance, mais qui te fera franchir d'autant plus allégrement la limite. Imagine qu'il ramène avec lui, pour des motifs en soi nobles et justes, cette Héléna dont il s'est entiché. Que fais-tu? Tu acceptes? Si tu refuses, quel mauvais mélodrame! Là, Andréas, là est l'œuvre du Malin. Jusqu'ici, le fait d'héberger Athanassos ne transgresse pas expressément les règles de notre Sainte Communauté. Par charité, tu caches cette femme, et te voilà parjure. Athanassos n'est pas important, mais il est dangereux par ce qu'il peut te faire accepter. Dès demain, s'il revient, dis-lui de partir. Et toi, rejoins le monastère. Je deviens vieux, ta place est à la mienne. Moi aussi, j'ai envie de mourir au fond d'une grotte d'anachorète. Tiens! s'arrête le Despote, voilà l'archondaris. Que nous veut-il?

L'archondaris, personnage huileux et repoussant, glisse sur la pierre comme une monstrueuse limace encapuchonnée. Il s'approche obséquieusement du Despote, lui parle bas, reçoit en se trémoussant quelques ordres chuchotés rapidement, et s'en retourne sur sa trace, laissant la porte ouverte.

– Un officier s'est présenté, laisse tomber le Despote, le lieutenant commandant le détachement de Karyès. Une vedette avec douze hommes est ancrée au port. Il demande l'hospitalité pour une nuit. Cela doit cacher une manœuvre que j'ignore.

Le Père Andréas a pâli.

– Ces hommes sont-ils armés? demande-t-il.

– Je ne sais pas. Quand devait avoir lieu le sabotage à Salonique?

– Dans la nuit de dimanche à lundi.

– Nous sommes mardi. Il se pourrait bien que leur visite ait une relation avec cette expédition. Le lieutenant a eu déjà quelques démêlés avec Athanassos, et l'affaire à l'époque n'avait pas tourné à sa gloire. Ce petit roquet doit ruminer sa vengeance et se sent capable maintenant de l'appliquer. Il va essayer de glaner le maximum de renseignements et cette nuit il tentera un coup de main. L'opération, si elle réussit, aura l'avantage d'éliminer un foyer dangereux, sans attirer les foudres d'une intervention armée. C'est efficace, rapide et discret.

Andréas, très agité, se dirige vers la porte.

– Reste une minute encore, je n'ai pas fini. Quand Athanassos peut-il revenir? S'il n'est pas mort.

– Je l'attends dans l'après-midi.

– Ils arrivent vraiment à point nommé. Écoute-moi, Andréas. Tu vas rester ici tranquillement. Tu assisteras à l'office de onze heures. Lors du déjeuner, tu seras le récitant. J'inviterai les soldats et l'officier, et présiderai leur table. Je tâcherai ainsi de sonder leurs intentions, que je te communiquerai après le repas. Tu pourras alors partir. Je ferai ensuite conduire ces messieurs à leur cellule. De toute façon, je ne manquerai pas de leur rappeler l'interdiction absolue de sortir la nuit hors de nos monastères.

– Rien ne les empêche d'intervenir pendant la sieste, balbutie Andréas, de plus en plus agité.

– J'ai l'intention de faire visiter à notre lieutenant les fouilles que j'ai entreprises derrière le réfectoire. Il ne pourra pas se dérober. Cette visite... et les commentaires occuperont facilement deux bonnes heures. Je ne le lâcherai pas. Ton ami aura jusqu'à demain matin.

Le Despote sort de la bibliothèque et referme précautionneusement la porte derrière lui. Le Père Andréas le regarde s'éloigner dans la cour déserte. Il reste, immobile, à contempler les rayons innombrables où s'empilent les revues et les livres éventrés. Longtemps, prostré, il demeure inerte dans le vide de son âme, obsédé par une seule image : celle de l'officier et de sa vedette ancrée dans le port de la Grande Lavra.

L'appel de la simandra le tire de sa mélancolie. Il se lève comme on se tire d'un tombeau et se dirige vers le catholicon où l'office de onze heures commence. Assis dans les stalles entourant les murs en forme de croix grecque, quelques vieillards somnolent. Deux moines psalmodient devant l'iconostase, créant un bruit monotone analogue au ressac qui vient se briser devant l'indifférence des fresques. Le Père Andréas n'écoute pas. Il pense à Athanassos sur le chemin du retour, exténué, blessé peut-être.

L'office lamentablement s'achève. Ils se retrouvent une vingtaine au réfectoire, autour des tables de pierre. A la plus importante, au fond de la salle, sont déjà assis les douze soldats en uniforme, jeunes et dépaysés.

Le père vient prendre des mains du Despote le gobelet d'eau et le pain rond. Après la bénédiction, il se place derrière un grand lutrin sculpté. Il ouvre le livre à un certain signet et commence à lire d'une voix chantante. Les moines et les soldats déplient leur serviette et se mettent à manger.

XI

Les cloches sonnent pour l'office du matin lorsque, près du monastère du Pantokrator, Jean amarre son bateau dans une petite crique. Athanassos ne veut pas courir le risque de rencontrer une vedette en vadrouille du côté de la Grande Lavra. On se cachera mieux dans les montagnes.

De longues heures, ils marchent, somnambules. Par moments, exténués, ils s'étendent à l'ombre d'un arbre. Mais ils ne peuvent se reposer et repartent bientôt, gravissant sans trêve les sentiers les plus détournés. Ils ne rencontrent personne. De larges clairières coupent la forêt. Tout est immobile et calme. L'expédition vaincue rentre dans son domaine. Mais point de lourds nuages annonciateurs d'orage, point de hululements de chouettes réveillées par l'étrange cohorte, point de cris de chacals... Une grande placidité. Et lorsque, enfin, la chaleur de la journée commence à s'essouffler, les arbres ne font que se réveiller tranquillement de leur torpeur, cette torpeur que vainement Képhaléos essaye de secouer en donnant des coups de pied rageurs sur les pierres du chemin.

Devant, marche Athanassos. Il a une bonne avance sur les autres, et dans les lacets du sentier il peut les voir, Gérasimos et Jean, puis Képhaléos, enfin Héléna et Grégori, dont il se demande ce qu'il va faire. Son attitude le déconcerte. Il n'a pas l'air de se rendre compte, ne cherche même pas à fuir. Et la présence d'Héléna ne simplifie rien.

Il le sait, intuitivement, Grégori est la cause de leur échec, un mouton infiltré par la milice, ou un pauvre type qui n'a pas su résister à la première question. La nature exacte de sa trahison, il s'en moque. Le résultat est là. Il devra payer. Athanassos n'en peut plus de fatigue et de poussière. Avec le goût âcre d'avoir tout perdu. Il ressent, physiquement, l'angoisse de ceux qui le suivent en silence, le dernier carré, hétéroclite et désemparé, Héléna qui renifle sans cesse, Grégori n'osant lui parler, Képhaléos qui fouette maintenant les fourrés d'un bâton vengeur, Gérasimos et Jean qui marchent l'un à côté de l'autre et se parlent à voix basse.

Ils parviennent à la fin de leur course. La skite apparaît entre les arbres. Le chien aboie. Andréas sort brusquement de la petite grange contiguë, il court, serre contre lui Athanassos qui s'effondre dans ses bras. Le restant de la troupe approche. Un à un, de la forêt, ils émergent tous. Le chien vient flairer en gémissant les jupes d'Héléna. Le père repousse Athanassos, ne tend pas la main à Grégori, ne bénit pas Gérasimos. Il regarde Héléna tremblante qui s'est mise à pleurer.

– Héléna, Héléna... finit par murmurer le père qui se maîtrise à grand-peine, tu ne dois pas venir ici, tu le sais bien pourtant que tu ne dois pas venir en nos pays.

– Je n'ai pas voulu, mon père, sanglote Héléna. Ce sont eux, ce n'est pas ma faute.

Livide, Andréas sent monter en lui une colère inconnue qui le fait presque vaciller.

– C'est lui, continue Héléna en montrant Képhaléos. C'est lui qu'il faut maudire. Il est venu dans la maison de mon père, il m'a ligotée avec l'aide de ces deux abrutis. Ils m'ont dit que j'étais leur butin, que de toute cette expédition manquée il fallait bien qu'ils rapportent quelque chose. Croyez-moi, mon père, je n'ai pas voulu venir.

Elle se jette à genoux. Le chien vient blottir sa tête entre ses jambes. Le Père Andréas s'écarte d'Héléna, s'approche d'Athanassos, saisit le col de sa chemise.

– Espèce d'idiot, hurle-t-il. Explique-toi! Sors de ton

mutisme! Où sont Pétros et Pythagoras dans votre belle farandole? Pourquoi te présentes-tu devant moi avec une femme!

Dans sa longue robe noire toute tachée, le père paraît plus maigre que jamais. Tous le regardent interloqués. Sa barbe grisâtre tremble, sa toque déplacée recouvre mal les cheveux roulés en chignon. Face à Athanassos, il est aussi grand que lui, mais Athanassos ne baisse pas les yeux.

– Oui, je suis en colère, cela t'étonne, toi qui m'as toujours vu calme et pondéré en mes paroles. Eh bien! aujourd'hui, je crie, je hurle, je tremble de fureur! Va-t'en Athanassos. Va-t'en d'ici. Ce matin, une vedette militaire a débarqué douze hommes au monastère de la Grande Lavra. Dieu sait ce qu'ils manigancent à l'heure présente. Je t'attends plein d'espoir et de crainte, effrayé de ce qui pourrait arriver si ces soldats me devançaient et, dernière péripétie de ton sabotage imbécile, te piquaient comme un malpropre. Plein d'impatience, je ne peux même plus prier, me forçant à ranger des ustensiles de jardin dans la grange. Et, toi, tu t'amènes avec une femme!

– Mon père, la colère te défigure.

– Ne crois pas que ma colère soit aujourd'hui péché contre Dieu. Je suis en général résigné parce que je n'attache pas d'importance aux vanités de ce monde et que je suis indifférent aux passions qui vous agitent. Mais ce n'est pas pour cela qu'on est une gourde.

– Nous avons pris cette décision parce que le réseau est entièrement découvert, Héléna ne pouvait plus rester à Iérissos. Cet endroit est actuellement notre seul point de repli, enfin, était à notre avis notre seule cachette sûre. Pythagoras a disparu. Il a été probablement arrêté par la milice, interrogé... Nous sommes tombés dans une embuscade. Ils avaient été certainement prévenus. Pétros était devant, en éclaireur...

Le père se signe. Sur un geste autoritaire de lui, ils s'agenouillent. La mort de Pétros et de Pythagoras semble faire accepter la présence d'Héléna.

Après un long moment de silence, le premier, Athanassos se relève. Soudain, ils sentent tous leur fatigue. Héléna s'est appuyée sur Gérasimos. Athanassos s'approche du Père Andréas toujours prosterné et lui touche l'épaule.

— Mon père, accepte-la, je t'en prie, seulement pour quelques semaines. Je sais que c'est défendu, que tu commets une grave infraction. Mais notre situation est particulière. Héléna est notre camarade, « camarade » n'a pas de sexe. Je te demande l'hospitalité pour tout ce qu'il y a eu entre nous, depuis le début.

A ces derniers mots, le père redresse brusquement la tête.

— Cette fille commet le plus grand péché de sa vie. Les lois qui régissent le Mont Athos sont sacrées, car elles sont les signes tangibles de l'ordre divin. L'interdiction faite aux femmes de pénétrer sur notre Sainte Montagne est une de ces lois. Comprends donc qu'il n'y a pas de dérogation possible.

— La Sainte Communauté, si elle connaissait les mobiles, accepterait certainement.

— Elle n'est pas ici, la Sainte Communauté, et je ne fais pas appel à elle pour un cas aussi simple. Je n'en réfère qu'à moi seul et c'est moi qui décide. Vous ne resterez pas ici. Et, de toute façon, nous n'en sommes plus là. Même si vous le vouliez, vous ne le pourriez pas. L'événement est devenu le seul moteur de nos actes. Tu oublies, Athanassos, que douze soldats sont au monastère, pour te capturer.

— Pourquoi seraient-ils venus justement à la Grande Lavra? Ils ne savent pas que je me réfugie ici.

— Qu'en sais-tu? Je te dis qu'ils connaissent tout sur toi, et que probablement demain, sous prétexte d'une excursion, ils se dirigeront comme par hasard vers chez nous.

— Ce n'est pas possible! Comment pourraient-ils deviner?

Athanassos se tait, reste un moment interdit. Grégori s'est un peu éloigné dans la clairière et regarde le ciel.

— Ils viendront demain au petit jour, reprend le père.

Le Despote a fait en sorte de les retenir tout l'après-midi.

— S'ils sont là pour un coup de main, remarque Athanassos, la nuit est préférable.

— Personne ne sort du monastère pendant la nuit. Le Despote veillera à ce que cette règle soit particulièrement bien respectée. Je le connais bien. C'est un homme habile. Vous pouvez passer cette soirée dans les bois, en prenant les précautions habituelles, tu les connais mieux que moi. Mais dans le milieu de la nuit, dispersez-vous, et toi ramène Héléna à Iérissos.

Andréas se relève. Héléna, Képhaléos, tous s'éloignent. Mais le père retient Athanassos qui veut les suivre. Après un bref signe de croix, il l'entraîne à l'intérieur de la skite.

— Assieds-toi, pendant que je prépare un panier pour tes camarades.

Le père apporte un litre de vin, une boule de pain et du fromage; d'un coup de pied, il rallume le feu.

— Bois un coup, tu es méconnaissable.

— Toi aussi, mon père.

Un instant les deux hommes se regardent, durement, presque ennemis, le prêtre et le guerrier, le moine et l'anarchiste.

— Voilà un peu de nourriture, c'est tout ce que j'ai. Vous devriez vous reposer, vous êtes dans un état lamentable.

Athanassos ne répond pas tout de suite, et avale à la sauvette une grande lampée de vin.

— Tu les repousses au moment où ils ont le plus besoin de toi.

— Je ne suis pas leur chef, Athanassos. Et tu commences à me connaître. Même dans les circonstances les plus singulières, il ne doit pas y avoir d'amendement à une règle de vie. Sinon, c'est le début de la débâcle. Nous sommes ici au bord du précipice, bien que nous soyons moines, ou peut-être à cause de cela.

Le père se tait un moment puis répète :

— Tu as fait aussi l'expérience de la solitude, tu sais que

195

j'ai raison. Il y faut une discipline stricte de vie à laquelle nul ne doit déroger.

— La présence d'Héléna dans ces murs n'aurait en rien troublé ta discipline.

— Tu ne penses pas ce que tu dis, ou bien tu joues avec toi-même. Imagine Héléna entre ces murs, touchant du doigt les images de la salle d'hôte, voulant préparer le café, le dîner, que sais-je? Enfin, vivant ici, où aucune femme n'est jamais venue, dans une maison qui a toujours été une demeure d'hommes, pendant des générations et des générations d'hommes.

— Mais au moins, elle peut rester au Mont Athos pendant quelque temps. Nous aménagerons une baraque, personne ne saura rien.

— Réfléchis à ce que serait votre vie dans cette baraque. Tu as vu Grégori? Comme il a dû s'acharner à l'emmener! Et toi, tu as laissé faire, approuvant secrètement, secrètement cherchant par quels moyens la reconquérir.

Le père observe Athanassos qui brise des noisettes.

— Tu crois me piquer au vif en me parlant ainsi de Grégori. Tu te trompes. Héléna n'est plus rien pour moi et Grégori m'ennuie. Je crois qu'elle en est revenue de sa passade amoureuse. Il est insignifiant. Maintenant, se lèvent des temps difficiles où, pour vaincre, il faudra être coupant comme la facette d'un diamant bien travaillé.

— Je pense à ma sœur. Elle s'est retirée à Kafilia depuis la guerre. Elle recueillera Héléna le temps qu'il faudra.

Andréas va chercher une autre bouteille qu'il pose sur la table.

— J'ai beaucoup de choses à te dire, mon père. Je dois te raconter notre expédition, la mort de Pétros, le sacrifice de Pythagoras. Je dois aussi te parler de Grégori, et ce n'est pas pour Héléna.

Le moine s'assoit à côté d'Athanassos, lui prend la main :

— D'autres événements nous pressent. Retourne auprès d'eux, fais-les reposer quelques heures, puis ordonne qu'ils se dispersent. Alors tu pourras revenir ici, si tu veux. Demain sera une dure journée pour toi qui devras peut-être te battre et pour moi qui me demande si je pourrai encore prier. Tu iras dans la réserve prendre des légumes et des fruits. Va, ils ont besoin de toi. Moi je t'attendrai. Ne tarde pas trop, il faudra partir bien avant le lever du soleil.

Ils se sont installés sur le sommet de la colline, à une certaine distance de la skite qui se trouve en contrebas. Une petite clairière s'y cache, au milieu des chênes et des broussailles. Ils ont allumé un feu. Cela ressemble à une sortie scoute. Mais les scouts se font vieux et n'ont guère d'enthousiasme. Athanassos a apporté le baluchon de vivres. Ils ne mangent pas et semblent fuir la lumière. Gérasimos et Jean sont étendus côte à côte et continuent de parler à voix basse. Athanassos, debout, leur tourne le dos et regarde, entre deux rangées d'arbres, la tache noire de la mer.

Képhaléos revient avec une brassée de bois mort et la jette sur le feu. Héléna en profite pour s'asseoir à côté, et la flamme plus vive l'éclaire de face, donnant à sa chevelure une teinte dorée. Elle se cale contre une pierre, la tête entre ses mains, déplie ses jambes puis les ramène à la hauteur de son menton. Le feu craque de plus belle et éclaire ses jambes qui prennent un relief considérable. Elle ne fait pas attention à sa jupe retroussée sur ses cuisses, et ne se rend pas compte des regards de Grégori et de Képhaléos. Elle ne bouge plus.

– Il serait tout de même bon d'aller surveiller le sentier qui mène à la Grande Lavra, dit Jean en se levant. On ne sait jamais.

– Attends, dit Gérasimos, il faut d'abord savoir ce que nous faisons. C'est très beau les grands problèmes religieux, mais moi, ce que je comprends, c'est qu'on a fait tout ce chemin pour rien. J'aimerais bien entendre un avis autorisé.

Athanassos, après un moment d'hésitation, s'approche et finit par dire :

— Le résumé de notre situation est facile : les gouvernementaux étaient prévenus. Par qui ? J'ai mon idée. Pythagoras a disparu, Pétros est mort. L'ensemble de notre réseau, ou tout au moins ce qu'il en reste, est sûrement découvert. La chasse à l'homme commence. Nous sommes ici, réunis pour la dernière fois. Et pour très peu de temps, puisque nous sommes obligés, à peine arrivés, de repartir. Un détachement de douze hommes se trouve au monastère de la Grande Lavra et sera ici demain matin. Après un peu de repos, nous nous disperserons. Gérasimos accompagnera Héléna chez la sœur du Père Andréas. Grégori restera avec moi, je pense me réfugier au monastère du Pantokrator. Quant à vous deux – Athanassos se tourne vers Képhaléos et Jean –, vous faites ce que vous voulez. Je ne retiens personne. Il ne faut pas trop blâmer Andréas. Depuis quelque temps il est malade et fatigué. Toutes nos histoires ne sont peut-être pas étrangères à son état. Je ne pensais pas qu'il nous aurait repoussés ainsi. Il a ses raisons, nous devons les respecter. Et les soldats qui dorment cette nuit à la Grande Lavra règlent tout.

— Il serait peut-être préférable que ce soit moi qui accompagne Héléna, risque Grégori.

— Non, tu resteras avec moi, pas pour longtemps, ne t'inquiète pas.

— C'est vrai, au moins, ces militaires à la Grande Lavra ? interroge Képhaléos. Cela me semble curieux qu'ils soient venus justement ici, comme par enchantement. Le Père Andréas peut avoir inventé cette histoire pour nous faire déguerpir. Il a l'air d'avoir une sainte horreur des femmes !

— Tu as trop d'imagination, l'arrivée des soldats à la Grande Lavra est tout à fait plausible, ce n'est pas Grégori qui me contredira.

— Admettons, mais je ne suis pas convaincu. Il y a quelque chose que je ne comprends pas ou bien qu'on me cache. Enfin, cela n'a plus guère d'importance.

Képhaléos reste un moment songeur, puis demande :

– Qu'est-ce que tu vas faire maintenant? Remonter un autre groupe?

– Non, dit Athanassos, je n'en ai pas le courage.

– Tu n'y crois plus, n'est-ce pas?

– Tu as peut-être raison, admet Athanassos. Je n'ai plus la foi. La révolution est terminée pour moi. J'abandonne.

– Je te croyais plus volontaire, jette Képhaléos en s'éloignant.

Un profond silence tombe sur le campement, un silence épais, dense, réprobateur; insidieusement s'installe un malaise qu'ils n'osent définir : ils prennent conscience de leur isolement, de leur faillite. Le Bulgare les reliait au monde. Athanassos l'a tué. Pythagoras rassurait avec ses projets bien ordonnés. Il est mort pour cet attentat que prônait ce même Athanassos, avec tant de fougue. Et maintenant celui-ci les lâche alors qu'ils vont être traqués comme des bêtes sauvages. Comme ça, parce qu'il n'y croit plus. Lentement ils s'éloignent, sans un mot, et retournent dans leur ombre, le laissant seul avec Héléna.

Athanassos la regarde allonger sa jambe pour repousser une braise. Il peut voir sa cuisse se détacher par à-coups, au gré des flammes et de l'ombre de sa robe. Héléna n'est plus soudain qu'un objet de désir, elle devient jambes, flammes, cuisses, toute l'obsession de la chair dans ce pays d'arbres où ne vivent que des hommes. Il va s'étendre à côté d'elle et se met à lui parler doucement.

– Lorsque l'autre nuit nous courions comme des rats dans les faubourgs de Salonique, poursuivis par les soldats qui hurlaient dans tous les sens, je ne pensais qu'à une seule chose : revenir chez Andréas. Je n'ai pas la foi, je ne vais jamais à l'église, les offices m'ennuient. Pourtant je me sens bien ici. Rappelle-toi, au début le Mont Athos ne m'attirait pas particulièrement. J'en avais même une peur bleue. Andréas m'horripilait avec sa voix placide et souriante.

» J'aurais pu me terrer dans d'autres repaires, ce ne sont pas les montagnes qui manquent en Grèce. J'ai échoué au

Mont Athos, ce pays contre nature. Il y a de par le monde des tas de monastères. Mais ils y font figure d'accidents, de verrues éparpillées. Ici c'est une montagne entière qui vit à leur rythme; non pas seulement les hommes voués à Dieu, ni les cloîtres et les églises, mais chaque arbre, chaque brin d'herbe, chaque pierre respire à l'unisson de la Sainte Liturgie. Les animaux y participent spontanément par on ne sait quelle intuition.

» Les forêts sont magnifiques, la montagne grandiose. Mais il manque la femme; si cela avait été possible, les moines auraient interdit aux oiseaux femelles de faire leur nid ici. Et tu es là, Héléna. Le Mont Athos est tout près de Iérissos. En quelque sorte c'est toi qui m'as guidé jusqu'à cette skite. N'oublie pas, tu m'aimais. Ma voie a été durement tracée par le destin, elle n'est qu'une succession d'épreuves, comme si cette Montagne voulait se venger de je ne sais quoi, et me broyer. Tu as rencontré Grégori, tu t'es détournée de moi, toi qui m'avais secondé patiemment pendant les heures d'exaltation. Mes projets grandioses se sont envolés au premier coup de cymbales, mes derniers compagnons sont morts, ou bien me tournent le dos avec mépris. Ils se rendent compte que je n'ai pas su mener à bien mes projets, que je suis un dangereux rêveur qui a gaspillé les maigres chances qui subsistaient. Les grandes idées, les fières allures, le communisme, les Yougoslaves, qu'en reste-t-il? Pythagoras torturé, un étudiant devenu traître...

– Que dis-tu? coupe Héléna. De quel étudiant veux-tu parler?

– Tu désires vraiment le savoir?

– C'est Grégori, n'est-ce pas?

Une branche dans le feu explose avec un bruit sec. Héléna ferme les yeux, se retourne, muette, vers les bois. Athanassos, sans répondre, continue à voix basse.

– Douze soldats sont là, dans le monastère de la Grande Lavra, ils ragent de ne pouvoir sortir cette nuit pour prendre au gîte ce fauteur de troubles, ce criminel de droit commun que je suis devenu. Demain matin, ils vont monter pleins d'impatience ce sentier qui était encore hier un chemin de prières. Ils ne nous trouveront plus, naturellement, nous aurons décampé avant. Mais pour aller où? Quelle attitude peut-on avoir vis-à-vis d'un vaincu? De la commisération, du paternalisme? J'ai tout perdu, Héléna. Je suis seul, abandonné. Mais, malgré cette misère, les interdits, ta volonté même, tu es ici, allongée à côté de moi. Je n'ai jamais cessé de t'aimer. Tout peut recommencer, Héléna. Dès cette nuit. Viens, laissons-les, ils ne nous intéressent plus avec leur rancune. La guerre est perdue. Nous nous cacherons le temps qu'il faudra. Je connais des retraites sûres où personne ne viendra jamais nous chercher.

» Écoute-moi, Héléna, au lieu de pleurer ton Grégori. Qu'est-ce que j'étais finalement? Un petit saboteur prétentieux, le spécialiste du plastic en tout genre! Pythagoras ordonnait, j'obéissais. Il me disait : Tu vas là, j'y allais. Un jour il m'a demandé de venir au Mont Athos, j'y suis resté. Avec réticence et sur un coup de gueule. Mais Pythagoras voulait aussi que je devienne un révolutionnaire, que mes aventures se transforment en idéal politique. Là je n'ai pas suivi, je n'ai jamais rien compris à leur communisme. Je suis un paumé, un solitaire. Solitaire dans mes attentats, paumé dans Salonique. Puis, j'ai rencontré Andréas, et Andréas, comment te dire, c'est une sorte de Mont Athos à lui tout seul. Il m'a fait aimer cette Montagne, il m'a appris à la découvrir. La guerre civile se terminait, notre armée se désagrégeait, telles des hyènes nous finissions par nous entre-tuer. Pendant ce temps le Mont Athos, sournoisement, prenait possession de mon cœur. Oh! je ne m'en suis pas rendu compte tout de suite! En fait, je n'en ai pleinement conscience que maintenant. La nostalgie d'une certaine tranquillité, me diras-tu? Certes, et je n'ai pas fini de m'en débarrasser. Mais il y a autre chose, une manière d'être, une plénitude... que j'ai entr'aperçue. Différente de tout ce que tu peux imaginer.

Athanassos monologue sourdement. A côté d'Héléna qui ne l'écoute pas, dans la nuit qui ne semble pas devoir finir. Il fait revivre en lui ses passions et ses révoltes, comme s'il voulait une dernière fois les épuiser.

— Je suis un anarchiste, sans aucune importance, sourit tristement Athanassos. Un minable qui ne sait pas ce qu'il désire. Je n'avais pourtant pas mal débuté. J'ai traversé sans trop de casse la guerre, l'occupation allemande, la révolution. Tout cela pour aboutir au Mont Athos. Si tu n'étais pas là, ce serait ridicule. Andréas m'a certainement transformé, j'ai pour ce pays un attrait profond. Mais c'est avec toi que je veux vivre! Lorsque ce mauvais rêve sera terminé, nous nous installerons à Iérissos. Ton père m'a promis que je pourrai t'épouser. Nous vivrons heureux et aurons beaucoup d'enfants! Viens, Héléna, partons. Les skites abandonnées ne manquent pas sur la Sainte Montagne. Nous y attendrons patiemment la fin des troubles.

Athanassos prend la main d'Héléna et fait mine de la relever. La jeune femme n'a pas bougé pendant tout ce long discours. Elle retire doucement sa main et lui dit :

— Non, Athanassos. Rien ne recommence. Je t'ai aimé, oui, comme une folle. Puis, comme une enfant, je me suis éprise de Grégori. Tu m'as éclairée à son sujet, je me doutais de quelque chose. Maintenant, c'est fini, j'irai à Kafilia. Bien sagement. Après, je retournerai chez mon père, s'il est encore là. Adieu, Athanassos, je ne suis pas de celles que l'on reprend, tu devrais le savoir. Tu as changé, ces derniers temps. Andréas et le Mont Athos y sont pour beaucoup. Tu te trompes de partenaire : c'est la Sainte Montagne que tu commences à aimer. Mais n'oublie pas qu'il y habite un Dieu jaloux ne tolérant aucun adultère, qui exige l'union alors que tu parles de concubinage. Tu vas, je pense, beaucoup souffrir, mais... sans moi.

Héléna, frileusement, se recroqueville sur elle-même.

Le chien, au loin, aboie, Athanassos se lève. Il reste planté là, les mains dans les poches, ne sachant que répondre, soudain ivre de fatigue.

— Tu n'as plus besoin de rien? finit-il par demander.

— J'ai froid.

Il enlève sa veste, enveloppe les épaules d'Héléna comme on borde son enfant. Il a un instant d'hésitation, puis, sans un mot, se dirige vers la skite du Père Andréas. Il a à peine disparu dans la profondeur de l'ombre que Gérasimos marche vers le feu, et, à coups de pied, se met à l'éteindre.

— Il vaut mieux partir tout de suite, marmonne-t-il. Toutes ces manigances ne me plaisent pas. Je dois t'accompagner à Kafilia, Héléna. Tu dois t'éloigner d'ici le plus vite possible. Képhaléos et Jean sont déjà loin.

Héléna, pesamment, se redresse.

— Mais tu pleures! s'inquiète Grégori qui s'est approché à son tour.

— Oh, si peu! répond Héléna. Tu as raison, Gérasimos, je te suis.

Elle se retourne vers Grégori, se défait de la veste et la lui tend.

— Prends-la. Athanassos en aura plus l'utilité que moi.

— Les nuits sont fraîches...

— Prends-la, je te dis, ne discute pas toujours.

Grégori attrape la veste au vol.

— Je viendrai..., veut-il dire à Héléna qui s'éloigne déjà.

— Ne dis rien, Grégori, je t'en prie, surtout ne dis rien!

— Adieu, renchérit Gérasimos. Un conseil, mon vieux : va chercher Athanassos et partez aussi, ce sera plus prudent.

Il rejoint Héléna en deux enjambées. Grégori se retrouve seul dans le halo du feu qui meurt. Machinalement, avec application, il continue de l'éteindre, braise après braise. Il piétine longtemps ainsi un tas de cendres fumantes. Puis comme un automate enfile la veste d'Athanassos, retire de sa musette deux grenades, arme sa mitraillette et prend le sentier qui mène à la skite.

Le chien, tout proche, se remet à aboyer. Grégori s'arrête net, pétrifié, comme s'il ne pouvait avancer que dans le silence le plus complet. Il sent plus qu'il ne voit Andréas sortir et venir à sa rencontre.

– C'est toi, Grégori? chuchote le père.

– Oui...

– Athanassos dort. Il s'est endormi comme une bête. Ne le réveille pas, quelques heures de repos lui feront du bien.

– Je ne viens pas le réveiller.

Le père remarque la mitraillette.

– Où vas-tu?

– Je descends à la Grande Lavra.

– Comment, à la Grande Lavra? Tu n'y songes pas! Athanassos ne t'a donc rien dit?

– Je descends à la Grande Lavra, répète Grégori. Tu vois, j'ai mis la veste d'Athanassos, je vais me tuer, en holocauste, avec ces deux grenades. Je serai tellement défiguré qu'ils ne pourront pas m'identifier.

– Tu as perdu la raison, balbutie le père.

– Tu diras que je suis Athanassos, continue Grégori sur le même ton monocorde. Tu reconnaîtras mon cadavre comme étant le sien. Ainsi, il pourra dormir tranquille et, demain matin, se réveiller libre. J'aurai payé.

– Que dois-tu... payer?

– Cela ne te concerne pas. Héléna est partie, je n'ai plus rien à perdre.

– Tu n'as pas le droit, commence le père affolé, en voulant le retenir.

– Ah! ne bouge pas, mon père! Tout moine que tu es, je te tuerai si tu ne me laisses pas. Promets de reconnaître mon corps comme étant celui d'Athanassos.

– Mais pourquoi ce sacrifice inutile? implore le père.

– Athanassos m'a dit que je devrais payer. Alors j'acquitte mes dettes. Il a tout dévoilé à Héléna. Je le voyais tout à l'heure qui lui parlait à voix basse.

– Je n'y comprends rien, à ton charabia! Que veux-tu payer de si important pour que tu oses te tuer?

– Que sais-tu de moi? Je suis un pleutre, un bon à rien et un traître par-dessus le marché. Ma mort au moins ne sera pas inutile.

– Tu divagues. Un traître, toi? Tu es complètement fou!

– Ne bouge pas, menace Grégori. Ne tente rien. Je n'hésiterai pas à tirer.

Avant que le père ait pu faire le moindre geste, Grégori s'esquive et s'enfuit en courant sur le sentier qui descend à la Grande Lavra. Andréas essaye de le suivre mais, très vite essoufflé, doit bientôt s'arrêter. Grégori court comme un forcené. En quelques minutes il a largement distancé le père qui n'avance que par saccades, hors de lui.

Grégori dévale la sente, à toute allure; en contrebas, il aperçoit la masse plus claire du port fortifié se détacher sur la mer. La nuit se termine. Plusieurs fois il trébuche sur des racines, heurte des pierres. A aucun moment il ne s'arrête de courir.

Le ciel devient clair, les étoiles ont disparu; définitivement... pense Grégori qui arrive, hors d'haleine, au monastère. Avec le lourd marteau, il frappe la porte à coups redoublés, qui résonnent longuement à l'intérieur des murs. Il s'impatiente de la lenteur de l'archondaris. Le judas s'ouvre sur un œil étonné.

– Vite, ouvre-moi, souffle-t-il, je suis Athanassos, il faut que je voie le Despote, c'est de la part du Père Andréas.

– Mais... essaye de dire le moine.

– Ouvre-moi, je te dis, sinon je fais tout sauter, hurle-t-il soudain.

La porte s'entrouvre. Grégori aperçoit sur la colline le père qui fait de grands gestes. Il n'a aucune haine, et ne vient pas massacrer des adversaires dans un dernier combat sans espoir. Il accomplit, seul, un acte inéluctable, qui s'impose à sa volonté comme la seule issue possible. Il se tue, sauve Athanassos et se rachète aux yeux d'Héléna. Les soldats seront simples spectateurs, les moines ses témoins.

Il pénètre rapidement dans la cour devant l'archondaris éberlué, arme sa mitraillette, dégoupille de la bouche une grenade et, dans l'aube qui pointe, chant du coq assourdissant, lâche une longue rafale contre les murs du monastère, puis se jette sur le sol, la grenade sur les lèvres. Le moine s'est aplati contre la fontaine. Des cris sortent des murs. La tête de Grégori semble exploser. Andréas, qui arrive haletant à la porte, voit un nuage de poussière, de sang, des lambeaux... Un bruit de piétinement monte des couloirs, des soldats apparaissent aux fenêtres, s'habillant à la hâte, le lieutenant surgit, revolver au poing. Des moines s'agglutinent, épouvantés, nouant leur ceinture, devant le catholicon. Andréas reste figé sous le porche. Une masse sanguinolente gît au milieu de la cour. Le lieutenant donne des ordres. Le Despote le rejoint bientôt. Alors, l'estomac au bord des lèvres, Andréas s'avance également vers le centre de la cour.

— Qui est-ce? interroge brutalement le lieutenant.

— Au dire du frère portier ce doit être Athanassos, répond le Despote, mais le père que voici nous le confirmera mieux.

— C'est Athanassos, bredouille Andréas.

— Comment pouvez-vous en être sûr? dit le lieutenant. Ce qui reste n'est guère reconnaissable.

— Il venait de me quitter, articule difficilement le père, il m'a dit : Je vais me tuer dans la cour du monastère, ils ne m'auront pas. J'ai tenté de le retenir. Il s'est facilement esquivé et a couru jusqu'ici. Je deviens vieux. J'ai fait le plus vite possible. D'ailleurs, plusieurs moines ici pourront affirmer que la veste du mort est bien celle d'Athanassos.

— C'est bien ce que je pensais, affirme le Despote en regardant le Père Andréas, c'est Athanassos. J'ai tout de suite reconnu cette vieille vareuse de l'armée anglaise qui ne le quittait jamais.

— Tout cela est bien gentil, mais je ne sais si cela suffira, hésite le lieutenant.

— C'est Athanassos, insiste le Despote. Nous allons l'enterrer tout de suite derrière le jardin. Donne des ordres en conséquence. Toi et tes hommes vous pourrez partir ensuite.

— C'est aller un peu vite en besogne...

– Nous signerons une déposition. Ne t'inquiète pas. Athanassos est bien mort, tu n'entendras plus jamais parler de lui. Et, de toute façon, lieutenant, continue le Despote en entraînant l'officier un peu à l'écart, même si tu n'en es pas convaincu, ton intérêt veut que ce soit ce terroriste que tu recherches. J'accepte, si cela peut te faire plaisir, de remplacer le mot suicide par celui d'attentat. Cette affaire sera tout à ton honneur et ne te coûtera aucune perte. Allons, lieutenant, c'est classé.

– Il y a pourtant quelque chose qui m'échappe...

– Nous en reparlerons plus tard, lors d'un de nos entretiens archéologiques.

Le Despote frappe amicalement l'épaule de l'officier et entre dans l'église.

– Et alors! Qu'est-ce que vous attendez? hurle le lieutenant à l'intention de ses hommes qui sont restés prudemment à l'arrière. C'est l'homme que nous traquions! Nettoyez-moi tout cela! Apportez un seau avec une pelle!

Le Père Andréas, lentement, sort du monastère. A l'horizon, le soleil apparaît, glorieux.

Athanassos se réveille brusquement et fait sursauter le père qui prie assis sur une chaise.

– Nom de D... de nom de D...! Il est tard, quelle heure est-il? Ils vont rappliquer d'un moment à l'autre! Tu ne pouvais pas me réveiller plus tôt!

– Ne t'énerve pas. Les soldats sont repartis au petit jour.

– Qu'est-ce que tu racontes!

– Ils ont rembarqué. Tu n'as plus rien à craindre.

Athanassos s'habille rapidement.

– Comment ça, ils ont rembarqué? Si près du but, ce n'est pas possible. Et puis, qu'est-ce que tu en sais?

– Grégori est descendu à la Grande Lavra. Il s'est tué avec une grenade au milieu du monastère.

– Hein? s'exclame Athanassos. Grégori? Il s'est suicidé? Et tu ne m'as pas réveillé?

– Cela s'est passé si vite, j'ai couru après lui. Quand je suis arrivé en bas... c'était horrible.

– Mais pourquoi a-t-il fait ça?

– Je n'en sais rien. Il parlait d'une manière incohérente. Il n'était pas dans son état normal. Héléna venait de partir avec Gérasimos. Tu lui as dit, paraît-il, qu'il devait payer.

– C'est tout ce qu'il t'a donné comme explication?

– Oui. Peux-tu me dire quelle dette il avait ainsi à honorer?

– Il a trahi. Il s'est fait pincer par la police et a craché le morceau. On nous attendait avec des automitrailleuses.

Le père se lève et va jusqu'à la fenêtre. Athanassos poursuit :

– C'était un faible, la seule idée de souffrir le terrorisait. Et un amoureux ne fait pas un bon militant.

Athanassos s'approche du père qui paraît frêle, vieilli. Il voudrait le rassurer. Il hésite.

– Quelle idée de se suicider dans un monastère. Mais cela ne m'explique pas pourquoi les soldats sont partis. Je ne vois pas le rapport. Tu n'as pas vu ma veste?

Le père s'est retourné, brusquement.

– Il faut que je te dise, Athanassos... la veste... Grégori l'avait sur lui lorsqu'il est descendu à la Grande Lavra. Il s'est fait passer pour toi. Et j'ai reconnu son corps comme étant le tien. Le Despote aussi... Son visage était réduit en bouillie... Les militaires ont un rapport officiel. C'est pour cela qu'ils ne monteront pas ici.

Un long moment, les deux hommes restent silencieux.

– Tu as reconnu son corps comme étant le mien, répète Athanassos.

– Oui.

– Tu n'as rien fait pour empêcher cette idiotie?

– Non. Cette nuit le chien a aboyé. Je suis sorti, tu dormais si bien. C'était Grégori. Il était dans tous ses états. Il m'a menacé. Il m'a dit qu'il allait se tuer et qu'il faudrait que je dise que c'était toi.

– Et tu n'as pas su l'en dissuader.

– Je n'ai pas su.

– C'est lamentable.

– Oui, tu as dit le mot juste.

Le père se plante au milieu de la pièce, les bras écartés.

– Regarde ce que je suis devenu : une loque, inerte, sans volonté. Mon corps s'est délabré à une vitesse incroyable. Je suis sale, pas lavé, ma robe est déchirée, tachée. Mon âme s'est réduite à une simple vie végétative. Observe bien la déchéance d'un homme.

– Tu exagères, coupe Athanassos surpris, tu n'arrêtes pas de prier.

– C'est faux. Chaque jour, tu me voyais monter dans ma chapelle, mais je ne priais pas. Je restais vide. Jour après jour, un à-quoi-bon étouffant m'envahissait, me dissolvait. Je ne suis plus qu'une ombre, creuse, qui résonne au vent.

– Depuis quand es-tu devenu comme cela? Je ne m'en suis pas aperçu.

– Moi non plus, au début, je ne m'en rendais pas compte. J'étais probablement trop lié à tes succès. Mon amitié pour toi était peut-être trop exclusive. Je suis comme un arbre qu'un écran a coupé de la lumière du soleil, il s'étiole et meurt.

– Pourtant j'étais là, j'aurais pu t'aider.

– Tu étais obnubilé par ce sabotage stupide. J'ai essayé plusieurs fois de te parler. Mais tu n'écoutais pas. Tu blaguais.

– Je ne pensais pas que la solitude pouvait faire de tels ravages.

– La solitude est épanouissement. Cela fait dix ans que je suis seul ici. Mais la solitude sans Dieu est anéantissement. Dans la vie profane de tous les jours, ton âme ne s'aperçoit pas tout de suite du retrait de Dieu. Elle continue à vivre sur sa lancée, parmi les habitudes et les attaches extérieures. La chute sera lente. Par contre, dans le désert de l'ermitage, l'ennemi est à l'affût de la moindre défaillance, et s'il sent

209

que Dieu se retire, il attaque de plus belle; cela se transforme en dégringolade.

Athanassos, debout en face du père, reste immobile à l'écouter.

— Maintenant je m'en vais, ajoute Andréas. Je retourne à la Grande Lavra.

— Pour toujours?

— Qui peut dire : pour toujours?

Les deux hommes sortent ensemble de la skite.

— Adieu, Athanassos, que le Seigneur te bénisse.

— Tu t'en vas... maintenant?

— Oui, je te l'ai dit.

— Mais... comme ça... sans un sac? sans rien?

— Naturellement. Je n'ai rien.

— Tu ne vas pas laisser ta maison ainsi, abandonnée, la porte ouverte! Il y a encore un feu mal éteint dans l'âtre.

— Ce n'est pas ma maison. Elle ne m'appartient pas. Je peux m'en aller sur l'heure. Je n'abandonne rien, je n'ai fait que passer.

— Dix ans, ça compte tout de même! Il y a des habitudes.

— Les habitudes sont mauvaises parce qu'on s'y attache. Notre force à nous, vois-tu, est justement de pouvoir partir ainsi, sans déchirement, indifférents. C'est notre pauvreté. Le Despote m'appelle. Depuis longtemps. Jusqu'ici, tu m'avais empêché de l'entendre. Mais maintenant que Dieu est revenu, je le rejoins aussitôt, pas demain, ni dans quelques heures, mais immédiatement, dès que j'ai perçu son appel. C'est notre obéissance de chaque instant, aveugle. J'ai seulement attendu ton réveil, pour te prévenir. Une entorse que Dieu voudra bien me pardonner. Ces derniers mois, tu as failli me faire désobéir, mais ce n'est pas ta faute, c'était moi qui n'étais plus disponible.

— Mon père, commence Athanassos...

— Qu'y a-t-il, mon fils? Il faut nous quitter, je voudrais être au monastère avant l'office.

— Toi aussi, tu pars. Tous sont morts ou m'ont quitté. J'ai

voulu recommencer avec Héléna, elle a refusé. Et toi que j'admirais, tu me quittes, je ne t'intéresse plus. Je reste seul. Le jour commence, comme les autres jours, mais, pour moi, c'est la nuit.

– Adieu, répète le père.

– Je ne m'appelle même plus Athanassos. Grégori en mourant a pris mon nom. Je n'ai plus de nom. Je suis mort aux yeux de tous. Je suis mort à moi-même.

– Adieu.

– Adieu, mon père.

La voix d'Athanassos a changé. Étonné, le Père Andréas qui s'éloigne déjà se retourne une dernière fois et lui demande :

– Que vas-tu faire?

– Je bêcherai ton jardin. Il y a le chien, le vieux mulet, il faut bien que quelqu'un s'en occupe. Et puis, je m'y suis attaché, à ta baraque.

Sans répondre, le moine, à petit pas, reprend le chemin du monastère.

Il y a un grand calme. Partout. La skite repose tranquille, offerte. Le livre d'heures est ouvert sur l'autel de la chapelle où deux bougies achèvent de se consumer. La bouteille de vin noir est à moitié remplie. Une brassée de branches sèches est prête à être jetée sur le feu, à côté de la casserole d'étain au long manche pour le café.

Athanassos entre dans la remise et détache le chien.

Salonique. L'arrière-salle d'un café du port.

– Ton nom?

– Athanassos.

Le petit homme s'arrête un moment de remplir le questionnaire, et observe l'individu en haillons qui se tient devant lui.

211

— Tu parais malade.

N'obtenant aucune réponse, il réajuste ses lunettes et continue d'une voix blasée :

— Tu viens d'où?

— De la skite du Père Andréas.

— Hein?

— Excuse-moi... du Mont Athos.

— Que faisais-tu là-bas?

A nouveau, le même silence buté. L'homme n'insiste pas et poursuit, annotant avec application la feuille ronéotypée :

— Sexe? masculin. Age?

— Trente ans.

— Profession?

— Terroriste...

L'homme rugit, le visage écarlate.

— Sois sérieux! Tu me vois écrire cela sur ta fiche de renseignements! Imagine la gueule des types en France chargés de vous réceptionner! Alors? Qu'est-ce que je marque?

— Rien. Avant la guerre, j'aidais mon père. Il était pêcheur au lanterneau.

— Pas fameux. Je mets : maçon.

Après avoir griffonné une dernière phrase, il demande doucement :

— Comment procède-t-on pour le paiement?

Sans un mot, Athanassos renverse sur la table le contenu d'un sac à dos : deux revolvers, un pistolet-mitrailleur démonté, une dizaine de chargeurs, quatre grenades.

L'homme se lève d'un bond en criant :

— Tu es complètement cinglé de te balader avec ça!

En un tour de main, il fait disparaître les armes derrière son bureau, puis, après une profonde inspiration, ajoute d'un ton qui se veut dégagé :

— Tu m'as l'air d'être un sacré phénomène. Mais, dis-moi, pourquoi désires-tu quitter le pays? Tu pouvais rester au Mont Athos. J'en connais plusieurs qui s'y cachent.

212

– On m'a chassé.

– Cela m'étonne des moines.

– Le Mont Athos m'a chassé.

Interloqué, l'homme dévisage Athanassos comme s'il découvrait soudain un fou dangereux.

– Le cargo lève l'ancre demain à l'aube, lance-t-il enfin en haussant les épaules. Tu coucheras dans la remise, avec les autres.

– Je mangerais bien quelque chose.

– On va te donner un plat. Héléna!

Athanassos s'est redressé, tout pâle. Une grosse matrone essoufflée s'encadre dans la porte et regarde sans comprendre le grand gars en haillons s'effondrant le long du mur, telle une baudruche qui se dégonfle.

XII

Le vieux bus de Salonique, dans un grand bruit de ferraille, s'arrête sur la place de Iérissos, soulevant un énorme nuage de poussière. Sable et soleil. Il est midi. La chaleur est insupportable.

La grand-place de Iérissos ressemble plus à un terrain vague qu'à une place de village. D'un côté, le petit bourg, aux maisons blanches blotties les unes contre les autres. De l'autre, les collines et la lande jaune de soleil.

Dans la poussière qui se dissipe peu à peu, les voyageurs hésitent, puis se hâtent vers le café à la terrasse fleurie de roses. Des paysans rudes et graves, quelques femmes sans âge, fichus noirs, longues robes noires. Le conducteur sur le toit décharge de grands paniers d'osier, des sacs et des valises de carton bouilli. Quelques cris vite étouffés dans l'air qui grésille.

L'homme qui descend le dernier est différent, grand, les cheveux châtains, la cinquantaine, les traits marqués mais encore beaux. Athanassos. Avec les gestes gauches de l'exilé qui a tant attendu, tant souffert, tant espéré, Athanassos vieilli revient au pays.

Le bus va se garer à l'ombre d'un vieux garage. Tous les autres passagers ont été absorbés par le paysage. Athanassos reste seul au milieu de la place. Les mains dans les poches, il ne porte qu'un mince baluchon jeté sur l'épaule. Il contemple longuement le village derrière lequel se dessinent, dans la brume, les premiers contreforts du Mont Athos, puis se

214

retourne vers la lande plate et désolée. Un léger vent qui vient de la mer soulève le sable de quelques dunes cachant le rivage.

Immobile au milieu de la place, Athanassos fixe la lande. Dix ans. Un trou vide de dix ans. Soudain la lande se met à vibrer, à vivre puis à grouiller de tout un monde hétéroclite et bavard. Des groupes d'hommes apparaissent, discutent et gesticulent, brandissant de grandes pancartes recouvertes de slogans. Entre les tentes militaires, des soldats en armes défilent. Athanassos a l'impression d'entendre le brouhaha violent des cris, des piétinements, des ordres hurlés. Toute la chaleur d'hommes en sueur se superpose à la chaleur du sable, de la pierre, des lichens desséchés.

– Chercheriez-vous quelqu'un, étranger?

Athanassos sursaute. Un vieux pêcheur rabougri, cramponné à sa canne d'olivier, s'est approché sans bruit et murmure à nouveau :

– Qui recherchez-vous, étranger? Puis-je vous être utile?

Athanassos secoue la tête. La lande est redevenue déserte et silencieuse. Un peu de sable soulevé par le vent. Le bruissement lointain de la mer.

– Connaissez-vous Héléna?

Il regarde le vieillard. Une mouche bourdonne et vient se poser sur son front. Sans attendre la réponse, il se dirige vers le village. Les maisons sont propres et rutilantes avec leurs balcons fleuris. Son pas résonne durement sur les gros pavés. Sous un platane, entouré de quelques tables et de chaises branlantes, deux paysans sont assis devant un verre d'eau. Ils s'arrêtent de parler en voyant Athanassos.

Au bout du village, au pied des collines, la dernière maison, un peu plus blanche, un peu plus fleurie que les autres. Après un moment d'hésitation, il frappe à la porte. Pas de réponse. Il fait le tour par-derrière, pénètre dans le jardin. Près du mur blanc, une femme vêtue de noir étend du linge. Au bruit du portillon qui grince affreusement, elle se retourne. Athanassos s'est figé. La femme est un peu forte, les cheveux ramassés en chignon sous le fichu, des yeux

215

immenses où semble encore pétiller toute la malice d'une jeunesse tumultueuse.

– Héléna! c'est moi.

Le temps s'est arrêté, il n'y a que le visage d'Héléna, son regard étonné. La détresse d'Athanassos, toute la détresse de tant d'années solitaires se concentre, comme bloquée, sur les yeux de cette femme encore belle. Et les deux visages, burinés, marqués, vieillis, mais nobles, nobles de leur douleur, tout à coup, s'illuminent d'un sourire.

Héléna s'est essuyé les mains sur son tablier. Le geste du bras sur son front qui semble effacer un reste de torpeur. Face à face, ils se regardent en souriant, longuement, savourant le moindre détail de leurs visages.

– Combien de temps, Athanassos, il y a combien de temps? finit-elle par chuchoter.

– Dix ans. Dix ans déjà. Tu as changé... un peu...

Athanassos s'est approché, prend Héléna par la taille.

– Tu es toujours aussi belle.

Doucement Héléna s'est dégagée. Bizarrement, un coq, au loin, se met à chanter.

– Pourquoi es-tu habillée de noir?

– Je me suis mariée. Deux ans après ton départ, j'ai épousé Képhaléos. Andréas a béni notre union.

– Et Képhaléos est mort?

– Ce n'est pas lui qui est mort. J'ai porté la robe et le fichu noirs depuis le jour où Grégori s'est tué.

A nouveau, tout bascule autour d'Athanassos. Il se revoit en treillis de l'armée allemande, essayant d'embrasser Héléna qui éclate de rire, ses cheveux blonds défaits. Il titube. Héléna, effrayée, essaye de le soutenir.

– Tu ne te sens pas bien? Viens t'asseoir à l'intérieur.

– Ce n'est rien. Un simple souvenir, une image soudain qui s'est imposée à moi avec une force terrible. Ce n'est pas la première fois que cela m'arrive. Rappelle-toi. Je revenais de Salonique. La fin de la guerre civile. J'étais complètement paumé, les camarades tués ou emprisonnés. Je retrouvais enfin ton corps, tes cheveux, tes yeux rieurs. Je t'ai prise

216

dans mes bras, comme maintenant, tu as eu le même geste pour te dégager.

– J'avais peur que ce ne soit à cause de Grégori...

Athanassos hoche tristement la tête, et s'assied lourdement sur un banc de pierre.

– Tu réapparais après dix ans d'absence, insiste Héléna, et je ne trouve rien de mieux que de te lancer à la figure le nom de Grégori!

– Certains noms sont investis d'une grande force. Pas celui de Grégori. J'ai expérimenté jadis, par ton intermédiaire, un autre mot. C'est pour lui que je suis à nouveau ici.

– Le Mont Athos?

– Oui, ce mot Athos, tu me l'as crié de l'arrière du camion qui s'enfuyait vers la montagne, tu me l'as crié d'une telle façon... Ce mot avait pénétré en moi comme une vrille, me perçant les tympans à me faire perdre l'équilibre. Ce mot, maintenant, je le prononce calmement, sans défaillir, avec un reste de nostalgie, parce qu'il représente pour moi quelques mois inoubliables, enfouis dans mon cœur, quelques mois où il m'a semblé par instants vivre d'une autre manière ou plutôt atteindre une autre manière de vivre; m'éveiller, naître à une vie nouvelle; les petites skites au creux des forêts, blotties sur les pentes de la montagne... les cyprès, les chênes... la mer immobile tout en bas entre deux rochers... la paix, les nuits brillantes de pureté...

Athanassos, petit à petit, émerge de son rêve éveillé, il regarde Héléna avec une très grande douceur.

Il murmure : une fois, j'étais avec un de ces pêcheurs, au pied de la falaise des anachorètes, un des paniers était toujours là, rempli de deux pains ronds rassis.

– Viens à la maison, tu n'as donc pas changé, dit Héléna à nouveau souriante.

Autour de la table de la salle à manger, ils boivent le raki. Héléna raconte comment cela s'est passé ensuite, chez la sœur du Père Andréas. Son retour à Iérissos. Son père mort, Gérasimos disparu...

– ... et puis toi, envolé! ajoute-t-elle en lui prenant le bras.

Je vois encore Képhaléos m'annonçant à Kafilia le suicide de Grégori et ta disparition. Le pauvre, il en bredouillait. Par la suite, j'appris d'un marchand de Salonique ton départ en France. Là, j'ai vraiment senti que je te perdais. Définitivement. Pourquoi n'es-tu pas resté au Mont Athos?

– Après le départ d'Andréas, je me suis installé dans la skite comme pour y demeurer dix ans. Le premier jour, j'ai scié du bois, le deuxième, bêché le jardin, le troisième, terminé le toit de la remise. Le quatrième, j'ai bu toute la réserve de vin. Au soir, complètement saoul, je chassais à coups de pierre le mulet du girovague et essayais de tuer le chien qui n'arrêtait pas de geindre. J'ai tenu trois semaines. Désespéré, je m'agitais dans une sarabande frénétique de souvenirs, regrets, désirs... Je devenais fou. Je n'avais plus rien à manger, je n'osais pas descendre au monastère. A chaque instant, j'espérais le retour d'Andréas, des camarades, de toi. Même toi, Héléna, je t'attendais. Sur le chemin qui mène à Karyès, personne n'est passé, ni paysan, ni pèlerin, ni moine mendiant. J'étais en quarantaine. Alors, un matin, je me suis traîné jusqu'à Iviron. J'ai volé une barque. Deux jours après, j'étais à Salonique, l'ultime étape avant Marseille.

Nerveusement, Héléna se lève, disparaît dans la cuisine, et rapporte une assiette d'olives. Ils restent un long moment silencieux. Puis Athanassos, à brûle-pourpoint, demande :

– As-tu des nouvelles du Père Andréas?

Héléna lui explique qu'un an après les événements il devint Higoumène de la Grande Lavra. Il passait chaque printemps à Iérissos, et ne manquait jamais de la saluer. Toujours très calme, très beau. Puis une année, il n'est pas venu.

– Je me suis renseignée, étonnée et un peu inquiète, car il était déjà âgé. Un jour un pêcheur vint m'avertir que l'Higoumène débarquait. Mais ce n'était pas Andréas. Je n'osais pas le questionner, il était si distant, si sûr de lui. Puis un paysan, de retour des Pays, me rapporta qu'Andréas était parti de la Grande Lavra. Il avait demandé son remplace-

218

ment. On disait qu'il s'était retiré dans les Hautes Terres. Personne ensuite ne l'a plus jamais revu.

» Attends, je n'ai pas fini, continue Héléna, effarée par la pâleur cadavérique d'Athanassos. Képhaléos en sait plus long, bien qu'il refuse de parler sur tout ce qui concerne mon passé. Il est jaloux. Tu pourras toujours essayer de le lui demander. Il est à la Grande Lavra en ce moment.

Elle se tait, les yeux fixés sur une vieille photo de son père, posée sur le buffet.

– Le Mont Athos, c'est Andréas, n'est-ce pas?

– J'ai une question à lui poser.

– Quelle question te reste-t-il à poser, Athanassos? Pourquoi remuer les vieux souvenirs?

» Tu parlais de nostalgie tout à l'heure, continue Héléna d'une voix plus forte. Moi, je trouve qu'ils ne sont pas si beaux que cela, ces souvenirs. La guerre, les morts, les mutilés, la traque, un système infernal qui broie les meilleures volontés, qui brise les enthousiasmes les plus juvéniles, et enfonce dans la boue les êtres les plus purs. Le Mont Athos, pour moi, est un douloureux souvenir. J'ai refait ma vie, comme on dit. J'ai tâché d'oublier Grégori et j'y suis arrivée, assez facilement somme toute, quoiqu'il subsiste toujours un relent de regret, malgré sa traîtrise, son suicide idiot... Toi, par contre, je ne t'ai jamais oublié. Mais tranquillise-toi! Képhaléos est un bon bougre à qui je suis unie devant Dieu. Jamais je ne le quitterai. Je ne t'importunerai pas, je sais bien que tu n'es pas revenu pour moi. Tu n'es plus celui qui me demandait près du feu de bois à moitié mort de m'enfuir avec toi. A cette époque-là déjà, tu avais changé. L'air du Mont Athos, en quelques mois, t'avait rendu méconnaissable. La guerre, les sabotages ne devenaient que des prétextes... Si tu le désires, tu peux essayer de t'installer dans le pays, mais laisse Andréas. Il est probablement mort dans une grotte inaccessible. Parle-moi plutôt de toi. Qu'as-tu fait pendant dix ans?

Athanassos boit le raki et raconte son exil misérable. Manœuvre dans un chantier, puis artisan. La solitude, l'isolement. La langue d'abord, et puis les souvenirs, les

219

souvenirs de gloire à côté de toute cette grisaille. La Ville est une dévoreuse de solitaires.

– J'étais seul, Héléna, dans ce désert. La nuit, je sortais. Les rues sordides, les putains, la police. J'habitais une chambre dérisoire, dans une H.L.M. d'une banlieue dortoir. Seul, continuellement seul. Les photos pornos...

Héléna a pris la main d'Athanassos.

– Qu'est-ce qui t'a fait revenir?

– Une nuit, comme les autres nuits, j'étais saoul des rues glissantes de pluie, des rues à bordels étroites et sinistres. Il y avait une rafle. Oh! Je n'étais pas en tort, non, mais c'était plus fort que moi. Un vieil instinct. Un étranger, c'est toujours suspect. Alors je m'étais mis à courir, comme un fou. Les coups de sifflet dans le dos. J'ai couru comme ça, jusqu'à chez moi. Un vrai marathon! Je me suis affalé sur mon lit, je n'en pouvais plus. J'ai vu alors le journal glissé sous la porte, une publicité sur la Grèce, un village de pêcheurs au bord de la mer. J'ai pleuré comme un gosse. Le lendemain j'ai fait mon baluchon et je suis parti. Délivré. La seule chose qui m'étonne, c'est pourquoi je n'ai pas pris cette décision plus tôt.

– Pourquoi? Pourquoi avoir mis tant de temps?

Athanassos explique. Avec d'autres compatriotes comme lui réfugiés, il parlait du pays, commentait les nouvelles. Pour eux, il était hors de question de revenir en Grèce. Ils étaient tous d'anciens maquisards, des rouges, des criminels. Le retour, c'était l'emprisonnement, les jugements hâtifs, la déportation. Mais l'explication n'est guère convaincante, et, devant la moue interrogative d'Héléna, Athanassos poursuit d'une voix sourde et embarrassée :

– C'est terrible à dire, à force, on s'habitue à sa vie d'émigré, il y a une certaine facilité dans la marginalité, une sorte de confort dans la révolte silencieuse que l'on sait inutile, mais que l'on garde comme un trésor. Cela sécurise d'avoir un trésor dans son cœur, quelque chose d'informe qui n'est qu'une illusion, la plus tenace, parce que l'une des dernières auxquelles on s'accroche désespérément. Être réfugié politique, cela donne une étiquette. On aime bien en avoir une. Retourner au pays équivaut à perdre cette étiquette, redevenir un homme normal... assumer une normalité oubliée...

– Tu es revenu, tout de même.

– Je te l'ai dit, cette photo d'un village au bord de la mer.

– Et ils t'ont laissé rentrer comme ça? La police...

– Je suis rentré comme je suis parti, clandestinement. N'oublie pas que pour la police, ici, je suis mort.

– Tu es complètement fou. De ce côté-là, tu n'as vraiment pas changé. Mais, je te questionne, tu parles, tu parles... Tu dois avoir faim, je vais te préparer quelque chose.

Héléna dans la cuisine cuit des œufs. Elle apporte sur la table le fromage, le pain, un litre de vin. Ils parlent de leurs souvenirs, des luttes, la révolution, les caches :

– Tu te rappelles ce village que vous aviez eu tant de mal à... libérer, comme vous disiez. Cette parodie de tribunal militaire que vous aviez installé sur la place. Tu ne pensais qu'à condamner, condamner les pauvres types qui avaient la faiblesse de collaborer. Le commissaire politique qui arrive dans sa vieille jeep déglinguée, t'annonçant la défaite de nos troupes devant l'armée. L'engueulade. Les hommes atterrés.

» Et toi qui te lances dans un énorme discours, sans queue ni tête; tout le monde te regardait éberlué, on ne t'avait jamais vu ainsi, toi d'ordinaire si indifférent, amateur. Tu n'as jamais été très diplomate, mais là tu avais réussi à te mettre à dos tout le monde, même tes plus fidèles compagnons. Qu'avais-tu besoin de crier ta haine de tous les étrangers, qu'ils soient anglais ou yougoslaves? Il avait raison, ce commissaire politique. Une révolution ne se gagne pas en une seule bataille à terrain découvert, où vous alliez les mains presque nues devant les mitrailleuses américaines. Pendant ce temps je soignais les blessés dans la vieille étable transformée en infirmerie. La porte en s'ouvrant, chaque fois, faisait s'envoler les mouches. J'étais tellement démunie devant toutes ces souffrances. Et pour quoi? La prise d'un village, la défense d'un village?

221

Le soir petit à petit s'installe avec sa pénombre et ses confidences.

Longtemps ainsi, ils parlent de leurs souvenirs, accoudés sur la vieille table de bois ciré. La salle à manger n'a pas changé. Le buffet, les bibelots, les petits napperons brodés. Dix ans. Comme la dernière fois où Athanassos avait pénétré dans cette maison, un soir de haine, au retour de cette funeste expédition manquée – par effraction. Instinctivement, Héléna serre les poings.

– On ne pouvait pas te laisser à Iérissos. J'avais repéré un individu suspect qui ne cessait de vous observer, toi et Grégori.

– Vous auriez pu vous y prendre autrement. J'avais l'impression d'être votre butin, l'unique butin de votre funeste sabotage. Je ne te reconnaissais plus. Hâve, brutal, comme une bête qui avait faim, et le pauvre Grégori qui n'osait pas me regarder.

La nuit enveloppe toutes choses.

Un chien, au loin, se met à aboyer.

– Peux-tu me procurer une barque? demande soudain Athanassos.

C'est la fin des souvenirs. Le début de la quête.

– Je veux retrouver le Père Andréas. Il est sûrement caché quelque part, dans les grottes du Haut Pays. Ce n'est pas possible qu'il soit mort.

– Pourquoi, Athanassos? Andréas est mort. Depuis des années peut-être. Pourquoi ressasser tout cela? Au moins attends le retour de Képhaléos. Il a son bateau. Il te ramènera à la Grande Lavra.

– Je préfère partir seul.

Une solitude qui se tend vers une autre solitude.

– Comprends, Héléna, je ne ressasse rien. Je ne suis pas revenu pour visiter les lieux de mes anciens exploits. Dans ce cas, ce n'est pas ici que j'aurais débarqué, mais dans les montagnes de Chalcidique, ou à Salonique. Ici, je n'ai réalisé aucune action héroïque. Bien au contraire, mon séjour au

Mont Athos a été une succession ininterrompue de faillites. Mon arrivée était la conséquence de la défaite de notre révolution; je t'ai délaissée pour je ne sais quelle attirance qui me poussait à rester dans la skite d'Andréas; j'ai tué le Bulgare par sottise, envoyé à la mort Pythagoras, Grégori s'est suicidé pour me sauver. J'ai même dévoyé le Père Andréas. Et je me suis enfui, ultime faillite, repoussé physiquement par cette montagne dure et jalouse qui m'avait sournoisement attiré un moment, pour mieux me vomir ensuite.

Ils sont sortis tous les deux, la main dans la main. Évitant le village, ils se sont dirigés vers Tripiti par le chemin toujours aussi ensablé sinuant entre les dunes. Héléna dans la pénombre montre une vieille barque amarrée le long du débarcadère de planches disjointes, tache sombre sur la mer noire, brillant au clair de lune.

– C'est le bateau de Jean, le pêcheur, le fils. Tu peux le prendre, je lui expliquerai demain. Il vaut mieux que tu partes ainsi, comme un voleur. Le fils a gardé les rancunes de son père. Il te connaît par ouï-dire. Tu n'as pas très bonne réputation parmi les anciens. Tu es celui qui as abandonné, au moment difficile, tes frères traqués par la milice. Ils ont tort, ils ont raison, je ne sais pas. Mais eux, ils te considèrent comme un déserteur. Je te préviens, si tu rencontres Képhaléos à la Grande Lavra, il ne mâchera pas ses mots. Cela va être difficile pour toi de réintégrer notre monde. On ne quitte pas le Mont Athos comme ça. Le Mont Athos se venge. Et sa vengeance est tenace, et terrible.

– Même toi, Héléna, tu le penses?

– Lorsque Grégori est mort, je t'en ai voulu naturellement. Je l'aimais, il était jeune, insouciant, beau, transparent, si faible, avec un tel besoin d'amour. Cela ne peut laisser indifférente une femme.

– Et maintenant?

– Le temps passe et émousse toutes choses. Je ne suis plus la jeune et belle fille d'autrefois. J'ai beaucoup souffert, moi

223

aussi. L'attirance va alors vers ceux qui ont également beaucoup souffert. Tu n'es plus le bel Athanassos, arrogant et indifférent. Tu as vieilli; tu es pauvre, rejeté, ayant mal supporté l'exil sur une terre étrangère; tu risques d'être exilé dans ton propre pays. Tu es un paumé, et cela, à mon âge, ne laisse pas insensible. Athanassos, je t'ai aimé – je t'aime toujours, différemment; c'est plutôt l'amour d'une mère pour son enfant handicapé...

Athanassos est monté dans le bateau. Il cale consciencieusement à l'avant le panier rempli de provisions que lui a préparé Héléna.

Silencieusement il détache l'amarre.

– Héléna, ne t'inquiète pas, ce n'est pas cet amour-là que je suis venu chercher. Je te le répète, je ne reviens pas pour mes souvenirs. Dans la minable chambre de cette minable banlieue, au bout de ces années interminables, il s'était créé un semblant d'équilibre de vie végétative. Le cinéma et les putains remplaçaient les courses vagabondes dans les campagnes de Macédoine. Il a suffi d'une photo pour faire éclater cette dure écorce de fatalité et de soumission, de laisser-faire, de je-m'en-foutisme. Une simple photo pour briser en mille morceaux cette formidable masse de sédiments qui étreignait mon cœur, l'étouffait à ne plus l'entendre battre. Une simple photo : la sortie du labyrinthe, une bouffée d'air pur. Là-bas je dormais, je m'étais endormi d'un sommeil sans rêves. Brusquement je me suis réveillé, et je suis à nouveau ici ; à mon réveil, il y avait Andréas et le Mont Athos. Rien d'autre.

» Non, je ne suis pas revenu pour mes souvenirs, encore moins pour ton amour, bien que tu sois pour moi la seule femme que j'aie vraiment aimée. Avant d'aller, la première fois, au Mont Athos, je suis passé par toi. C'est toi qui me l'as fait connaître. Maintenant, avant de retourner à la Montagne Sainte, je passe encore par toi. Tu es en quelque sorte un passage, une porte. Pas n'importe laquelle : une porte qui ouvre sur l'amour. Vois-tu, Héléna, il existe un autre amour, je ne sais pas encore très bien lequel, mais il existe, sûrement. C'est pourquoi je veux revoir Andréas. En lui résidait cet autre amour que je ne sais définir. C'est Andréas que je suis venu retrouver, pas toi, Héléna. Tu étais là, je t'ai rencontrée. Ce sont des souvenirs ensevelis. Je viens d'un pays mort, d'une ville morte. Ce n'est pas pour rechercher une autre mort. Quelque part dans ces montagnes, enfouie dans ses grottes, il y a la vie. Vraie, réelle.

– Et qu'est-ce que tu vas lui dire à ton Andréas, si jamais tu le retrouves? Tu as fait l'expérience de la solitude, jadis. Toi-même, tu l'avoues, tu as tenu trois semaines, et tu t'es enfui. Crois-tu que maintenant il y a en toi quelque chose de changé qui peut te permettre de renouveler l'aventure, sachant bien que tu ne survivras pas à un nouvel échec?

– J'ai une question à lui poser, l'unique question qu'il me reste à poser d'ailleurs, car toutes les autres ne sont que faux problèmes. Qui suis-je pour être ainsi attiré par ce Mont Athos qui me ronge le cœur, moi, un quelconque anarchiste de seconde zone? Je ne suis en rien comparable à ces braves moines qui essayent tant bien que mal de suivre les commandements de leur Dieu. Je n'ai rien de commun avec Andréas, qui est la sainteté même, autant que je puisse la reconnaître quelque part. Je n'ai rien de pur, aucune ascèse, aimant les femmes, les beuveries. J'ai tué sans aucun complexe. Mes attentats ont sûrement coûté la vie à des innocents et cela ne m'empêche pas de dormir. A part toi, je n'ai été intéressé par personne, sinon par mes petits désirs et mon amour-propre. Non je n'ai rien de commun avec tous ces ouvriers de Dieu. Pourtant je veux retourner là-haut, il y a dans mon ventre une force obscure qui me pousse, qui m'a fait arriver jusqu'à toi, qui maintenant m'oblige à te quitter, probablement pour toujours.

Athanassos a saisi les rames. Après un rapide geste d'adieu, il s'est retourné vers le large, vers la nuit. Lentement la barque s'éloigne. Héléna reste longuement à suivre une tache plus noire sur le noir de la mer, s'amenuisant vers le premier promontoire qui cache le Mont Athos.

La mer est plate, uniformément. De larges zones luisantes font comme des étangs d'eau morte, au milieu de rivières frissonnantes sous la brise nocturne. Athanassos lentement longe la côte déserte, où par endroits il croit deviner une lumière à peine perceptible.

Rapidement il se fatigue. Il se rapproche du rivage, aperçoit une petite crique de galets à l'ombre de deux collines où s'enchevêtrent les arbres et les taillis. Il décide d'y passer la nuit et pousse la barque sur la grève.

Au moment de se coucher dans le creux de la coque, il remarque une lumière encore plus vacillante que les autres, bien que toute proche. Curieux, il s'avance sur les galets qui roulent, comme un moustique attiré par la lampe sur laquelle il va brûler ses ailes. C'est une misérable cabane de pêcheur blottie contre la falaise, avec une seule petite fenêtre grillagée. Par les carreaux sales il aperçoit à l'intérieur, près de l'âtre où finit de se consumer une grosse bûche, un moine accroupi, recroquevillé, les genoux touchant presque les épaules, la tête comme repliée sur le ventre, tenant de sa main droite posée sur le sol un grand chapelet de bois.

Athanassos frappe à la vitre. Le moine relève la tête, une barbe hirsute lui mange les trois quarts du visage. Seuls, des yeux immenses, agrandis encore par l'ombre des pommettes, luisent fiévreusement dans la lumière tremblotante. Athanassos est entré dans la cabane, où règne un fouillis indescriptible. Le moine prépare le café. Il lui donne un verre d'eau et quelques olives. Le tout en silence et une succession de prosternations. Puis le vieillard s'est de nouveau accroupi, il semble dormir. Il ne bouge pas lorsque Athanassos doucement referme la porte sur un monde qui l'étonne. Chancelant, il rejoint la barque, comme un naufragé sa bouée.

226

« Il y a quelques années, j'aurais trouvé ce type complètement idiot », bougonne-t-il, en s'enroulant tant bien que mal dans sa couverture.

Un lointain roulement de tonnerre se répercute longuement dans la montagne.

Athanassos n'arrive pas à s'endormir. Toujours ces folles images qui se bousculent dans sa tête. Héléna en infirmière, avec les mouches qui tourbillonnent lorsqu'on ouvre la porte de l'église. Héléna agrippée à la ridelle du camion qui démarre dans un nuage de poussière, et criant : Le Mont Athos, le Mont Athos! Le canot retourné dans une crique semblable à celle où il se trouve, l'homme mort sur la quille et Képhaléos qui tire une interminable rafale de mitraillette, dans un bruit tonitruant qui résonne par saccades dans les collines et les ravins, réveillant en sursaut les moines, les ermites, les paysans, les animaux terrés dans leur cache, tout un monde clos, douillet, sclérosé dans des habitudes millénaires...

Le lendemain matin, très tôt, Athanassos se baigne voluptueusement dans l'eau claire, presque chaude. Longtemps il reste à s'ébattre tel un jeune chiot, et lorsqu'il remonte sur la grève, fatigué mais heureux, il a l'impression d'avoir laissé au fond de la mer toute une crasse qui l'empêchait de respirer. A côté du bateau sur les cailloux, il trouve un petit plateau de bois portant un verre d'eau et trois olives. Le moine a disparu. Une cloche au loin, Athanassos a envie de s'agenouiller.

Il reprend son voyage vers la Grande Lavra, et s'amuse à reconnaître les monastères perchés sur une colline escarpée ou blottis au fond d'une crique.

Le Mont Athos est là maintenant, imposant, dominateur, écrasant de sa masse verte tout ce petit monde qu'il a côtoyé, jadis, pendant quelques mois... et qu'il a tellement aimé.

La falaise des anachorètes. L'absence de vagues permet de s'approcher des multiples petites grèves. L'œil scrute les parois à la recherche d'une échelle, d'un mur ou d'une fenêtre. Tout se confond dans l'uniformité ocre de la pierre.

Il cherche un panier suspendu. Il en trouve finalement un, où il dépose, après bien des difficultés, ce que lui a donné Héléna. Il tire sur la corde, attend un moment, puis repart, oppressé, le panier se balançant mollement au ras de l'eau.

Un dernier promontoire, et c'est le petit port fortifié de la Grande Lavra. Il a l'impression de revivre un rêve oublié – la tour, le mur crénelé, deux barques amarrées au quai. Sur le chemin aux pavés disjoints qui monte au monastère en longeant le grand mur gris, un vieux moine descend avec peine. Sa robe est sale, délavée, couleur de vieux jean passé à l'eau de mer. Il lui demande : Andréas? Le moine sans s'arrêter fait un geste circulaire, un seul geste pour effacer le monde, les villes, les guerres, pour gommer son exil. L'angoisse revient comme la première fois, bien bétonnée en son cœur, l'angoisse d'un visage qu'il ne saura peut-être plus reconnaître, la peur de mourir soudain sur cette montagne inhumaine, mangeuse d'hommes, cette montagne où les cimetières ont forme de monastères.

Le chemin s'est élargi pour former la vaste esplanade où trône ce qu'Andréas appelait en riant le kiosque à musique, désert à cette heure trop matinale. Ce doit être l'heure de l'office, pense-t-il. Il essaye d'entendre un chant, la porte est bien close, et le silence est total. Il s'approche de l'entrée, attiré comme par un aimant.

Ces massives portes du monastère sont parfois bien menaçantes. Athanassos frissonne. C'est là que Grégori a frappé avec la crosse de sa mitraillette, hurlant des mots incompréhensibles. Deux grenades sont attachées à sa ceinture. Sous ses coups redoublés, le lourd vantail s'entrouvre. Un novice ébahi lève les bras au ciel. Grégori court tel un forcené, il saisit une grenade, l'applique sur sa figure... Athanassos, je suis Athanassos... Le nom va crever contre les alcôves, les pilastres, les cellules, les cloches se mettent à vibrer... Les moines affolés qui gesticulent, les militaires, le Despote...

Athanassos énergiquement secoue la tête devant la porte toujours close. Il se demande s'il ne devient pas fou. Il veut chasser ces souvenirs qui l'obsèdent, comme un condamné se heurtant le front contre le mur de sa prison.

Ce n'est pas cela qu'il est venu retrouver. Sinon il vaudrait mieux pour lui qu'il ne soit jamais revenu; sinon il n'a plus qu'à se précipiter dans la mer du haut de quelque promontoire rocheux, ils ne manquent pas ici et sont autant de tentations vicieuses au candidat au suicide; peut-être recueillent-ils parfois les dernières confidences d'un moine affolé qui soudain s'aperçoit qu'il s'est trompé, qui n'en peut plus d'être seul dans son ermitage solitaire, pour qui l'abîme, l'attirance de l'abîme, le vertige qui fait frissonner les jambes lorsqu'on regarde, là-haut, la longue muraille qui étincelle d'un nuage matinal – pour qui l'abîme est l'ultime expérience.

Revoir Képhaléos lui semble tout d'un coup insupportable. Il lui faut du temps pour exorciser ces images folles qui resurgissent de sa mémoire malade. Plus tard, il parlera à Képhaléos. Maintenant il lui faut un peu de paix. Ce monde qu'il retrouve avec tant d'impatience lui semble être plus violent que la plus violente des guerres.

Enfin, calme, les jambes flageolantes, il prend le chemin qui monte le long de la montagne à la skite où vivait le Père Andréas.

La fontaine romaine où il se désaltère, les grands arbres, la mer que l'on aperçoit à chaque détour de sentier, rien n'a changé. Le petit ruisseau court encore sous cet arbre mort. La pierre sur laquelle les mulets renâclent n'a pas été enlevée et la chaleur est toujours aussi accablante. Au loin, le Mont Athos apparaît entre deux branches.

Un chien aboie, un autre lui répond. Les arbres s'espacent autour d'un petit enclos cultivé. Le paysage tout d'un coup s'étale sur la colline déboisée. Là-bas, la skite du Père Andréas. Dans le jardin, agenouillé, un moine fait sa prière. Un autre se précipite, tout joyeux, à sa rencontre, et aimablement l'accueille.

Les branches des noisetiers jonchent le sol. La salle d'hôte avec ses coussins défraîchis, et les gravures de la guerre gréco-turque, respire la même sérénité.

Le moine lui apporte un verre d'eau, un loukoum, quelques olives. Athanassos lourdement s'assied sur le banc, et s'aperçoit qu'il a faim.

Est-ce le goût particulier de ces olives amères? Doucement, sans effort, il se met à pleurer, en de profonds sanglots qui montent du ventre. Un flot de larmes ruisselle, inonde ses joues, ses mains, le cou, sa chemise. Un puissant défoulement de larmes qui purifient, nettoient son âme.

Combien de temps est-il resté sur ce banc, prostré, dans la salle d'hôte silencieuse où grésillent quelques mouches collées aux vitres rectangulaires? Lorsqu'il se réveille – mais se réveille-t-il vraiment? – le soir est tombé.

Les deux moines sont assis en face de lui; sur la table ils ont disposé une bouteille de vin noir du Pantokrator, du fromage, une miche de pain. Un chien au loin aboie de temps en temps.

— Il y a dix ans, j'étais ici, explique Athanassos, avec le Père Andréas.

Il se lève, déplace un coussin le long du mur. Le trou pour le fusil est toujours là.

— J'ai bien connu le Père Andréas, assure le moine le plus âgé. C'est moi qui l'ai remplacé dans cette maison. La porte était ouverte, il y avait une bûche dans l'âtre... Puis est arrivé le jeune Chrysostome et nous n'en avons plus bougé. Oui, tu as raison, ça fait bien dix ans.

La nuit s'est installée, avec ses craintes, ses frayeurs irraisonnées, le chien n'aboie plus.

Sur le pas de la porte, devant le ciel scintillant d'étoiles, Athanassos demande enfin :

— Savez-vous où est le Père Andréas?

— Il est devenu Higoumène de la Grande Lavra. Puis un jour, il y a de cela deux ou trois ans, un autre Higoumène est arrivé et Andréas a quitté le monastère, il avait subi l'appel définitif de Dieu, il est parti vers les Hautes Terres. Plus personne ne l'a jamais revu. On l'aimait bien. Mais on le craignait aussi. C'était un saint. Certains même prétendent qu'il est devenu l'un des sept Hésichastes. Comment savoir?

Il faudrait aller là-haut, sur le Mont Athos. Pourrait-on seulement le retrouver dans ce désert? Est-ce même utile? Le Père Andréas ne serait pas forcément content. Nous devons éviter de le mécontenter, car s'il est devenu l'un des sept, il a puissance sur l'espace et le temps, sur la vie et la mort, il peut se changer aussi bien en scorpion qu'en une simple marguerite. Seule une âme pure pourrait l'apercevoir. Qui peut se targuer d'avoir une âme pure?

Athanassos dort sur le long canapé de la salle d'hôte. Les deux moines sont remontés au premier. Dans la nuit, soudain, à nouveau un chien aboie. Sur le sentier, trait clair dans l'ombre des bois, une autre ombre s'allonge et trottine.

– Qui es-tu pour parler de guerre?

Athanassos s'est redressé en sueur sur la banquette. Il scrute la pièce obscure. Un nuage se déchire et dévoile la lune.

– Il n'est de guerre qu'intérieure.

Athanassos croit apercevoir accroupi au milieu de la salle le moine mendiant des mauvais jours.

– Il n'est de guerre que contre son moi.

– Qui parle? hurle Athanassos. Qui est là? Je ne suis pas venu refaire la révolution. J'ai eu mon temps. Je viens seulement chercher le Père Andréas, qui m'avait dit un jour : Il y a une étoile sur ton front, ne l'éteins pas! Non, elle n'est pas éteinte, cette étoile, malgré tous les sédiments accumulés. Elle me brûle là, entre les deux yeux, jour et nuit. C'est quelquefois comme un battement, comme une prière ininterrompue. A d'autres moments, c'est une vrille qui me perfore le crâne.

Les deux moines sont descendus de leur chapelle et regardent apeurés Athanassos se débattre sur sa couche.

La lune s'est cachée. La salle d'hôte n'est plus qu'un trou noir où petit à petit tout se calme à nouveau. Seul subsiste le crissement de quelques branches de noisetiers qu'on écrase, comme si quelqu'un, précautionneusement, marchait encore dans le couloir.

Au petit matin, Athanassos retrouve l'un des moines qui

231

bêche son jardin. L'air est frais, une grosse brume monte de la mer. Les arbres sont enveloppés d'un brouillard blanchâtre. Le moine se redresse et regarde Athanassos d'un air indéfinissable où se mêlent à la fois la tristesse, la compassion et un peu d'inquiétude.

– Quelqu'un pourrait peut-être te renseigner sur Andréas, finit-il par dire. C'est Képhaléos, un ouvrier. Le père s'était pris d'amitié pour lui. Du temps où il était Higoumène, cet homme faisait toutes sortes de travaux de restauration, sous son unique direction. Ils parlaient souvent ensemble. Depuis qu'Andréas est parti, Képhaléos ne vient plus que rarement à la Grande Lavra. Il travaille au monastère de Stavronikita. Enfin, si on peut appeler ces ruines un monastère. On se demande ce qu'il peut y faire, car plus aucun moine ne vit là-bas. Certains disent que c'est sur l'ordre du Père Andréas. Pourquoi pas?

Chaque chose au Mont Athos prend une coloration particulière. Tout le monde se connaît, il y court comme une rubrique de petits événements colportés de bouche à oreille, dans une atmosphère de demi-teinte qui transforme ces bavardages innocents en nouvelles phénoménales.

– Képhaléos habite Iérissos. Il a épousé une fille du pays, Héléna. Vous devriez le connaître. Il est à peu près de votre âge. On dit que pendant la guerre civile c'était un révolutionnaire acharné. Il est plutôt renfermé, le Képhaléos. Un peu brut, mais un bon fond certainement, puisqu'il était ami d'Andréas.

Le moine soliloque, et n'en finit pas d'expliquer ce qu'était la vie du monastère au temps du Père Andréas. Maintenant il ne va même plus aux offices du dimanche. Il a tort bien sûr. Mais Andréas, c'était autre chose. L'église était pleine, même des paysans venaient l'écouter.

– Si vous voulez voir Képhaléos, c'est à Stavronikita qu'il faut aller. C'est assez loin d'ici, après le monastère d'Iviron, sur un promontoire désolé.

Athanassos s'est éloigné sur le sentier qui monte vers les Hautes Terres. Le même sentier qu'il avait pris jadis, lorsqu'il avait quitté la skite, définitivement croyait-il à cette époque, fuyant les moines et leur solitude, cette solitude dévastatrice qu'il n'avait pas su nettoyer de ses rancœurs et de ses amours avortés. Un sentier qui ne l'avait mené nulle part, si ce n'est à l'exil et à la mort.

Ainsi la skite n'était pas restée longtemps inoccupée. Après le départ d'Andréas, sincèrement, il avait voulu demeurer là, avec le chien, le vieux mulet. Il n'était plus rien, ne possédait plus rien. Héléna, les camarades de combat, tous l'avaient fui. Oui, il avait essayé. Trois semaines avaient suffi pour tarir la source que soudain il avait cru sourdre en son cœur. La skite s'était transformée en cercueil, et lui, en squelette. Il entendait au loin les cloches du monastère. Il avait fui les cloches, le mulet, le chien qui n'arrêtait pas de gémir. Sur le sentier, tout droit, qui se perd dans la forêt. Il avait dévalé comme un possédé les pentes arides du Mont Athos...

Athanassos pense à Képhaléos. Il voulait l'éviter, il ne s'était pas arrêté au monastère de la Grande Lavra par crainte de l'y rencontrer. Képhaléos apparaît bien comme étant l'unique maillon qui lui permettra de retrouver le père, si cela est encore possible. Comment a-t-il pu devenir l'ami d'Andréas, lui qui a une sainte horreur de tout ce qui est moine et monastère?

Képhaléos, c'est tout un pan de sa révolte s'écroulant jadis, lamentable : un constat d'échec. Il croyait l'avoir bien oubliée, sa révolte, bien assimilé son échec, enterré sous une multitude d'autres. A quoi bon remuer la vase? Au plus profond de lui-même, il sent cette ultime rencontre inéluctable, pour effacer enfin des images qui continuent de l'obséder.

L'air est vif. Un léger souffle fait bruire les arbres. Deux fois il s'arrête près d'une fontaine pour manger les maigres provisions qu'a voulu absolument donner le sarabaïte. Il retrouve la marche cadencée des anciennes courses vagabondes. Et c'est à peine fatigué qu'il parvient en vue de Stravronikita, après avoir laissé dans la vallée Iviron et ses oliviers.

Le monastère est une ruine imposante qui se dresse sur un plateau désertique à quelque cent mètres au-dessus de la mer. Les bâtiments sont fortifiés, une grosse tour crénelée encore intacte lui donne l'aspect d'un château fort. Il y a plusieurs années, le dernier moine qui vivait là en ermite est mort, à quatre-vingt-quinze ans. Un paysan a retrouvé son corps prosterné devant le petit autel de la chapelle. Il l'a enterré dans le jardin et prévenu l'Higoumène de la Grande Lavra. Depuis, plus personne n'y habite, la bâtisse se dégrade rapidement, une partie du toit du bâtiment principal qui abritait jadis le réfectoire et les cellules réservées aux hôtes s'est écroulée. Les seuls habitants sont les corbeaux et les chacals. Les paysans ou les pèlerins préfèrent éviter ces lieux qui ont toujours eu une réputation étrange : une porte sur les Enfers ou sur les Cieux, personne ne sait trop. On murmurait que le vieil ermite était sorcier.

Athanassos arrive enfin au pied des ruines. Il s'arrête, hésite. Il a l'impression qu'il n'y a rien à trouver. Tout est mort, destruction. Le Désert. Que pourrait lui apprendre Képhaléos? Rien, sinon lui adresser des reproches. Il est tellement éloigné de ces souvenirs. A nouveau la peur irraisonnée, la même qui l'a saisi en abordant à la Grande Lavra. Mais ici, elle est plus proche, presque palpable. Quoi de plus triste qu'une ruine d'église. C'est l'échec de Dieu. Et l'échec de Dieu parmi les hommes, cela signifie la mort, la peur d'une mort qui n'est pas la vraie mort, mais quelque chose d'absurde.

Il se met à chercher. Les broussailles ont envahi la cour intérieure. L'église n'a plus de toit. Tout est abandonné, vide. Pourquoi Képhaléos vient-il ici? A quoi peut-il travailler? Ce qu'il fait n'est guère visible. Aucune trace de déblai, de rénovation quelconque. L'intérieur de l'église a été vidé de tout son contenu, les murs sont gris, le dallage inégal. Pas une seule statue, pas une seule icône. Les fresques sur les murs semblent avoir été effacées, gommées.

Il entre dans le bâtiment encore debout abritant les cellules des moines. Même abandon, même ruine, ou plutôt même destruction concertée.

Toute la journée Athanassos erre et scrute chaque recoin, ne dérangeant que quelques rats et des corbeaux. Le soir le surprend alors qu'il déchiffre des graffiti dans la cellule d'un moine, peut-être celui qui fut le dernier à hanter ces lieux qui semblent maudits, comme rejetés de Dieu, en marge de l'univers. Une frange de matière créée, oubliée de son créateur.

Soudain, l'alerte, comme aux jours de grande rafle dans les rues de Salonique. L'impression confuse et en même temps si précise d'un danger imminent. Quelqu'un le guette, là, derrière ces murs lépreux, prêt à lui sauter dessus. Instinctivement, Athanassos se recroqueville sous le chambranle de la fenêtre, immobile, épiant le moindre bruit.

Petit à petit la pénombre envahit la cellule.

Un long moment, il reste ainsi, en sueur. Rien. Même les cigales se sont tues. « Encore cette folle imagination », marmonne-t-il en se redressant. Un lourd bâton siffle dans l'air, et le frappe rudement à la poitrine; il trébuche, il s'écroule sur le plancher. Un homme bondit, une masse énorme qui essaye de le clouer au sol. Une courte lutte, sauvage, dans les gravats et la poussière. Mais les réflexes sont toujours là, malgré les années. Athanassos roule sur le côté, donne un violent coup de pied dans le ventre de l'individu qui s'affaisse en geignant. Il ramasse au passage la bûche qui a failli l'assommer. Sur la défensive, le dos au mur, il observe l'homme qui pesamment se relève : Képhaléos.

– Qu'est-ce qui te prend? souffle-t-il. Tu ne m'as pas reconnu? Je suis Athanassos...

– Oh si! articule difficilement Képhaléos. Cela fait deux heures que je t'épie. Tu as bien failli me surprendre dans l'église. J'avais entendu marcher sur le gravier de la cour. Je me suis caché. Je n'aime pas les visiteurs. Je t'ai reconnu immédiatement, je n'en revenais pas. Tu osais...

Une profonde inspiration – Képhaléos continue, plus distinctement :

– Ainsi, tu oses revenir. Tu as un sacré toupet! Tu nous as abandonnés au pire moment, pour te remplir les « poches » dans les villes, et maintenant que tout est fini, te voilà, arrogant, qui me cherches jusque dans ces ruines, pour me reprendre Héléna.

– Tu es fou, crie Athanassos. Surtout ne bouge pas, ajoute-t-il devant l'allure menaçante de Képhaléos. Je sais encore me battre, tu t'en es rendu compte. Tu as grossi, mon vieux, terriblement grossi. Les gros ventres n'ont jamais fait de bons combattants.

– J'ai peut-être grossi, gronde Képhaléos. Mais moi, je suis resté ici. Il y a eu la traque des Anglais, la traque des Américains, puis celle des Grecs qui ont pris le relais, et la dernière n'a pas été la moins dure, tu en as peut-être entendu parler. Les copains emprisonnés, torturés. La suspicion, la mise à l'écart. Toi, tu étais bien au chaud en France.

– La suspicion, je l'ai connue aussi là-bas, plus insidieuse...

– Racontart! Tu es venu reprendre Héléna, me narguer.

– C'est faux.

– Menteur, sale menteur.

Képhaléos dangereusement se rapproche.

– Je ne suis pas revenu pour Héléna, répète Athanassos. Je veux seulement retrouver le Père Andréas.

Képhaléos, au nom d'Andréas, s'est arrêté, interdit.

– Je désire une seule chose, poursuit Athanassos. Poser une dernière question au père. Je te cherchais parce qu'on m'a dit que tu étais le seul à savoir où il se trouvait.

Képhaléos recule près de la fenêtre, indécis.

– Tu l'aimais pourtant bien, Héléna!

– Je l'aimais, certes. Mais ce n'est pas pour elle que je suis ici. Je sais qu'elle est devenue ta femme.

– Andréas a béni notre union.

– Héléna, pour moi, c'est fini. Pour elle aussi d'ailleurs, je ne suis plus rien.

– C'est faux, hurle Képhaléos. Elle s'est habillée de noir, depuis le jour où tu es parti.

– Héléna, c'est terminé, répète doucement Athanassos. Dis-moi où est Andréas. C'est tout ce que je te demande. Et tu n'entendras plus jamais parler de moi.

236

Un long silence. La nuit a pris complètement possession du monastère, qui repose serein et immobile. Dans l'embrasure de la fenêtre, le donjon se découpe sur le ciel encore clair, telle une menace.

– Tu as une cigarette? demande Athanassos.

Képhaléos, après un moment d'hésitation, lui tend un paquet à moitié vide.

Les deux hommes, maintenant, fument, regardant les collines sombres au-delà des murailles, oubliant leurs rancunes, retrouvant les anciennes habitudes.

– Le Père Andréas s'est retiré dans une grotte, au pied du Mont Athos, commence Képhaléos. Toutes les semaines, je lui porte du pain et du fromage que me donnent les moines de la Grande Lavra.

– Il vit donc toujours?

– Il est vieux, maigre à faire peur. Peut-on dire qu'il vit, d'ailleurs? Il ne parle même plus.

– C'est loin d'ici? Tu pourrais m'y conduire?

– Attends, je n'ai pas fini. Hier, comme tous les vendredis, j'ai été lui apporter sa nourriture. Il n'était plus là.

– Disparu?

– Oui, disparu. La grotte était vide, comme s'il n'avait jamais existé, comme s'il n'y avait jamais habité. Aucune trace, aucun détritus. Rien.

– Où est-il, alors?

– Une fois, il y a de cela plusieurs mois, il m'avait prévenu : « Si un jour je quitte ces lieux, ne tente pas de me retrouver. Ce serait inutile. Si j'ai besoin de toi, c'est moi qui viendrai. » Comment t'expliquer? Tu n'as pas connu Andréas vers la fin, il était plutôt avare de ses paroles. La seule chose qu'il m'avait longuement expliquée, c'était comment travailler ici à effacer les fresques de l'église.

– Effacer les fresques de l'église? Tu es sûr?

– Oui, tu t'en es rendu compte par toi-même. J'ai pour ainsi dire tout poncé. Il faut maintenant reblanchir les murs.

– Reblanchir les murs?

– C'est ce qu'il m'avait demandé.

237

Ils ont allumé une autre cigarette dont le bout rouge décrit des arabesques dans la nuit.

— Il t'a parlé quelquefois de moi? demande Athanassos.

— Je ne peux pas te répondre.

La voix de Képhaléos est devenue subitement sourde, caverneuse.

— Comment se fait-il que toi, si peu... monastique, tu sois resté ici, au service d'Andréas?

— Andréas m'avait pris sous sa protection. Plusieurs fois il m'a sorti des griffes de la milice. Je lui devais bien ça. Je suis une brute, je le sais bien. Mais une brute fidèle, obstinée jusqu'à la mort, s'il le faut. Pourtant... Maintenant qu'il n'est plus là, je ne sais plus très bien ce que je vais faire. Le travail qu'il m'a demandé me semble tellement absurde... Blanchir les murs, pourquoi?

— Je peux le faire à ta place, si tu veux.

Lourdement, Képhaléos s'est approché de la porte.

— Tu tiens donc à rester ici? lui demande-t-il, incrédule.

— Pourquoi pas... Je voudrais voir la grotte où a vécu Andréas. Pourrais-tu m'y conduire? Peut-être trouvera-t-on un indice qui nous permettra de savoir où il est allé. Tout ce voyage, je l'ai fait pour le revoir. J'étais content qu'il soit vivant, ensuite tu me dis qu'il a disparu... à quelques jours près, je n'ai pas de chance.

Képhaléos, embarrassé, se tortille sur le pas de la porte.

— C'est d'accord, finit-il par dire, comme à regret. Nous irons demain. Ce n'est pas très loin. Un raidillon qui descend jusqu'à la mer. Après je partirai. Je ne te reverrai plus, ne viendrai plus ici. Je vais retourner à Iérissos. Pour toujours. Auprès d'Héléna. La mairie veut construire un garage pour le bus de Salonique. Il y aura du travail.

— Je ne te chasse pas, on retrouvera peut-être Andréas. Sûrement même, avec le temps!

— Adieu, Athanassos, à demain. Andréas ne veut pas qu'on le cherche.

Képhaléos s'enfonce dans le couloir. Il s'enfuit presque. Son pas lourd résonne longuement dans tout l'étage. Les cigales se sont remises à crisser.

Sacré type, toujours aussi buté, pense Athanassos en souriant. Le pauvre vieux, il n'a jamais dû s'y faire, aux moines et aux monastères. Malgré Andréas.

Le ciel se constelle d'étoiles. Athanassos entend, très nettement, le bruit du ressac sur la grève lointaine.

Il finit par se coucher dans la cellule. Par la fenêtre il aperçoit le Mont Athos au-dessus des collines, encore éclairé des dernières lueurs du crépuscule. Il ne peut quitter des yeux la montagne hautaine, qui l'écrase, l'enfonce, le recouvre de ce monceau de ruines.

Un chien à nouveau aboie. Le chien de Képhaléos peut-être, Képhaléos qui doit dormir dans l'église, tout joyeux probablement de quitter le Mont Athos, libéré d'Andréas, de ce travail idiot qui ne devait, en plus, rien lui rapporter, libéré d'Athanassos par la même occasion, de ce rival fantomatique qu'il craignait toujours de voir revenir.

Athanassos est content. Finalement cela ne s'est pas trop mal passé. Képhaléos va le conduire jusqu'au père. Il ne croit pas à cette histoire de disparition.

Andréas doit bien être quelque part. Il suffit de le chercher. Il a tout son temps. Il est devenu patient.

Ses yeux se reportent sur le Mont Athos, qui n'est plus maintenant qu'une masse sombre sur le ciel bleu nuit. Finalement, retrouvera-t-il Andréas?

Tout d'un coup, Athanassos s'aperçoit que cette question l'indiffère. L'a-t-elle vraiment passionné? Ne serait-ce pas plutôt un leurre, un écran qui soudain s'écroule? Un tas de poussière, qui arrivait à lui cacher ce qu'il cherchait vraiment.

C'est le Mont Athos qu'il est venu retrouver. Il comprend, oui, il comprend – c'est comme un éclair de lumière –, tous ces moines, ermites, anachorètes, sarabaïtes, girovagues, qui courent se terrer dans les flancs de la Montagne Sainte, y creusant des caches impossibles, pour vivre libres enfin, dans le ventre de cette Mère qui sans cesse les enfante, c'est le Mont Athos qu'ils cherchent. Et il est là, devant lui. Il a toujours été présent. Mais l'ignorant ne s'en rend pas compte. Toute une série d'écorces doivent d'abord être brisées.

Athanassos s'endort émerveillé, stupéfait de la simplicité soudaine de toutes choses. Demain, il parlera de sa découverte avec Andréas. Seul le père peut le guider.

Dans la nuit, les cris de chacals le réveillent à plusieurs reprises – des cris de femme qu'on égorge, les vols de chauves-souris, le trottinement des souris, des glissements. A certains moments, il lui semble discerner une lumière dans une meurtrière de la tour.

– Il faudra que je nettoie cette cellule, j'essaierai de me trouver un lit ou quelques planches. Les deux moines de la skite me fourniront bien une casserole et une cuiller. J'ai aperçu le potager. On peut rapidement le remettre en état. Et puis... je blanchirai les murs de l'église, si telle est toujours la volonté d'Andréas.

Athanassos rêve; lentement, sûrement, car il n'a plus rien à perdre, le Mont Athos prend possession de lui.

Au petit matin, Athanassos retrouve Képhaléos au fond de l'église. Il a préparé le café sur un minuscule camping-gaz. Ils se taisent. Ils n'ont rien à se dire. Képhaléos est déjà auprès d'Héléna, Athanassos à l'ermitage d'Andréas.

Derrière une chapelle attenante au chœur, se cache un petit cloître, invisible de l'extérieur, coincé entre l'église et la falaise; au fond, une porte étroite semble ouvrir sur la mer. Une sente court parmi les arbustes, puis descend brusquement le long de la falaise, se faufilant entre les rochers et quelques arbres plantés à même le roc, leurs racines dans le vide. Tout en bas la mer, les éboulis...

Képhaléos marche avec précaution, assurant à chaque fois son pied, le sentier n'est plus qu'un amas de pierres branlantes, qui de temps en temps roulent jusqu'à la grève. Les lacets se succèdent, de plus en plus raides.

Après un dernier tournant, le sentier s'arrête contre un rocher en surplomb. La muraille est lisse, légèrement bombée. Une sorte de grosse chaîne de fer rouillée est attachée à un piton. Képhaléos s'y agrippe et se laisse descendre à reculons. Des marches sont creusées dans le roc. Il faut se tenir des deux mains à la chaîne, pour ne pas tomber.

Athanassos le suit sans hésiter, malgré une intense sensation de vertige.

Ils parviennent enfin à une sorte de balcon naturel : deux arbres, un cyprès, un peu d'herbe verte, une grotte fermée d'un mur construit avec soin, de la même pierre que la falaise et qui se confond avec elle. Si ce n'était la fenêtre et la porte en bois vert, on ne remarquerait rien.

L'ermitage d'Andréas. La falaise en haut, la falaise en bas, il y a encore une bonne vingtaine de mètres jusqu'à la mer. Entre les deux, une surface exiguë toute en longueur. Au fond, la bicoque. Le cyprès, les deux arbres. Devant : la mer, miroitante, immense, le soleil, l'air limpide, le silence.

De tous ses yeux, Athanassos regarde, fasciné. Il n'a jamais vu cela, jamais contemplé un pareil cadre, senti physiquement une telle harmonie, une beauté, une sérénité si totales.

L'ermitage se compose d'une pièce unique. L'ameublement est simple, fonctionnel. Une paillasse, une table avec deux chaises, un crucifix, une étagère, quelques livres. Du côté de la mer, une cheminée avec sa réserve de bois. Une petite porte donne sur un minuscule balcon suspendu : les latrines. Dehors, derrière les arbres, dans un renfoncement humide au creux d'une faille qui monte jusqu'au sommet, un mince filet d'eau suinte de la roche recouverte de mousse, et se perd entre les racines.

Képhaléos, assis sur une pierre, fume en silence. Il n'a pas desserré les dents depuis qu'ils ont pris le café là-haut. Pendant qu'Athanassos furète partout à la recherche d'un indice quelconque, il reste là, absent, à observer un bateau qui passe au loin.

Athanassos a vite fait le tour de l'ermitage qui ne recèle

241

aucune cachette. Tout est clair, transparent, d'une propreté méticuleuse. Pas un gramme de poussière, pas un objet inutile, chaque chose est rangée comme pour un inventaire. A croire qu'Andréas n'est jamais venu là ; si ce n'est justement cette propreté : un locataire maniaque qui nettoie à fond avant de rendre les clefs. Andréas a bien vécu ici, puis, hier, avant-hier, il a tout rangé, nettoyé, et il est parti. Pourquoi ? Où ?

Athanassos commence à douter de le retrouver jamais. Est-ce l'étrangeté du lieu, cet ermitage vide ? Sa déception ? Subitement, tout se met à tourner autour de lui, la mer, la falaise, les arbres. Il tombe sur le sol grossièrement carrelé, et perd connaissance.

Lorsqu'il reprend conscience, Képhaléos, accroupi, à côté de lui, mastique avec application un morceau de pain rassis, les yeux perdus dans le vague. Avec difficulté, Athanassos se redresse et s'affale sur une chaise. Képhaléos se lève, et sans un mot pousse devant lui un panier rempli de boules de pain rond, d'un fromage et de quelques pommes.

– J'ai été chercher au monastère un peu de nourriture. Elle était pour Andréas.

Athanassos avidement dévore le fromage puis se sert une grande rasade d'eau. Képhaléos, toujours debout, ébauche un sourire :

– Cela ne vaut pas le vin du Pantokrator, murmure-t-il.

Athanassos sent ses forces lui revenir au fur et à mesure qu'il avale le pain. Képhaléos, probablement rassuré, finit par dire :

– Adieu, Athanassos, tout à l'heure j'ai bien cru que tu étais mort.

Sans se retourner, il sort de la cabane et remonte la falaise. Athanassos n'a pas répondu. Prenant son temps, il termine son repas, nettoie la table, range soigneusement le restant du panier dans un petit garde-manger suspendu au mur. Puis il va s'étendre dehors à l'ombre des arbres, emportant un des livres de l'étagère.

La torpeur de l'après-midi. Athanassos a du mal à déchiffrer les caractères trop petits. C'est un livre de psaumes. La lecture l'ennuie, il ne comprend pas très bien, et n'a jamais été un grand amateur de livres, loin de là. Il ne voit pas comment on peut supplier Dieu. Dieu peut-il entendre? Est-ce que l'on supplie le Mont Athos? Pour lui, Dieu, c'est la Montagne Sainte. Il se souvient de ce qu'il lui est arrivé la nuit dernière, un éclair de compréhension, une simplicité unique, une unicité simple... Athanassos cherche, recherche cette sensation intensivement vécue pendant quelques instants. Il la cerne difficilement, comme voilée, et n'arrive pas à trouver les mots qui l'expliquent d'une manière satisfaisante.

Le crépuscule, le soir, la nuit. Sa première nuit à l'ermitage. Athanassos, tout entier dans sa découverte de ce monde nouveau qu'il aborde, en oublie la raison pour laquelle il est venu jusqu'ici. Andréas devient cet ermitage, le cyprès, la source frissonnante dans la faille du rocher. Il est la falaise, les arbustes accrochés aux moindres anfractuosités, la chaîne d'acier le long de la muraille, dérisoire main courante pour l'insensé avide de vertige. Andréas est partout, à la fois sans forme et épousant toutes les formes, l'enveloppant, telle une mère son enfant, le protégeant, lui soufflant ce qu'il doit faire, où trouver la cafetière, la poudre de café, les allumettes, accommodant autant que faire se peut les mille petits riens, les mille petits liens qui font que la vie, même érémitique, est encore une vie, obéissant en une frange fragile et incertaine aux conditions élémentaires imposées par la nature humaine. Un jour, et ce jour est très proche, Andréas s'est affranchi des derniers liens, pense Athanassos occupé à souffler sur le feu qui ne veut pas prendre. La dernière et fragile attache qui le retenait au monde s'est brisée, non pas forcément parce qu'il est mort, car alors serait resté son cadavre, signe évident d'un nœud non rompu. Non, c'était peut-être une futilité, un brin de paille, un craquement du bois qui flambe dans l'âtre, une feuille qui tombe, le léger balancement du cyprès à la brise du soir, un minuscule cheveu qui le retenait encore aux conditions de l'homme terrestre. La paille s'est brisée, le bois s'est effondré

243

dans une pluie d'étincelles, la feuille s'est posée frémissante sur la pierre brûlante de soleil; ce n'est pas le cyprès qui se balance dans le ciel au gré de la brise du soir, mais toute la falaise, toute la Montagne Sainte oscillant sur ses bases, avec les forêts, les rochers, la mer à la fois furieuse et respectueuse de ces grottes interminables où vivent quelques fous de Dieu, le monde entier oscillant ainsi autour du cyprès immobile, axe immuable, arbre immense sur les branches duquel d'éphémères papillons s'agitent et meurent.

Cette nuit est pour Athanassos un continuel émerveillement, continuellement renouvelé, continuellement émerveillé. Il n'y a plus d'Andréas, plus de souvenirs, plus de recherche stérile, plus de question à poser. Qui se pose la question? Qui recherche Andréas? Athanassos redécouvre le temps présent, l'acte présent, l'acte d'être. Il le redécouvre comme une vieille connaissance, avec un arrière-goût de déjà vu, déjà vécu. Il se rappelle la remarque d'Andréas le premier jour de leur rencontre. Ici il n'est pas seul, il n'y pense pas d'ailleurs, comme il n'y pensait pas jadis lorsqu'il était seul à courir la campagne et à saboter des ponts. La solitude est un faux problème. Comment être seul au milieu de cette nature qui vit, palpite, crie sa joie d'être belle, pure, création parfaite louant son créateur. La solitude est retranchement, racornissement d'une âme qui se recroqueville sur elle-même, face à une nature qu'elle juge hostile. Athanassos, dans l'ermitage d'Andréas, n'est pas seul. Il se sent vivre, être, au sein d'une création unique qui n'est plus extérieure. Sa personne se prolonge, indéfiniment, jusqu'à cet arbre, ce rocher, cette vague au loin qui déferle sur un haut fond. Il n'y a plus qu'un seul être qui se revêt, à sa guise et selon sa fantaisie, de toutes ces formes d'arbres, de rochers, de vagues, les assume, les assimile, sans trouble, calme, serein, étonnamment libre de toute entrave.

Au petit matin, il assiste, bouleversé, à l'illumination de la mer et de la falaise par le soleil qui se lève souverain. Il éprouve alors un désir intense de prière, une prière de louange, une prière d'allégresse, s'élevant dans l'air pur de l'aube, vers ce Dieu dont il ne connaît rien. Il cherche dans le petit livre de la veille un psaume qui corresponde à ce désir de joie, il ne trouve rien qui le satisfasse vraiment, les louanges y sont faites à un Seigneur qu'il ignore, à un Dieu qui lui est totalement étranger. Athanassos s'aperçoit qu'il vient de vivre deux nuits consécutives où il a connu une expérience qu'il juge instinctivement très proche de celle d'un moine. Mais il ne sait en expliquer le pourquoi, ni le comment. Dieu pour lui est un mot vide. Il le sait, c'est le Mont Athos qui est l'origine de ce commencement d'éveil, mais il n'arrive pas à le rattacher au Christ Pantokrator peint sur les voûtes absidiales des églises qu'il a pu visiter jadis.

> « Ta parole est la lumière de mes pas,
> la lampe de ma route.
> Je l'ai juré, je tiendrai mon serment,
> j'observerai tes justes décisions. »

Athanassos, douloureusement, prend conscience de son ignorance. Il a tout à apprendre, il ne sait rien, il ne se rappelle même plus s'il a été baptisé. Tous ces chemins parcourus, ces méandres multiples, pour arriver simplement à réaliser son ignorance, une ignorance de tout ce qui concerne Dieu, se rapporte à lui, et le touche plus ou moins directement. D'ailleurs, y a-t-il des choses qui ne touchent Dieu qu'indirectement? Athanassos est un petit enfant, ignare, analphabète. Il lui faut aller à l'école.

> « Quelle merveille, tes exigences,
> aussi mon âme les garde!
> Déchiffrer ta parole illumine,
> et les simples comprennent. »

Une journée. Une nuit encore. A l'aube du deuxième jour, Athanassos remonte la falaise avec l'aide de la chaîne de fer. Calmement, sans hâte. Sûr de lui. Il ne fuit pas. Cette fois-ci, il ne s'enfuit pas. Il quitte l'ermitage comme on quitte sa chambre, le matin, pour aller travailler : un départ provisoire, une simple absence. Athanassos part à l'école. Il a décidé d'apprendre. Fini les folles années de loup solitaire, finis les errements et les écoles buissonnières. En ces deux jours merveilleux, Athanassos vient d'apprendre sa première leçon. La sublime solitude – peut-on alors parler de solitude? – est un état qui s'acquiert, qui se prend, petit à petit, comme un conquérant les terres nouvelles. C'est une manière d'être qui se travaille, ou tout au moins pour les débutants, dont les moyens d'y parvenir s'étudient. A l'école. Athanassos, apprenti, va à l'école. Il n'a plus qu'un désir, être novice. Terminée l'anarchie, commence l'ordre. De novice, il deviendra moine, et un jour il reviendra à l'ermitage d'Andréas. Il reviendra en toute connaissance de cause. Ce ne sera plus une fuite, ni un refuge. Ce sera l'aboutissement de sa quête, l'accomplissement de la possibilité d'être que sa pauvre individualité représente.

> « Que mon cri parvienne devant toi,
> éclaire-moi selon ta parole, Seigneur.
> Que ma prière arrive jusqu'à toi,
> délivre-moi selon ta promesse. »

Plus tard, dans l'après-midi, après une courte halte à la skite pour demander un grand verre d'eau, Athanassos descend allégrement le chemin qui mène à la Grande Lavra. Un moment, fatigué, il se repose sur un vieux banc de pierre qui entoure les restes d'une fontaine antique. Un long moine encapuchonné monte le sentier, s'aidant d'une canne sur laquelle par moments il s'appuie douloureusement. Arrivé à sa hauteur, le moine effectue un profond salut, puis s'approche de la fontaine pour se désaltérer, en rabattant son capuchon en arrière. Athanassos a un sursaut de stupeur, il a reconnu en ce vieux moine qui marche avec peine l'imposant Despote, l'ancien Higoumène de la Grande Lavra. Le religieux paraît aussi se souvenir de ce pensionnaire turbulent qu'hébergeait jadis Andréas. Il sourit à Athanassos et s'assied à côté de lui avec un soupir de satisfaction.

– N'es-tu pas ce partisan qui vivait près d'ici, pendant la guerre civile? commence-t-il en élargissant son sourire. Je me rappelle, tu ne respectais guère nos habitudes, tu voulais à tout prix décharger des armes dans le port. Andréas, je crois, t'aimait bien.

Athanassos, sur la défensive, reste muet.

– Ne crains rien. Je ne suis plus Higoumène. Tout cela est si loin.

Athanassos s'efforce à esquisser un rictus qui se veut aimable.

– Dis-moi plutôt ce que tu es venu faire dans nos pays après tant d'années?

– Retrouver Andréas.

La réponse est sèche, brutale.

– C'est étrange, je monte ce sentier pour voir Andréas. J'ai rêvé de lui, deux nuits de suite.

– Il a disparu.

– Peut-être ne le sais-tu pas, il n'habite plus la skite que tu connais. Après avoir été Higoumène de la Grande Lavra où il m'a remplacé, il s'est retiré dans un ermitage, près de Stavronikita.

– Je sais, je viens de cet ermitage. Il a disparu, je te le répète.

Le religieux reste un moment silencieux. Il a perdu son sourire.

– Pourquoi voulais-tu retrouver Andréas?

– Pour lui poser une question.

– Quelle question?

– Je n'ai plus de question à poser.

Devant la mine interloquée de l'ancien Despote, Athanassos poursuit sur un ton plus doux :

– Je ne recherche plus Andréas. Andréas est là.

Il fait un vaste geste circulaire :

– J'ai passé deux jours dans son ermitage. Il n'a pas cessé d'être là.

— Sais-tu ce que peut signifier sa disparition?

— Il est allé dans une autre grotte.

— Pas forcément.

Athanassos pâlit. Il bredouille :

— Tu veux dire qu'il est mort? Je n'ai pas vu son cadavre.

— Il est vivant, réellement vivant.

— Je ne comprends pas.

Il s'est levé, l'attitude du moine l'irrite. Il a l'impression que le Despote en sait plus qu'il ne veut montrer. Il lui cache quelque chose, se moque de son ignorance.

— Je ne comprends pas, répète-t-il, maussade. Mais..., je voudrais comprendre. C'est pour cette raison que je descends au monastère. Je veux être novice.

Le vieux moine observe d'un œil inquisiteur Athanassos, mal à l'aise, qui va et vient devant la fontaine.

— Un novice? A ton âge? demande-t-il, en feignant la plus grande surprise.

— Il me semble être un petit enfant.

— On ne devient pas novice sur un coup de tête.

— Je n'ai rien décidé. Cela s'est imposé. Me crois-tu capable d'une telle décision? Elle ne vient pas de moi.

— Pourquoi veux-tu être novice?

— Pour apprendre.

— Apprendre?

— Apprendre... Dieu.

Le moine ne peut s'empêcher d'exploser :

— Mais Dieu ne s'apprend pas!

Il regrette aussitôt son emportement. Prenant le bras d'Athanassos, il le force à s'asseoir à côté de lui et répète, plus conciliant :

— Dieu ne s'apprend pas! Voyons, Dieu est pure Connaissance. Il est Amour, il se vit.

— Je veux être novice, continue Athanassos imperturbable, justement pour savoir que Dieu ne s'apprend pas, qu'il est Connaissance, qu'il est la Vie. Je ne sais rien, je ne sais pas prier, je ne connais pas la Sainte Liturgie, la vie des saints, des Pères, ce que représentent les icônes. L'enfant doit apprendre à lire, le charpentier posséder toutes les règles de son art avant d'acquérir le tour de main qui le fait maître. La ménagère apprend bien des recettes de cuisine pour mijoter ses plats. Certes, Dieu ne s'apprend pas... je m'exprime mal. Mais il faut que j'étudie tout ce qui l'entoure, tout ce qui mène à lui...

Athanassos se tait. Il ne sait plus quoi dire. Il se trouve dans l'impossibilité d'expliquer clairement cette nécessité qu'il ressent impérieusement dans son cœur.

– Tu es un homme de désir.

– Je suis un passionné. Je me suis passionné pour la guerre, la révolution...

Le moine l'arrête de la main et sourit :

– Je me souviens d'un garçon à l'attitude désinvolte, d'un dilettante. Mais cela n'enlève pas la passion... Il faut éradiquer toutes ses passions.

– Même la passion de Dieu?

– Que sais-tu de la passion de Dieu?

Athanassos réfléchit et ne sait que répondre.

– Je connais l'Higoumène de la Grande Lavra, reprend le moine. C'est un saint homme. Je vais redescendre avec toi. Ma promenade est devenue sans but. Je te présenterai à lui. Le noviciat n'est pas chose facile.

– Jusqu'à présent, ce que j'ai fait n'était jamais simple.

Le moine se lève péniblement, regarde sans mot dire Athanassos :

– Andréas m'avait souvent parlé de toi. Il ne s'était pas trompé.

Puis il continue sur un ton enjoué :

– Le noviciat n'est pas facile et il n'est pas facile d'y entrer. Tes opinions à l'emporte-pièce pourraient choquer nos religieux. Pour cela, il est bon que je te présente. Il faudra que tu changes de nom. Certains peuvent encore se rappeler ce matin où un jeune homme s'est tué devant le catholicon, en criant qu'il était Athanassos. Tu t'appelleras... Athanase... si tu veux bien.

Athanassos hausse les épaules. Pour lui peu importe le

nom : un simple vêtement dont il a déjà appris à se défaire. Ce moine austère va lui permettre de s'introduire dans un monde déjà hors du monde, voilà la seule chose qui importe. Comme pour célébrer cet événement, au loin se mettent à carillonner les cloches de la Grande Lavra. Elles appellent, elles disent : Viens, nous sommes prévenus, nous t'attendons... Il s'est levé brusquement, écoutant, de toute son âme, le son doux et aigrelet à la fois, qui le transperce de part en part ; il devient pure résonance à cette voix lointaine qui lui paraît si proche, si pressante.

L'ancien Despote doit ressentir quelque chose de semblable car lui aussi s'est redressé, de toute sa haute taille. Il s'est approché d'Athanassos et lui serre fortement le bras, pendant que dans l'air cristallin s'égrènent les cloches qui n'en finissent pas de sonner. Lorsque, enfin, elles meurent perdues dans la montagne, il murmure doucement : elles ont répondu pour moi, il y avait dans leur musique une grande joie, elles saluaient ton entrée au monastère.

Le vieil homme mû soudain d'une incroyable agilité entraîne Athanassos, le tirant par la main. Ils courent, ivres, ivres de paix, ivres de joie, riant, chantant, pleurant. Ils dévalent le sentier, dégringolent les pires raccourcis, oubliant fatigues et rhumatismes.

Ils s'arrêtent un moment pour souffler, repartent de plus belle ; l'un bondit, l'autre trottine. Le moine hors d'haleine fait de grands gestes pour dire de l'attendre. Athanassos piétine, revient sur ses pas, lève les bras au ciel. Ses yeux pétillent. Furtivement il essuie une larme qui coule sur sa joue.

Dans le sentier qui s'élargit, au pied d'une haute futaie de chênes, deux hommes s'éloignent, tels des enfants à la sortie du collège. Le moine et le guerrier, l'ermite et le novice ; il n'y a plus d'amateur, plus d'anarchiste, chaque chose, bien à sa place, repose dans l'ordre retrouvé, l'ermite rejoint sa cellule, le partisan un monastère.

Une journée se termine, banale, ordinaire. Le Mont Athos, impassible, couvert d'une légère brume qui s'effiloche sous la brise du soir, sourit, satisfait de sa puissance.

*Composé et achevé d'imprimer
par la Société Nouvelle Firmin-Didot
à Mesnil-sur-l'Estrée, le 4 août 1987.
Dépôt légal : août 1987.
Numéro d'imprimeur : 7162.*

ISBN 2-07-071120-X/Imprimé en France